晚上遇见
莫小海

李云

著

江苏凤凰文艺出版社
JIANGSU PHOENIX LITERATURE AND ART PUBLISHING

图书在版编目（CIP）数据

晚上遇见莫小海 / 李云著. —南京：江苏凤凰文艺出版社，2021. 7

ISBN 978-7-5594-5112-5

Ⅰ. ①晚… Ⅱ. ①李… Ⅲ. ①短篇小说—小说集—中国—当代 Ⅳ. ①I247. 7

中国版本图书馆 CIP 数据核字（2020）第 244910 号

晚上遇见莫小海

李 云 著

出 版 人 张在健
责任编辑 李 黎 李珊珊
责任印制 刘 巍
出版发行 江苏凤凰文艺出版社
南京市中央路 165 号，邮编：210009
网 址 http：//www. jswenyi. com
印 刷 苏州市越洋印刷有限公司
开 本 880 毫米×1230 毫米 1/32
印 张 9. 125
字 数 173 千字
版 次 2021 年 7 月第 1 版
印 次 2021 年 7 月第 1 次印刷
书 号 ISBN 978-7-5594-5112-5
定 价 48. 00 元

李云的文学地图

徐　风

要写李云。天知道，我跟她见面不多，但我居然是她的指导老师。这句话说明了一个问题：她其实不需要一个所谓的指导老师，这当然首先是她特别聪明，其次呢，她用功，悟性好；还有一个原因，那就是我的不太称职，在她的一再包容下，我居然并不特别忐忑。因为文学创作本身是不可教授的，我们有精神上的交流，我能认真读她的小说。并给她一些哪怕是不成熟的建议。不过，要让我给读者推介一个站在小说背后真实的李云，这有点难。这样绕来绕去又回到了开头。我是什么时候认识李云的呢？文坛中人，见过面不等于认识，很多人在一起开会喝酒，聚聚散散。即便见过几次也未必真正认识。李云回忆说，那一年她跟着一帮文友到宜兴采风，东道主是徐某人，他很官方地跟客人们握手寒暄，然后招待他们吃饭，但并没有朝其中一个叫李云的文学女青年多看一眼。如果这是一个确定的场景，那么切换到我的角度，在依稀的记忆里倒还留存着这么一个细节：那个叫李云的文学女青年是能喝酒的，与她酒量不成正比的是，公开的场合她很寡言，而听别人说话的时候特别认真。后来我陆续在期刊上读到了她的一些小说，文字很清新，微水波澜的情节里，都是满满的江南情调。显然这是一个长期生活在南方的人，她的文字有江南特定的水汽和烟火气。不过有一次我被无意地告知，李云是北方人，20 岁之前，在陕南山区的一个小村子里度过。她很晚才知道，世界上还有一个叫苏州的地方，不过这并没有影响她一步就跨到彼地，没有任何问题，她在这里切换自如地完成了自己精神上的生长，就业、结婚、生子，山清水秀地融入被誉为“人间天堂”——姑苏城里的时尚生活。北方的厚重刚烈与南方的温儒秀雅交替在她的性格里，转换成文字落地的时候，留给我们一份可以感知的质感。一个人如果从小到大一直待在一个城市，那她在感性上观察城市的参照物也许会比较单一，而长期在偏远的山乡生活的人，巨大的落差积聚成巨大的冲击，会给予她一座千年古城丰富内涵的全新感知，落实到文字上，会以最丰富的积蓄与迸发来呈现她的姿态。

有必要绘制一份李云的文学地图，以此来观照她的生活与创作。

20 岁之前的成长背景，应该是李云文学地图的底色。低矮的村居，房前屋后的菜园，无边无际的大山，苍茫的大雪，温暖的炕与火塘。寒暑假在地里干活，感受生活的重负……与李云对谈，如此想当然的推测居然被她一句话就否定了。她居住的陕南，已经靠近四川的边界，受巴山文化浸淫，自是山清水秀的氛围，并不是黄土地黑棉袄的高原标配。虽然村子还是被大山包围，时尚的元素却是长着翅膀穿越山峦的。如果说闭塞，那首先是人的感知能力。此时可以设想，如果不爱好文学、没有精神上的梦想，李云会在哪里呢？她可能是田里炕头忙碌而快乐的一枚农妇，怜惜着田间地头的每一株禾苗，如同爱抚怀里贴己的婴儿，日出而作日落而归那是自然，也有可能是上堂屋下羊圈贤惠聪敏的一个主妇；照顾一家老小乃至猪羊鸡鸭周全辛劳，获得全村上下一致口碑的好媳妇，等等。

敏感，是在这份空白的文学地图上要填写的第一个关键词。自小她对身边的人和事物，有一种与生俱来的敏感，别人看起来很稀松平常的事，对她来说，都有不同寻常的意义。比如，看爷爷系着长长的藏青色围裙坐在太阳下做篾匠。削蔑片的事，在李云看来非常迷人，薄薄的篾片，在爷爷手里跳跃着，居然能削成比纸张还薄，突然她会拎起一段来看，亮黄亮黄，像一个漂亮女人透亮在太阳光下的耳廓，毛茸茸的质感似乎孕育着某种神奇。

再比如，看外来的乙木匠干活，无论是蹲着马步推刨花，还是交叉着双腿、怀抱着木条雕花，都特别迷人。那种专注的眼神，那一卷一卷的刨花，那栩栩如生的雕花——一起构成着迷人的氛围。从那时起，她就懂得了认真一词的意义，一个认真的人是迷人的。一个有手艺的人是迷人的。

> 我曾经蹲在地上，将一卷一卷的刨花展开，拉平，两头用石头压着，在上面涂鸦，也写过一些奇怪的数字和汉字。由于敏感，我又生怕人看见我写的东西，便又卷起刨花，一卷一卷藏到墙洞里，如今，如果愿意，如果老屋还在，一定能找到其中一卷。

李云如是说。

山村女孩李云。彼时她写下了怎样的语言和秘密呢？也许，梦想吧？我愿意把它作为李云文学地图的第一个脚印。

父亲是个农民，夏天的时候，他每一天都会顶着一件被汗湿的衣衫回来。它无论是穿在父亲的背上，还是挂在椅背上，都会在风干之后出现一片带着盐色的汗渍，奇形怪状的，像天上的云朵，像牛头，像白桦树，像母亲的侧影，像山峰，像河流……李云盯着这些图案仔细地瞅着，又幸福又忧伤，无穷地想象着汗渍的模样，以及它赋予少女李云的抚慰。她的想象力就从父亲的脊背上出发了，她从而记住了属于父亲独特的气味，以及他的额纹的波澜。在少女李云的心里，父亲勤劳且有智慧，他是李云人生的第一个导师。小学三年级，李云的第一篇作文，便是由父亲带着看了半天的桂花树，从而写出了人生中第一篇就被老师夸赞并可以朗读的作文——《桂花树》。李云的村子叫桂花村，村中有两棵百年大树，它们的故事，以及它们赋予村子的神奇力量，李云用桂花的暗香来赋予并将其贯穿全篇。

敏感的天赋由此打开，她熟悉村子里所有的鸟鸣，对时间和天气的掌握都可以根据公鸡打鸣和鸡群蹲立的姿势和地方来判断，她喜欢屋檐下的蚂蚁搬家的故事，也喜欢水田里小蝌蚪找妈妈，冬天，她也会像男孩子一样去水田里掰冰块玩。

> 好像是读中学的一个暑假吧，我坐在桂花树下的石头上，我的脑海里忽然游出了一只蝌蚪，这个故事令我振奋，从来没有觉得自己是这么想写点什么。邻居女孩是一个很会唱歌的人，她是百灵鸟，她的声音空灵，如山泉喷涌，她站在山头唱，我在桂花树下听，这个听的人之后就坐在了小碎花窗帘后奋笔疾书，是的，十三岁的我就用白纸裁剪的本子写下了一部《山魂》。我书写了住在桂花村的年轻媳妇，她们泼辣、勤劳，又充满梦想，我写了村干部插在中山装口袋里的钢笔的金属光芒，也写了父亲这样的大地的开荒者的百折不挠的精神，一个人，一个命运，一个人，一道生命的光环，我没有太理解，但我知道我是一个早熟的人。

于是，早熟是这份文学地图上的第二个关键词。灵魂之家的构建，从 13 岁开始——用树枝支撑着大石包，在山泉边为自己建了一个小屋，没事就会一个人躲在里面，听着潺潺流水，无限地放飞心灵。在少女李云看来，眼前的山已经无法阻碍她，似乎她已经具备了一种穿山而去的功力，她的世界是无边的。彼时李云便知道自己不会一直待在山村，她会走向远方，至于去哪里，她并不知道。

1996 年的夏天对李云具有颠覆意义。走出大山的她来到苏州。她没有目瞪口呆，她很受用。没有语言障碍，没有生活习惯的巨大差异。好像之前的 20 年，她一直在为进入苏州作准备。同年，散文《山崖上的野兰花》，在《婚育之友》杂志发表，并获得了"'明天我结婚'栏目"二等奖，她收到样刊的时候，也收到了 600 元的奖金。这让她惊喜。虽然这不是一本文学杂志，但是它的读者遍及许多家庭。李云偶尔在报刊亭买过两本，觉得蛮好玩的。其中的很多文字，她觉得自己也能写。于是就写了。投稿了，便中了。

她融入了苏州的生活。她对生活的回报，就是写了大量的散文发表在当地报纸，同时也连载过三个中篇小说。那时候的李云对写作没有幻想，只知道有东西可写，是一件心里蛮踏实的事。如果有一个星期没有坐在电脑前，没有拿起书本来阅读，她会心慌、不安，似乎生活在哪里失重了。

在《雨花》杂志发表的第一篇小说《红指甲》，在李云的文学地图上，具有标志性意义。说一个人是“业余写作”，并不是指职业以外的书写，而是深一脚浅一脚没有方向的随意涂抹。从那以后李云写作的视野转向了纯文学期刊，告别了发表起来相对容易的报纸副刊。其背后的支撑，是大量中外名著的阅读。她开始迷上了短篇小说，就像练习在平衡木上走路。那种技巧的掌控，是以无数次的“摔跤”换来的。短篇小说的写作能够锻炼一个作家的气韵，也适合李云这样没有完整大块时间写作的人。于是国内一些文学刊物，如《西湖》《作品》《青春》《山花》，紧接着是《钟山》《人民文学》，陆续开始接纳一个叫李云的写作者。她给读者讲述着一个个充满爱与温暖的故事。有一些小忧伤，小不幸，甚至悲惨与不堪，但李云讲述的时候，洋溢在人物之间的朴素的爱意，遮蔽了生活本相中的庸冗和不幸。

在即将结集的中短篇小说集里，李云比较看重的《乳香》与《翁先生》，其实凝结着她自己的某种心结。看起来，这是两篇挨不着的小说，前者写一对养母养女，由“乳房”问题展开情节。养母九娘是个旧时戏子，也是个心灵受伤、有难言之隐的人，她的养女青桐，天生丽质的外表下，内心非常柔弱敏感，近乎泯灭人性的“束乳”，摧残着她的灵与肉，那是养母九娘为了不让她重复自己的悲剧。那条扼杀天性的白白的缠胸布，积淀着封建世俗的凶悍、恶毒元素，经由一个饱经沧桑的女人，捆绑一个未来不确定、充满困厄的青春酮体。我们见到了一种单纯的美，在和风细雨的氛围里被不动声色地绞杀。小说的叙述极节制，没有煽情，但对灵魂的展开、剖析非常充分。《翁先生》写了一个近似言情的故事。网络女作家姚晓娇到枫桥古镇来“下生活”，顺便寻找自己心中丢失的“男神”，并且要写一个与执念有关的故事。她在这里遇到了开酒坊的老派男人翁先生。借宿、对饮、情感碰撞，彼此略过了传统男女接触的繁文缛节，很快就入港入戏。随着故事被展开，我们慢慢知道，姚晓娇是一个可以把灵魂和肉体分开的女子，她一边寻找自己心仪的那个男人，一边却与翁先生逢场作戏；而翁先生呢，这个半生落拓的老派男人以为在一个新潮女子身上获得了真正的爱情，在一场萍水相逢的游戏里他投入太深以致难以自拔。泡桐花开的季节，云淡风轻的氛围以及陈年老酒的香味，并没有稀释一个悲情的结局。翁先生的情殇似乎是这条即将被“旅游开发”的百年老街的殉葬品，他不能接受当下灵与欲可以分开的现实，这个故事结局的陈腐气息是摧枯拉朽、雨过天青的悲壮前奏。

李云的小说总基调是明快、清丽。她善于营造氛围来为她的小说增加色彩。在她的笔下，底层苍生的活法各有状态，圆缺纷呈。《盛夏》里的王老师，《爱黛小姐》里的吴文华，《美人蕉》里的九姑娘，《夜色》里的小穗，《晚上遇见莫小海》里的季红梅，都是我们身边似曾相识的普通人，有扑面而来的人间烟火气。她善于从庸常生活里小人物的畸形人生里，捕捉并照见家庭伦理、婚姻危机、人际代沟、人性异化等诸多侧面的光影。李云的乡村生活背景奠定了她的人生态度，练就了她看世界、看人生的眼光，这种眼光随着她的生活场景变化而变化，但其核心始终不变：人生总有很多不如意，有很多苦难。一个作家可以写灵魂的沉沦，可以写黑暗，可以写悲伤，但最后还是要给出光亮，有能力让你的灵魂上升。文学的最终目的，还是要带给世界一种体贴之情，或者是一种暖意。当然，写温暖也需要作家有犀利的眼光和大的悲悯，并不是单纯的放弃对现实的批判精神。

李云在小说里经常写到喝酒。作为一种“道具”，我们能体察她塑造人物与环境的用心。作家是站在故事背后的讲述人，她为什么不选择红茶而选择红酒，自有她的考量。庸常的生活里，作家也是个普通人，但她有权利选择自己想要的生活。不经意间在她的小说里，她就变成了人物的一部分。

> 我喜欢三五知己小聚。然后独自饮一杯红酒。就一朵院子里摘的花，炒一个陕南菜和一个苏州菜，酒可以悠悠笃笃喝一杯，其实脑子里还在思索手里写的东西。如果一篇小说写好了，且自己还算满意，喝酒就会变得很隆重，必须做喜欢吃的菜，且梳妆整齐，给自己一点仪式感。这样的喝酒的前提是，必须在餐桌上放置一瓶自己插的花。好心情是必须善待的。

这便是李云。她的刚打开不久的文学地图，是靠生活的温暖之手来绘制的。她热爱文学但远离文坛。生活太忙碌且辛苦，她要对文学好一点。写作便是抚慰过往的生活，也是抚慰她过往的自己。陕南和苏州，不经意地在她的小说里糅合到一起，发出细微的碰撞。一些人来来往往，一些人哭哭笑笑，一些人聚聚散散。她就是那个在一旁笑、一旁流泪的人。她背过身去书写的样子特别认真。其打开的文学地图开阔明亮，等着她步步如钉地走向远方。

2020 年 5 月 28 日　宜兴　铭泽园

徐风，一级作家。陶都文学院创办人。有著述近 500 万字。屡获中国好书奖、《中国作家》文学奖、紫金山文学奖、《钟山》文学奖、汉语文学女评委奖、“五个一”工程奖等。部分作品被翻译为英、日、韩文向国外推介。主要作品有《江南繁荒录》《布衣壶宗》《国壶》等。

目　录

001　翁先生

044　乳香

062　晚上遇见莫小海

079　盛夏

099　爱黛小姐

115　丽春

134　美人蕉

158　秘密

186　肉肉在新街口赶羊

203　迷人的药香

224　鸢尾花的春天

254　向北的惆怅心境

翁先生

1

姚晓娇的小白鞋一踏进枫桥街，翁先生就吸了吸鼻子，意识到有陌生人来了。大约有半年之久了吧，街上偶尔会隔三差五地来一些人，兜兜转转，走了。但带来了很多不同的气味，香的，或是不香的；俗的，或是恶俗的。怎么说呢，姚晓娇的气味不同，不同于一种花香，也不同于酒香，更不是时髦女郎喷的香水味，翁先生深呼吸一口，握在手上的酒碗晃动一下，琥珀色的黄酒一漾，晕出一圈圈的涟漪，翁先生便笑了，今天来的人似乎有点不一样呢。

也就是说，姚晓娇来到街口，翁先生正在他的酒坊里忙碌。倒出一碗酒，这坛酒的确只剩坛底一层，他的右胳膊几乎全都埋进坛子里，可他的头却昂着，高高地昂着，想看看今天来的这个人有什么不同，他（她）是谁？是怎样一个人？

最近以来，翁先生都在问这样一个问题给自己：那是谁呀？来做什么？两眼盯着那些人看，但也看不明白，对于酒坊来说，这些人来了好啊，生意好了，酒好卖了，自己也不用再顾虑是否要离开这里，去向他处。

他处，自然指的是生存和生活的另一种选择方式。酒坊早些年就很难养活人了。这有多方面的原因：一个是很多洋酒高档酒进入市场，一个是人们手头也的确活泛了，再者老街这里嘛交通又不好。好在自己也没什么人要养活。对于一个住在老街38年来的人来说，这里一切都是熟悉的，比如说那只猫，比如说那个人，比如说那处老宅，比如说青苔的气息，比如说酒坛里的黄酒和一棵树流落在人间的故事。

事实是，街上虽然有时候有人来，多半时间是空的，被人遗忘了一般。雨蒙蒙的时候，清风徐来的时候，冷寂像点煤炉时燃起的青烟，袅袅娜娜的。满眼是黑瓦的沉默，没有谁可以打破一般。然而，今天不一样，起床站在窗口扣月白色棉麻衣衫的扣子时，翁先生的感官显得很闹。再一看，惊呆了，泡桐树开花了，一串串紫色的铃铛挂在黑色屋檐下，轻烟四起，弄出一阵热腾腾的气息。站在树上的大喜鹊也叫了——喳喳喳，宛如窗口晨读的孩子。

嗅觉灵敏的翁先生，顿觉这真是美好的一天呵，从而神清气爽，飘逸出尘。细腻白净的皮肤，在酒坊阴暗晦涩的光线里，石破天惊一般，要炸开了。

这呢，是姚晓娇看到翁先生的第一印象。她一下子愣住了，世间竟有这样的男子——皮肤白净、眼神阴郁，身上的月白色衣衫，亮出一束束光，一种阴柔的、潮湿的，又有如墙角青苔的青葱气息蒸腾着，闹哄哄的，湿热热的。

姚晓娇一只脚跨在门槛里，挺着胸，愣着。以这种奇怪的运动的姿势愣着，一眼恍惚，甚至有点怀疑是否走错了门，或是进入了臆想的小说情节里。

翁先生也盯着她，知道有着异样气息的“陌生人”已经来到眼前。紫色的上衣，紫色发带，跟今天早晨看到的泡桐花颜色一模一样。但是呢，她分明又是赶了路的，出汗了，好比一道蔬菜，加了点儿肉末，味道因此变得比较实在和具体，有真实的分量感。这是极好的一种感觉，翁先生嘴角不由自主地拉开，露出一丝浅浅的笑意。然后，对着姚晓娇背后的泡桐花，和闹喳喳的喜鹊，对着对门香烛店阿婆似睡非睡的样子开口说道：“来了啊。”

姚晓娇站在光里面，人透明又清澈，从高高挺立的胸脯上面，盛放的笑颜动人、明亮，她嘻嘻一笑，回道：“是啊，来了。”

“我来看看。四处看看。再找一个人。”

姚晓娇一脚跨进来，光影晃动，整个人很快站在翁先生面前，他俩之间隔着一只酒坛子，姚晓娇看到翁先生一直弯在酒坛子里，也将身体弯下来，猛吸一口，惊呼道：“真香啊，这是什么酒?”

翁先生又一次闻到姚晓娇发丝上的味道，仍然一样，有点香，但也出了汗，发顶上落有一朵泡桐花。这有意思了。翁先生得意地将手从酒坛子里拉出来，身子顿时修长起来，用另一只手将姚晓娇头上的泡桐花摘下来，顺手丢进一只青瓷瓶里，再将瓶里灌满黄酒。之后，他绕到一张台子上拿起毛笔，在一张四方纸上写“紫云香”，贴在酒瓶上，双手握着酒瓶，抵达到姚晓娇的胸前：“这瓶酒送你——”

他又笑了，一口洁白的牙齿，泛着幽幽的白瓷光：“你呵，喜欢喝点酒的，还喜欢吃肉，你身上有荤腥儿……”

2

后来这半天的光景，都是姚晓娇抱着那只青瓷瓶斜靠在门口。她的双肩包搁置在翁先生写字的桌面上，细长、白皙的手指紧紧抱着青瓷瓶。身子一半落在太阳里，一半隐在阴影里。满腹心事一般，又没心没肺着。她看看天空，看看泡桐花，再看看对面的白发阿婆，痴幽幽的，笑眯眯的。偶尔，她会转过头来，寻找翁先生，这个时候她的眼睛颇为不适应，一眼投到暗处，竟一时看不见翁先生，翁先生因此舒出一口长气，关于这个像是从泡桐花里跑出来的姑娘，她站在这里的半天，让他很好奇：她为什么不急于离开？她又好像是一直住在这里的，是自己的妹妹或可爱的妻子，她只是刚出了趟门回来，站在那儿什么话不说却什么都说了……

从酒坊门口经过的人，特意瞅她看着。这些老街坊邻居，很是关注翁先生的生活，从吃什么，到几点起来，再到生意和女人。他们的孩子跟翁先生差不多的岁数，但都离开老街，生活在外面，儿子娶妻生子，女儿嫁人做妈了，唯有翁先生什么都没有，他的存在便成为他们日常生活中的一个关注点，好比这会儿，他们看姚晓娇的眼睛显得异常复杂，猜测着，肯定着，疑惑着，走走停停，总觉得这个姑娘是见过世面的，你看她一眼不服气呢，根本看不见我们！他们走了，眼睛还留在姚晓娇这里。

“这门口干吗挖那么大一条沟啊？”姚晓娇开口问道。

“老街要开发做旅游，在改造下水管呢。”翁先生答。

“哦。也是呵，都老气横秋的谁住啊！一片黑压压的小楼。像鸟笼吧。”外面的姑娘到底是不喜欢这样的老街的。翁先生一时语塞，想到自己可是在这守了半辈子，对了呵，怎么会在这住了这么久呢？为什么姚晓娇没有来的岁月里，没有注意到，即使街坊邻居都劝他出去谋生，他们说“你呵，长这么好看，去新街卖衣服吧，那些小姑娘会被你迷得晕头转向的，如今哦，女孩子野着呢”，还说“再不，开理发店啊，穿得流里流气的，现在不赚女人的钱赚谁的啊，那么多人都发了，有钱了，还有时间，没事就朝头上整，一会烫，一会染，花头多呢!”。翁先生听着，不语，他没有离开老街的冲动，其一，他已经听说老街要开发做旅游，不管酒坊好不好开，不行嘛开个茶馆试试，应该会有新的契机吧；其二，母亲还在普慈寺里，还得留在这里陪着……

“嗨，我来找一个人的，你听说这个人么……”

姚晓娇的声音传来，翁先生才发觉自己走神了。而面前还站着一位阿婆，她朝门口看看，又朝翁先生笑笑，意味颇长。翁先生假装没看见她的心思。整个下午，因为姚晓娇站在门口，清淡多日的生意突然有了起色，想来打探实情的阿婆来到店里打黄酒。翁先生不情愿地应付着，他不希望他们来打破什么，他迷恋跟姚晓娇待在酒坊里，这里只有酒坛子、一个男人和一个女人。

应该是一个内心充满想法的男人和一个眼睛里有故事的女人。

“我知道，你刚才说过，人嘛，总有些人是该去寻找的。”翁先生一抬手，送走阿婆，他也没有收阿婆的酒钱。

“你这话有意思，我就觉得你不一样，刚才你直接跟我说‘来了啊’，感觉我像是你家人。”姚晓娇泪眼婆娑的。翁先生顺着她的话笑着回想了下，刚才还真这么招呼她的啊，对着门口愈发暗下来的天色道：“是啊，天色暗了。这里刚开始准备开发旅游，所以还没有客栈——”

“楼上是你的家吧，我能住一晚吗？我明天再去找那个人……”姚晓娇用手指着楼上，然后，不等翁先生同意，自行找楼梯上，她将双肩包又背在背上，笑嘻嘻的。有点随意，又有点轻浮，一阵子忧郁，一阵子欢喜。总之，很好，很热闹，就更不存在讨厌。相反，翁先生倒是希望她留下来。

翁先生说：“你等我一起关了门上去。”

“好好好。我会跟你媳妇解释的啊，我就借宿一晚。”姚晓娇跟过来帮着将门板一块块插起来，看着门板边上的藤椅，翁先生主动说：“这是我母亲坐的凳子，那个时候她开香烛店，像对面阿婆那样，午后会坐在这里做寿衣，或折锡箔。”抬眼貌似姚晓娇是母亲，为了不神伤，赶紧摇摇头，“当然，她现在出家了，应该是解脱了吧。”

“那你的父亲呢？”姚晓娇顿觉有趣起来，这个男人有故事呢。出于敏感和好奇，她有意多问些，便知道了翁先生一个人住这里。他的父亲叫翁清白，名如其人，白净、清雅。四十岁那年，死于喝酒。他死后，开寿衣店的妻子，用自家店里的东西，送走了他。也算是厚葬，妻子将店里所有东西都烧给了他。之后每天穿戴整齐地坐在店门口，逢人就说：“那天真倒霉，这人买了寿衣走了，自己却多嘴叫她回来，告诉她这件寿衣还是留下来，换一套大点的吧。”这套寿衣三天后穿在了她男人身上。是她配合入殓师一起穿上的，大小刚好。

听到这里，姚晓娇兴奋异常，每一句话都有一个场景存在，忧伤的，轮回式的，疏离的，又很奇妙的感受占据而来，她向翁先生跑过去，拉住他的胳膊，青春洋溢地冲他一阵傻笑：“这里很好，你很好，我喜欢。我应该是喜欢的。”

3

老街因枫桥而得名。从桥边一路过来是好几家香烛烟纸店。这条老街跟别处的老街不同，气息阴森，店铺的经营也多为香烛烟纸店。什么锡箔、花圈、长明灯、元宝、寿衣，颇为丰富地展现在店内。夜晚，灯火幽暗，人在前面走，后面阴风阵阵，脚步声凌乱。但回头，什么也不见。黑漆漆的夜，像巨大的黑洞。不由得人就恓惶起来，加快步伐小逃。这里暗地里被称为“鬼街”。但人又不得不来，家里有人过世，或中元节、清明节，又都会赶来买锡箔和元宝回家烧。当然，还得到翁先生酒坊带上一坛子黄酒回去。

翁先生长得极像他父亲，白净、清雅。喜着中式对襟月白色麻布衣，在街上走着，身上落满月光，人们看着看着，不由大惊失色，哎呀，不得了，老翁活回来了！

父亲去世后，翁先生主动将床搬到母亲房间。也许正因为如此，他到现在也没有娶妻生子。小镇上的人很擅长传播谣言，每一种谣言都描绘得格外传神。他们说这对母子乱伦，说母亲当儿子是父亲……也有人说，是儿子孝顺，母亲早年守寡，身体不好，翁先生夜里都要起来给母亲端药吃……

“其实呢，没有人知道啊，我的母亲心里难受，总认为自己那天不叫那个人回来，那条寿衣就不会害死父亲——这是一件挺灵异的事!”

“我陪着她，她才能安心地睡觉，因为我太像父亲了，她只要看见我睡梦中的脸，就会觉得父亲还活着——自欺欺人呗。”

翁先生做了青椒炒蛋、红烧鲫鱼、番茄肉丝汤，跟姚晓娇面对面坐着吃，跟平日里与母亲吃饭一样，这时候呢，他会喝点酒，今天还特意新开了一坛酒，切上一把姜丝温好，与姚晓娇对饮。花格窗半开着，月亮挂在泡桐树的树梢上，风一阵阵地吹，略凉，但喝了两杯酒后，风变暖了，是五月里的迷人的风。猫在屋檐外蹑手蹑脚地走，还有一些细碎的脚步声，若有若无的说话声，姚晓娇握着青花瓷小酒杯，聆听着翁先生说话，眼神里有一种似有若无的悲伤和欢喜交替着。蹙眉，朝窗外看一眼，低低地叹息着。

这间两层小楼，一楼是门面房，开着“翁先生酒坊”。酒坛子后面的转角处，有一个木制楼梯。楼上虽不大，但也隔出了客厅、房间、厨房，所谓餐厅呢，是在阳台上，这样也好，看看风月，喝喝酒，再看看人间悲欢，惆怅啊，猫在叫唤，锡箔的火光羸弱，远处，偶尔还能从古寺里传来几声钟声。

“你说你母亲出家在哪里?”姚晓娇指着幽远的夜空问。

翁先生也看向幽远的天空，那里有一个宝塔，再看着面前面若桃花的姚晓娇，点了点头，一时有点凝噎。触景生情吧，他的确想到母亲出家后自己孤独的身影，仿佛很久以前那个喜欢朝人堆里钻的人怎么就不见了呢，活着就活丢了。当然，人啊，也不需要每天这样矛盾地反思什么，越是放不下会越难朝前走，可是真要勇气啊，真要抛开一切啊。这能行么？就好像面前的老街，曾经都在这里落地生根，造就了这么多小楼，可是，一代代人活下来，竟觉得它又老又破，讨厌了，搬出去了。老街像一把烦恼说抛弃就抛弃。然而，时隔多年，在外面闯荡的心啊，竟又看见老街的价值，如今的人啊，向往清雅，喜欢安静地喝茶，或到老街走走……这样便好，这样已经很好了啊。与朋友、与亲眷、与师长、与情人，非常实际又理性地感受，回到熟悉的地方感受消失的暖意，将冰凉的手和眼温热。

仅此而已。仅此而已。反正人嘛，都是这里不对那里不对的。

姚晓娇的手伸过来，落在翁先生的脸上，轻轻地帮着拭去他不知不觉流出来的眼泪。翁先生笑笑，竟有些不好意思："咋就喝高了呢？我咋就喝高了呢？"然后，他紧紧地捉住姚晓娇的手贴在脸颊上，闭上眼睛体味着："你呀，害得我又想到母亲了……"

父亲去世后，母亲初一、十五都会去普慈寺烧香赎罪。有一天，烧完香，方丈在门口遇见她，说道："下个月初一我在这里等你。你该来了。"母亲明白了，"是呀，该来了。"她回家就跟翁先生说了，翁先生流泪了，他的脸被老房子的花格窗挡着，很是阴郁。后来月亮升起来了，清冷的月光打在他脸上，他感到浑身寒冷："姆妈，你也要离开我？"母亲做了一桌小菜，迟疑着母子俩是否需要喝一杯。这个镇上的女人，每个人都是酿酒高手，每个人也都是喝黄酒的。只是如今酒厂生意不好，很多人改行，进了其他的工厂工作。母亲分明也是懂喝酒的。她选的杯子是青花瓷的。黄酒热气腾腾地倒在杯子里，孱弱的姜丝像水草漂浮在杯底。翁先生鼻子灵敏，闻到热腾腾的酒味，回头不解地看着母亲："姆妈都是要进佛门的人，怎可喝酒？"

姆妈有一张精致的小圆脸，眼角、脸颊虽然已经有老年斑和皱纹，但曾经的芳华还在，发白的头发一股脑盘在后面，身上穿着一件月白色棉麻布的对襟衫，立领妥妥地托举着下巴，将脖子拉直拉高，被柔和的灯光打着，浑身充满慈爱的光辉。姆妈斟满酒，看着翁先生说："我儿，以后若想见我只能去寺庙了。姆妈敬你一杯酒。"

翁先生端起杯子，将杯子放在唇边深深地闻着，并不打算喝。姆妈已经喝尽，朝翁先生亮着杯底："喝了它，一个男人咋能不喝酒呢？这虽然是黄酒，温和，但只要是酒都是有血性的，你该换种方式生活了。"

翁先生又想到父亲，都说他是喝酒喝死的。姆妈却要自己喝酒，很不解。姆妈懂他的心思，又倒上一杯酒："你父亲其实是喝了酒，睡觉时没有醒来。并不是喝酒喝死的。那天他高兴，他酿出了他想酿的醇正的原浆，他想破例酿点白酒出来。酒是酿好了，人却没了。人们认定他是喝了自己酿的酒喝死了，我百口莫辩。他其实死于脑梗塞。但这也没什么不好，他走得多轻松，睡着就睡过去了，走了，无牵无挂。”

翁先生惊讶：“这些年了，姆妈怎么到现在才告诉父亲死亡的真相?”

姆妈继续说：“那时候没有人知道脑梗塞。我也是后来找了医生问才知道的。反正是走了，喝酒走的，还是脑梗塞走的，有多大区别呢？就像姆妈和你，在人们口水里这些年，姆妈不能再害你了，姆妈该离开你了……”

翁先生闭紧眼睛，干了杯中酒。他没有想到，闻酒味和喝酒完全不是一回事，酒水入嘴巴，入喉咙，到胃里，到肠道里，像枫桥下的河水，蜿蜒而行，起起伏伏。还像唱戏，几个颤音，几个迂回，几个哎哎呀呀的苦叹。嘴巴苦了。眼泪也成线地落了下来。

“姆妈，你身体不好，别人怎么说不关我的事。你这个身体出家，我怎能放心?”翁先生双膝落地，跪在母亲面前。

母亲没有去扶翁先生，因为饮酒，她的脸色开始红润，出气也重了。她深深地看着翁先生，眼睛渐渐潮湿了。片刻后，她笑了，摸着翁先生的头，唤道：“翁先生呐——”

翁先生顺势倒在母亲的膝盖上，嘤嘤地哭泣着。好似五六岁的孩童，孤独、害怕、不舍、留恋、悲凉，各种情绪涌上心头。他觉得是该哭一次了，好好哭出来。他的背影落在地上，成为一道凄凉的光。哭着哭着，睡着了。醒来，母亲已经离开了家。翁先生将双手耷拉在大腿两侧，感觉世界真是静极了。一只老鼠从地板上跑过，以迅雷不及掩耳之势躲到床铺底下。翁先生蹲下，跟老鼠说："现在就剩我俩啦。"

这一夜，翁先生醉在姚晓娇的手心里，时不时地，他会提醒姚晓娇一声："你听，普慈寺的钟声又响了。"

"来，我们喝酒。"

4

早期，翁先生不饮酒。虽然卖酒，天天在酒坛子间穿梭，但一想到父亲喝酒喝死了，便发誓不饮酒。真正喝酒是从母亲出家那天开始的。一个谜解开，等于开启了一坛新酒。但是呢，什么事都有两面性，是矛盾的，不喝酒的他，嗅觉特别灵敏，把任何身心不接受的味道统称为异味，比如一个人说话的语气，看世界的态度，这个人只爱钱……他都能及时捕捉到那丝气息。关于被母亲逼着去相的那两次亲也是这样，姑娘身上的气味太冲了！

姚晓娇身上的气息不一样，她是性感的、迷人的、纯粹和美好的，从来没有这样一种美妙的气息从毛孔穿透出来，让感官兴奋、身体兴奋。这是爱情吗？苏醒过来的翁先生，明显感觉到身体的异样，他是多么想拥抱住这份美妙的气息，让身心愉悦。愉悦，这种感觉太久没有出现了。

应该说是自从那个有夫之妇离开之后，就没有了。这个女人啊，怎么说呢，有家室，比自己大，尽管长相还可以，但经过时间沉淀，竟想不起来为什么会喜欢上这个女人。只隐约记得，她有钱，但备受老公冷落，她爱喝酒，也爱来“翁先生酒坊”买酒。买好酒还喜欢痴痴傻傻地跟翁先生说一会儿话。起初，翁先生也没注意听，直到这个女人有一天中午喝醉了，她迷醉着双眼来买酒，她趴在柜台上，酒味熏天。当翁先生递给他“十月白”时，她主动握住翁先生的手，双眼含情，红唇欲滴，酒香喷人——两人就这样握着“十月白”凝视了很久，眼睛看见了各自的心灵和身体，翁先生强烈感觉到自己动情了，下体温暖又乖巧，有些欲罢不能。但是呢，那天之后女人不来了。原因是街坊上的邻居眼睛太尖，竟然发觉翁先生跟女人在眉目传情，你跟我说我跟你说，传到女人的男人耳朵里，男人来闹了一场。当翁先生承认只握过女人的手并无其他举动时，男人笑了，他仰起头哈哈大笑，对着自己女人点着——“原来你喜欢这种娘娘腔啊！”

也是很久以后吧，翁先生才得知，女人还是跟男人离婚了，男人直接住到小三那里。但女人也没有来找翁先生，她带着儿子仍旧住在大别墅里，过着有钱的但也寂寞的生活。女人觉得这样也好，她终究还是吃不了苦！

"可是，可是之前怎么没闻到她身上的铜臭味呢？莫非，被浓烈的酒味掩饰了？"

姚晓娇的出现，让翁先生反思着自己的前半生，他凄凉地一笑，手伸在空中，一无所有。姚晓娇蜷缩在沙发里抱着笔记本写作，她穿了件自己晾晒在阳台上的月白色对襟棉麻衫，光着腿，光着脚，头发随意地扎着，几缕散发在脸颊上拂动，鼻翼小巧精致，嘴唇饱满水润……当意识到自己的眼睛落在姚晓娇一起一伏的胸脯上，翁先生赶紧撇开，起身去买了一盆酸菜鱼、一碟夫妻肺片、一盘蒜泥生菜，唤姚晓娇吃饭。可他还不知道她的名字，便愣在沙发前。倒是姚晓娇大方，她将头抬起来，笑盈盈地说："亲爱的翁先生，吃饭了吗？"

接着，她站起来，拉了拉衣服的下摆，跟着翁先生来到餐桌前："不喝酒吗？"

"不喝了，我喝不过你，我有话要问你，你说你来找一个人？能说说来找谁吗？找他做什么？他是你什么人？你们什么关系？还有啊，你从哪里来？叫什么？"一口气说完，翁先生惊讶地瞪着姚晓娇，发觉姚晓娇也很吃惊地看着自己，她似乎在问："你管那么多干啥？我找谁关你屁事啊？你干吗那么紧张？你以为我借宿了一晚你就可以什么都要知道吗？"

跟心里所想差不多，姚晓娇不想多说什么，看到她的表情，翁先生再次确定，这个女孩是不受约束的，她火辣自由，是一团火，会烧死自己的。她喜欢喝酒，还抽烟，她几次都将拿烟的手势做出来，可惜没有烟可抽，包括她还会说点脏话：“靠！”她反问翁先生：“你可真够婆婆妈妈，问那么多干啥啊！我是一个网络作家，我来追寻一个故事，其实吧，就是一个执念，我就要写关于一个执念的故事，我不明白，爱会是一个执念吗？这他妈的是怎样顽固不化的爱啊！”

“爱啊，应该是心动的感觉吧，看到你心里像河水一样直泛涟漪……”翁先生对着窗口讪讪地说。面对那个有夫之妇自己有过，如今，对着这个小女孩儿也有，只是如今自己连她叫什么都不知，还不敢看她。

“你看我说话。我又不吃你。”姚晓娇呼喊着，突然，她站起来，将身体前倾在桌面上，双手捧住翁先生的脸，诡异地笑了：“你不会喜欢我了吧？——不过呢，喜欢我也正常，我这么年轻美好，很多人都会喜欢我的。”

姚晓娇不仅是火，还是光，根本抓不住，只觉得她在眼前晃，晃花眼了，色彩斑斓的，但你抓不住。她也许根本不喜欢老街。她是奔跑在阳光和草地上的女孩，她热烈、自由、奔放，她的世界明亮又温暖。翁先生收回目光，紧紧地闭着眼睛：“喜欢你如何，不喜欢又如何，我们终究不是一路人，我是不会喜欢你的，更不会玩感情游戏……”

松松软软的、湿润热辣的感觉直接压在唇上，姚晓娇用吻堵住了他的嘴巴。这一刻是匆忙的，临时起意的，像一场意外，没有任何前兆和表示，但这样也好，猝不及防的，倒也有了另一番感觉。热吻之后，翁先生的手还不知如何摆放，姚晓娇却一把将他的头搂进怀里，抵在一起一伏的胸脯上，低唤着：“让我抱抱你，就这样抱抱你。”

也就是在这年轻的，却有着初为人母的温暖的拥抱里，翁先生一头陷进去了，再也无法自拔，他像是突然打开了情感世界的眼睛，一下子明白男女是怎么一回事，什么娘娘腔，都是自己迂，没有遇见真正喜欢的人而已。

这时，姚晓娇说话了：“吃好饭，带我去找那个人吧，他就在这个镇上，离老街不远，是我听到的一个故事。”姚晓娇的眼前出现了一个烟雨蒙蒙的湖边，一个男人独自在垂钓——怎么说呢，说这个故事的人啊，他端着酒杯，倾斜着身体，他距离自己很近，却感觉很远，他始终只有绝情和冷漠，就算你将心挖出来，他都这样。他只是说：那个地方叫月亮湖，烟雨蒙蒙鸡犬声，云蒸雾绕樟树林，然后，这个男人在湖边守候着，守候什么呢？他突然转过身来问姚晓娇，姚晓娇没有回答出来，但她记住了，月亮湖，香樟树林，一个神秘的男人……她发誓要找到这个地方，告诉他，让他知道自己有多努力！

翁先生应了姚晓娇的提议。那就去找吧！但愿能找到一些东西回来！突然，他想起什么，起身走进房间，打开一道沉重的柜门，捧出一坛人参酒过来放在桌子上。这其实只是一只巨大的玻璃坛子浸泡着一棵人参的药酒罢了，搬出这个干吗呢？姚晓娇不屑地看着。只听翁先生说：“这是我母亲留给我的东西，她说这棵人参泡了很多年，你看它身体那么洁白，真是令人着迷啊——等你找到那个人，我们喝这个好吗？”

“靠，原来不就是庆祝嘛，搞那么情深义重的！弄得人家一头雾水。”姚晓娇跳下凳子，“走喽，去找呐！”

5

两人刚一前一后出门，翁先生的胳膊就被人拽了一下，被站在枫桥边卖蔬菜、螺蛳和小鲫鱼的阿婆叫住。她没有走近，眼睛看了看姚晓娇，意思是让翁先生再靠自己近一点。翁先生就靠近了一点，听得阿婆急吼吼关照着：“不管怎么说呢，你是在我们眼前长大的，你是什么人，我们都知道，你可不要乱骗人啊。有的话骗了别人骗不了自己。时间长了，人们还是会知道你不懂酿酒，你就是个骗子啊。你说你蛮好的人留在这里骗人家干吗呢？”

“我……我没有骗人呀！”如当头一棒，翁先生气急败坏地黑着脸。

阿婆又看看姚晓娇，问：“她是谁啊？”

“我——我媳妇。”翁先生闷闷地嘀咕一句，离开阿婆，拉上姚晓娇的手走上枫桥。他能感觉到阿婆仍旧站在桥边一脸惆怅地瞅着自己的背影纳闷。

姚晓娇来寻访的一个人，听着有点玄乎，说他一个人住在湖边，跟隐士一样，一间茅屋，他将湖用绿色的网拦住，养了很多鱼。他的家在另外一个镇上，他是新婚之夜搬出来的，如今在湖边住着，养了多年的鱼。这是一个奇怪的事。他干吗要一个人住在湖边多年？他一定有什么不得已的执念……

姚晓娇断断续续地说着，似乎也在思索，突然在饭桌上听到的故事和地名，为啥就让自己跋涉而来？我究竟要寻找的是什么？是故事本身的真相还是要证明一些什么？翁先生打断她问道："你说这个人住在月亮湖边？"

待看到姚晓娇郑重地点头，翁先生心里有数了。这个男人自己见过，他没有传奇啊，他只是喜欢养鱼，这里因为大量种植了香樟树，种植香樟树也是农民想发家致富，不想最终连成了片，围着月亮湖延绵不绝。于是，许多鸟也来了。鸟是白色的，在湖面上飞，这个男人坐在岸上抽烟看湖里的鱼。一到冬天他就回家了，春暖花开了再来。至于叫什么住哪里倒是不知。因为一个人长期习惯性住在这里，就没了询问的理由，理所当然一般。

此时正值春暖花开之时，男人不在。茅草屋的柴门虚掩着。茅屋里仅剩下一堆柴灰，和一张空空如也的木板床。姚晓娇捡起一根树枝，扒开柴灰看看，又去摸摸床架，说："他为什么要骗我呢，这明明都很久没人住过了嘛！"姚晓娇一脸的失望，一缕头发落下来，正想去捋，却发现手还在翁先生手里，被他紧紧地握着。她看向翁先生，再看看手，示意松开。翁先生明白，五指松开，又握紧，一把将姚晓娇拉进怀里抱着。

是的，这个在湖边养鱼的男人不管在姚晓娇心里有多神奇，对于翁先生来说他很普通，他会生病，会死——死，这令翁先生惧怕起来，自己似乎都还没好好活一次就死了，女人没有，孩子没有，爱情没有——不，爱情，姚晓娇已经让自己欲罢不能！这不是爱是什么，这就是上天赐给自己的礼物啊！

姚晓娇乖巧地依附在他怀里，像是受伤了，他为什么要骗自己呢？而自己就因为爱他，却被他骗着兜圈子，也许这个地方根本不存在，而这里的月亮湖根本只是凑巧，这些都是那个男人在交际场合随口杜撰的故事吧？眼底划过一道忧伤，姚晓娇将头抬起来，死死地看一眼翁先生，并用右手食指抚弄了一下他的嘴唇，骤然，她踮起脚跟将嘴唇压在翁先生的嘴唇上。她明显是有性爱经验的，当翁先生抱着她在小茅屋里打圈圈不知如何是好时，她暗示到木床上去。翁先生这才抱起她，轻轻地放在床上。又怕床板硌疼她，还将自己的衣服脱下垫在她背下。姚晓娇感动于他的细心，主动搂住他打开了身体。暴风雨在茅屋里猛烈上演，木床被摇晃得咯吱咯吱狂叫，几次都有了被压散架的哀鸣，但它终究撑了下来，以节奏强烈的伴奏声配合着这场肢体的暴风雨。

姚晓娇气喘吁吁地抚摸着翁先生脸上的汗，问道：“你还是第一次啊？”她的眼睛明亮亮的，特别迷人。翁先生红着脸，点头。姚晓娇如获至宝，惊呼一声，紧紧地抱住翁先生：“还找什么湖边的男人，你就是我最该寻觅的人！”回去途中，姚晓娇一路都在兴奋地讲她准备着手写的故事。她说得最多的一句话是：“没想到会遇见这样的你。好像你在这已经等了好多年。”

翁先生的眼睛潮湿了，亮汪汪的。跟月光下的月亮湖一样。

于是，翁先生便成为了姚晓娇的采访对象。她要听他讲他的父亲、母亲、酒坊，以及街坊邻居的故事，她说这样一个有怪异气息的地方真适合写网络小说。她这篇小说保证能赚大钱。翁先生也从来没有觉得自己酷爱说话，没事就跟姚晓娇黏糊在一起说话，说屋檐上的猫，开过街面的泡桐花，说枫桥以及桥下的水，还有普慈寺的钟声，再折回来说一家一家香烛烟纸店的故事。整条老街，经过细密的梳理，说出的事居然还有那么多，今后呢，还会多，因为老街一开发，人会来，故事就来了嘛。

这时，翁先生开始唤姚晓娇为娇娇。姚晓娇还主动告诉翁先生说自己是心甘情愿留下来的。她要做翁先生的女人。这应该是翁先生最春风得意的辰光。这样一个女人从天而落，她令人舒服，大大方方的，从不过问金钱、房产等俗事。她喜欢写东西，也不讲究穿着，有时几天不出门，慵懒地套着自己的月白色棉麻布衫，赤脚在家走来走去。她写作也是抱着笔记本窝在沙发上写的。见到翁先生上来，就一起吃饭，然后，听故事。故事讲到差不多了，感觉也来了，便抱在一起做爱。翁先生明显很喜欢她结实而富有弹性的臀部，当她的双腿架上他的脖子，他就会无比爱恋地唤着："娇娇——娇娇——"

声音貌似还带着哭音，一副就要哭的样子。

镇上的人很快发现翁先生不一样了。他胖了，气色好，眼睛亮闪闪的，连走路的姿势也变了，脚步跨大了，也快了，浑身上下洋溢着爱的气息。有一天，人们还看见姚晓娇趴在花格窗里看月亮的样子。她可真年轻啊！

有人直接问："小翁啊，恋爱了？"

翁先生笑而不语。

人们又问："这姑娘哪里人啊？"

翁先生仍旧笑而不语。

总之，看见翁先生这样大家还是高兴的，他也是该成家了。尽管这女孩儿……但凡见过姚晓娇的人，都能看出她不像是待得长留得住的，也只能什么也不说，替他高兴。但是，一想到另外一件事，他们又得关照："小翁啊，你可不能变啊。这些年都这样，我们可不能让你变啊。"

"怎么变？"翁先生一头雾水。

看着面前被挖成一条大沟的老街，翁先生竟有点烦躁。

6

这天，翁先生跟姚晓娇在房里吃午饭。吃着吃着，姚晓娇眨巴着眼睛看着他，问："你用什么洗衣服的，你的衣服很香。"

还放下碗，跳过来，伏在翁先生的胸口上闻着。嘴巴里吐出来的气息热腾腾的，嘴唇在胸膛上乱点。翁先生一抬腿，就将她的臀部顶到自己的胯部上，双手由下而上拉掉她身上的月白色棉麻布衫……姚晓娇骑在他的胯上，问着："你说我会怎么写你呢？你想过没？我可以写《我与翁先生的日日夜夜》吗？写我们相爱，写我们最终在床上……"姚晓娇真够娇滴滴的，随着脑袋里小说情节的推进，她已经完全进入角色，由被动变为主动在翁先生胯上大幅度动作着。

有人在楼下拍门，喊着："翁先生，翁先生，你出来下。"

当翁先生一身整洁地出现在酒坊，跟这几个人见面时，来人分明难以抑制住笑意，眼睛还朝门口瞅，似乎在找什么。来人说："你的好运来了，女人有了，事业也来了。这个酒坊呢，是个宝。但这里要改改，不能这样搞文化，你看啊，这边做药酒，你知道现在人特别注重养生么，枸杞酒、桂圆酒、人参酒还有蛇酒……这边呢，还是卖你的老本行，毕竟你这个店适合搭配酒文化的打造，那金秋欢、十月白多好听啊……"

"还有啊，你们家的故事都整理好了吧。我们该找人写导游词了，我们保证你的'翁先生酒坊'肯定是这条老街的一块大招牌……"

说着，他们递上来一份合同，让翁先生签约。翁先生犹豫一下，签了。什么是对生活的妥协，此刻就是，为了娇娇，他决意好好做一个拥有雄心壮志的男人。但他却也纳闷，街坊阿姨怎么一直在提醒自己不好骗人，骗什么人？为什么要骗人啊？

普慈寺的钟声又敲响了，一下，两下，三下。自从母亲出家之后，翁先生就觉得钟声是敲在心上的，每次都要顺着老街一路走到思源桥边站住，才明白是想来看母亲了。但他从来没有进去过，他不忍心看见母亲一身僧袍的样子。听一会儿诵经声，便转身折回来。心头无比的悲怆，人一辈子究竟为啥来着？无爱无恨，却是更苦的心痛。因为你不知道痛什么，难过什么，却分明很难过，很痛。

但今天，他是想进去见见母亲的，跟她说说姚晓娇。这个女人让他非常着迷。他想跟她永远在一起。然而，他仍旧没有进去，那一扇朱红的门让他看见了幸福又觉得幸福离自己很远。不是立马能够握住的。一悸，赶紧朝回赶。

他走得快了些，走到门口时都有点喘气了。姚晓娇难得走下来，站在酒坊里，正在酒坛子之间转着。她在每一坛酒上闻闻，摸摸，再念一遍“金秋欢、十月白、三月里……”突然，她将手停留在紫云香上，仔仔细细地抚摸着，嗅着，倒也闻到一种熟悉的气息，好像在记忆大脑里消失了很久的味道，终于被同样相遇而来的熟悉的味道重逢，并吸引住了自己。她甚至都想打开瓶盖，看看那朵泡桐花是什么样子了。

“娇娇！”翁先生站在门口温柔地唤着，这令她有点回不过神来的样子，于是，她回头的动作慢了半拍，眼神恍恍惚惚的，亦有惊喜和忧伤存在。瞬间，她犹豫了，低沉了，叹气了，其实呢，都是没意思的是不？说着，将手中的青瓷瓶又放回原位。

翁先生正巧听到这句。心里一紧。从自己刚才站在门口叫她的情景回想到姚晓娇刚来那天的样子，竟像一场梦境。

翁先生想打破眼前的迷雾，唤她上去喝人参酒，说不管怎么说，今天我也想喝酒，我有话跟你说。姚晓娇说："我也有话跟你说。我们上楼吧。"

干燥的木楼梯发出了干燥的声音，你一声，我一声，各怀心思。但一到房间，姚晓娇却让翁先生"笑一个"。翁先生吻一下她的额头，笑了。他一笑，姚晓娇叫他不要动，说他这样笑真好看，并举起手机啪啪啪地连拍了好几张照片。

两人坐下来准备喝人参酒了。翁先生正要开启瓶盖时，姚晓娇阻止了，她将手指落在玻璃上，隔着玻璃抚摸里面的人参半晌，激动地赞叹道："太美了。喝了真可惜。不喝了。"继而，转身，背上早已收拾好的双肩包，跟翁先生平静地告别："我要回去了。"

"回去，回哪里？你住在这里好好的啊。"

"回我来的地方啊？我不可能在这生活一辈子吧？你知道的，我要找的人也没找到，该回去了。我还要开会，讨论公司给我安排的新的写作任务……"

"不，你不能走！我不能没有你！"分离的痛苦在每一个骨头缝隙里蔓延。

"切！我为什么不能走，你留我干啥，你觉得能留得住吗？"

姚晓娇不置可否，就要抬脚走人。

翁先生哀哀地流着泪："留下吧，我需要你！"他想到姚晓娇带来的激情，无法控制。但姚晓娇去意已决："我还年轻，有很多事要做。我怎么可能跟你住在这里。我对你已经蛮好了。不过呢，也感激你，我的这篇小说可是很火哦……"

"那么，我们再抱下吧。"翁先生不再哭了，他的眼睛又恢复了阴郁，这是他最后的恳求。他一把将姚晓娇拉进怀里，深深地拥着，热切地吻着。姚晓娇的身体顿了一下。突然，她抬起胳膊，一把脱光衣服，赤身裸体地问翁先生喜欢自己什么？我的身材吗？你喜欢啥呀？翁先生的眼睛跟着她的问题，从上到下打量着，鼻子一寸一寸地嗅着，鼻翼里喷出的热气，弄得姚晓娇咯咯地笑着。姚晓娇的腰肢此时已经被翁先生搂住，贴在他的小腹上。但她还将身体朝后仰着，看着花灯笑个不停。翁先生说："不要笑了。再笑不行了。"同时，他成功地进入到姚晓娇的身体里，手试图扳正她的上半身，想用嘴唇堵住嘴巴，让她不要笑了。然而，此刻的姚晓娇眼睛里却是非常愤怒的，身体也不配合，死板板的，没有一丝感情色彩。这很令人伤心。翁先生问："你不想啊？"

"是的。我该回家了。怎么来怎么去，不带走一片云彩。生活不是这样子的，爱也不是这样子的，你太迂了。我们之后也不会再联系。"

"你，你怎么可以如此绝情？"翁先生只觉浑身无力。

姚晓娇撇撇嘴角，一副玩世不恭的态度："翁先生，你可真是不知足，我对你已经很好了……"突然，她的脖子疼了，紧了，说不出话了，翁先生一张涨红的脸扭曲着，愤怒着，危险一步步逼近，她惊恐极了："你这是干什么？你，你要做——什么？"

7

姚晓娇醒来时，天色将暗。夕阳的余晖落在花格窗上，平日里，这时候应该是跟翁先生收拾桌子，到阳台上倒黄酒小酌了。翁先生做起事情来总是特别的细致，也是慢条斯理的，但极其认真。餐桌上每天都有一枝插花，小小的一个白玉质地的瓶子，插一枝玫瑰，或一枝天竺叶子，或一串北美冬青……而菜肴呢，也用足了脑筋，白斩鸡啊，烧得又嫩又鲜，那一碟调料，葱花姜丝一粒粒一丝丝，匀称地漂浮在透明器皿里，鲜酱油宛如土地深沉，这简直就是另一个春天。这是他的拿手菜，一吃就难以停下，姚晓娇用手撕拉着，蘸着调料大快朵颐。对的，这不是一个善于装腔作势的女孩子，她喜欢吃就大吃特吃，不停地吮吸着手指欢天喜地地夸赞："好吃！好吃！"嘴角流油。

翁先生自己吃得很少，他喜欢看她吃。他坐在她的对面，一脸温情，一眼脉脉，夕阳落在月白色棉麻衣衫上，白净、清澈又纯真，在他面前，姚晓娇任性又自由，如果没有以前遇见的男人，她相信自己会爱上他，他是值得你爱的——他虽然只是个卖酒郎，也只是一个老光棍，可是你放眼看看，有哪些人能够给你如此这般的安全感和信任感，像他这样实诚地爱着？他像那棵站在枫桥边的古树，古意盎然，却又生机勃勃，还温暖迷人，自带一种不凡的气质。他热爱生活，自己收拾房间，自己做菜，他的酒都有自己的名字，他从不吃外卖，他享受做菜的过程，就像给酒瓶上写“十月白”，他是真正地自己活着的人。这些，不是自己打心里缺失并想寻找的么？

就在姚晓娇将沾满白斩鸡鲜味的手指含在嘴唇里吮吸并傻呆呆地看着对面的翁先生时，翁先生的身体便朝前倾了一下，右胳膊抬起来，放到桌面上，端起青花瓷酒杯朝姚晓娇递来，他在邀请她碰杯，一起干尽杯中酒吧。他的嘴巴也咧开了，露出一排洁白的牙齿，他美美地笑了。姚晓娇明白，他宠爱自己，他视自己为生命，他……姚晓娇越想越怕，因为她知道自己最终是会辜负他的。所以，她想自己应该尽早离开这里，真的，越早离开越好，面前的这个男人，他折腾不起啊！

于是，从一开始姚晓娇就在设计着如何离开，这表现在一起坐在阳台小酌，抱在一起做爱，一起饮茶的各种情景里。他给自己讲小镇上的人的故事时，她的专注度已经无法走进另外一个人。他多么可怜啊！姚晓娇又走神了，她的眼前又出现了另一张面孔——那张自己深爱的、轮廓分明又风流倜傥的脸，它端端地悬浮在那里，让她想去亲近，想去抚摸——对了，像书里写的，手指从他的头发、额头、眉毛、眼睛、鼻子、脸颊到嘴唇和下巴，一点点摸下来，感受他的气息和温度，嘴巴一张一合，再念叨着“亲爱的，你的眼睛，你的鼻子，你的嘴巴……”从嘴唇里吐纳出的气息也一缕一缕喷在他的头发、额头、眉毛、眼睛、鼻子、脸颊到嘴唇和下巴上。自己的眼睛是迷离的，他的也是，整个空间都很暧昧和深情。一切，都是浓情蜜意的。就这样，他们疯狂地抱在一起了，难舍难分。

然而，醒来，姚晓娇发现自己仍旧是躺在翁先生的怀里的，刚刚跟自己做爱的男人是翁先生！翁先生因为充满精力地享受了她的身体、她的爱意——那个对臆想中的男人释放的爱意，翁先生缠绵住了，他出了一身的汗，安心地睡着了。他是心满意足走进梦乡的，姚晓娇让他无法自拔。姚晓娇心头一疼，默默地说：“对不起啊，对不起!”手指真的就去抚摸翁先生的剑眉，手指像一把小梳子，一遍一遍刮过，只刮到他露出如婴儿般天真的笑容出来。他一把将她拉进怀里，贴在胸口上，嘴唇抵在发丛里，深深地呼吸着。

但这次，不能再像以往那样了，自己已经表达了离开的意思，他虽然不舍，但也动粗了，掐了自己的脖子，差点被他掐死了——姚晓娇将眼睛从翁先生的脸颊上移动到桌子上的那瓶人参酒上，透明的玻璃瓶，一棵人参飘飘袅袅地浸泡其中，它的身体飘在酒里，跟站在云雾里一样，透明、伤感，绝望，又如此安详，要是真的被他掐死了，会有这般的表情吗?

“不，不可以，我还没有好好爱过，我不能死！”姚晓娇的身体被翁先生压麻了，动弹不得，翁先生整个人是伏在她身上睡着的，他的手仍旧紧紧地抠住了她的身体，他不会轻易让自己离开的！姚晓娇试探着动了动身体，翁先生立马灵敏地又抠紧了，嘴里嘟哝着什么。细听，好像是在哀求不要走不要走！

姚晓娇终于感知到自己做错了事，任性过头了。害了翁先生。跟翁先生在一起的日日夜夜便跟回放的电影镜头一般，一点一点地回放出来，不得不承认，温情并不是不存在的，也可以这样说，渐渐地，自己甚至都有点着迷于他的细心照顾。那种全心全意的好，跟小时候吃的酥糖一样，吃了一颗还想吃，再吃又怕母亲不给，又害怕一下子吃完了。

要命啊，那个端着红酒杯的坐在酒桌上的男人总会在该出现和不该出现时出来，他真折磨人啊，他的手指在细长的高脚杯的杯柄上握着，性感无比。其实握住的是一个名利场，他太引人注目了，衣着精致，气质出众，派头老大。也不知为什么，第一次跟他在酒桌上遇见，姚晓娇就一头跌了进去。他不经意飘过来的眼神会让她坐立不安，脸红了又红。他太懂女人了，一眼看出端倪，幽冷地一笑，便变得异常高傲，故作深沉，不易接近，但是呢，他又会恰到好处地丢一点柔情过来，那种迷人的笑落在红酒的荡漾里，形成了无数个春风沉醉的晚上。姚晓娇就这样成了他的情人，不，轻易上了几次床的女人。

姚晓娇明白，他看不起自己。他只是享受了自己的身体发泄了欲望而已。一点痴迷与爱都没有——在跟翁先生在一起之后，她明显感觉到了不一样，并体味出爱和不爱是两码子事。那个男人，他对自己是没有耐心的，两人共处时，他也没有什么话，连看也没怎么看过自己，就空空洞洞地进入了自己的身体。姚晓娇还回忆出他居然有女人的水蛇腰，他的身体很凉，他的身体跟自己的身体黏在一起时，其实是分隔得很远的，因为总觉得缠绕着自己身体的是一条冰冷的蛇。滑溜溜一阵，就溜走了。两个人最终只剩下对于生殖器的贡献和机械的动作。冰冷又无情，淡定又恍惚。

而翁先生呢，他珍视自己，他的每一个眼神和动作都是充满爱意的，充满体谅，他怕弄疼自己，处处在关心着你的身体和心灵的变化，一点一滴，只为了让爱生根发芽，长成一条凌霄花，于是，心里也就开满了凌霄花。这让两具热腾腾的身体久久地缠绵在一起。

姚晓娇就这样哭了，抽抽搭搭的声音惊醒了翁先生。翁先生赶紧坐起来，捧着她泪流满面的脸问："娇娇，怎么了？怎么了？"姚晓娇看着他紧张的眼神，只管哭，何去何从，的确不知道了。她只能哭。待看到姚晓娇脖子上的红印子，翁先生立马想到了什么，可恨啊，他骂了一声自己，他哀哀地看着姚晓娇，无所适从，自己怎么能那样对她！

翁先生也跟着默默地流泪了，看见桌子上的人参酒，他猛地站起来，就要去拧盖子，他将双手放在玻璃盖上，沉默一会，低沉地说："娇娇，真要走，等我喝了这坛酒，再走吧！"这个感觉，不亚于父亲去世的黄昏和母亲出家的清晨，翁先生绝望地闭上了眼睛。

"不，喝了这坛，你会死的！"姚晓娇从沙发上跳下来，一把从后面抱住翁先生，她将脸贴在他的后背上，哭着说："你干吗要让我恨你啊！你知道的，我不爱你，我的爱早被践踏死了！"

这一刻，姚晓娇用尽了生命的力气，紧紧地环抱着翁先生，温热的气息喷在他的背上，暖暖的。翁先生将手反过来，试图也紧紧地环抱住她。他们都在力所能及地朝紧贴着。

8

普慈寺的钟声又响了。一声，两声，三声。

最近吧，每每听到钟声，翁先生就会全身紧张，仿佛一声声是敲在自己头上的。这个钟声好像明白自己什么心思一样，玄妙又紧张，要出卖自己一般。

但是，到底是些什么东西呢，身体里什么时候开始生长杂草和恶魔了呢？怎么会这样，自己每天紧张什么呢？想想以前啊，看看泡桐花，赏个月，想个好的酒名，云淡风轻啊。古镇的生活清淡随意，居然拥有一条最初的通道任自己走来走去，走出了一身的月色。而现在呢，脑子里成天在盘算姚晓娇还会走么？她会真的走吗？她走了自己今后怎么办呢？更重要的是，一想到姚晓娇，身体就欢腾，一欢腾就慌乱，消遣不起的感觉，生殖器一次次被消遣，之后就是抱着姚晓娇也开始萎靡不振——他知道，自己太紧张了！

生殖器一紧张就出了乱子，爱不起来的样子。这令翁先生又急又乱，又无助又羞赧，分明是那么激情澎湃，为什么关键时候就垂头丧气了呢？翁先生看一眼身下的姚晓娇，羞赧的感觉立即幻化为恼羞成怒，姚晓娇啊，姚晓娇，你为什么将眼睛瞪那么大盯着我呢？你能接受跟这样一双眼睛做爱吗？当然，姚晓娇有姚晓娇的说词，她说："你太走神了，你是不是还在想如何软禁我？"姚晓娇的眼睛滑过翁先生的鼻尖，落在窗户上，那里，翁先生悄悄地上了锁，这一把锁没有锁住姚晓娇，却给他的道德上了一把锁。

这都是姚晓娇明亮的眼睛告诉他的，她在恨他！

姚晓娇继续说："你不觉得我俩在一起，只是在消遣生殖器么，你了解我多少，你爱我什么，你懂我啥，你贪恋的只是这个年龄的放纵和发泄。你不懂生活与爱。你根本不知道我此刻想啥！"

翁先生穿好衣服坐在桌子边，他的手可以随时抚摸着那坛人参酒。尽管抚摸了一百遍，也揣度不到姚晓娇的心里。姚晓娇笑笑："无所谓你知不知道，我俩呢，总归是要散的。"

翁先生的手掌正落在人参的头上抚摸着，但五指冰冷。

姚晓娇说："我是独生女儿，我怎么可能就和你在这里住一辈子啊。在这里，只有一股酒味，和一股霉味。跟你生活，等于要葬送我一辈子，你想过我们今后的生活吗？结婚？生育？抚养孩子？生活实际啊，很真实的，我虽然写小说，编故事，我也做不到一辈子任性，我的确突然来到这里，图新鲜，跟你住了这些日子，话呢是该说透了，我不爱你，我该回去了，你锁住我但锁不住我的心，所以，我可以看着你锁门锁窗，我觉得你很可笑，又可悲，你的活是另一种死亡。"

"你的生活就像你手中的人参酒，只是浸泡着，像一枚标本，你走不出去，也打不开，可以爱但不可以不爱，你太在乎得失。终究最在乎得失的就是你!"姚晓娇禁不住哈哈大笑起来，笑得翁先生浑身颤抖。

"不过，我……"姚晓娇的情绪变化太快，突然，她眼睛有了泪水，她哭了，哽咽道，"你终究不知道我有多爱他，我爱他啊，他的侧影，他的气息，他的世界，他的名利场，都能够让我飞翔，我真的好想抱抱他——"

姚晓娇开始伏在枕头上哭泣，就在这时，普慈寺的钟声又响了，今天难道敲钟人记错时间了，又重敲了？

"我来到这里，都是为了他酒桌上的一句话，他其实根本都忘了，但我非要来一遭。也许我根本就是走错了地方，又错误地遇见了你，你说哪有那么巧，我就如此容易找到月亮湖，和一个守湖的男人的故事？他给我的药引子，是一副毒药！他要离开我了!”姚晓娇忽然明白了，与此同时，她披头散发地奔过来，一头扑进翁先生的怀抱里，泪水鼻涕一脸：“他不要我了，我该怎么办啊?”她的手紧紧地抓着翁先生的衣襟扯着，将纽扣扯开了，指甲在他干净的胸膛上划过，一道道鲜红的血痕错综复杂，迷离彷徨。

普慈寺的钟声不停地响着，要命啊，翁先生咬紧牙关，忍受着蚀骨一般的痛苦。他念叨着：“姚晓娇，姚晓娇……”手落在姚晓娇的肩膀上捏着，用力地捏着。只有肉体的痛苦才能减轻心里的痛苦，那么也只能这样了，翁先生的手一点点地增力，像把老虎钳钳在姚晓娇的肩膀上，她瘦了，很瘦，骨骼吱吱作响的声音传来。姚晓娇也猛力地抓着翁先生的胸膛，两个人的两双手互相破解着什么，但很有默契，一下一下，一起发力，一起耷拉下来，累了，两具伤痕累累的肉体又继续抱紧取暖，这时候，两人都发现彼此怀抱着一团熊熊烈火。

内心里，有个迷人的声音在强烈地呼喊：“让痛苦来得更为猛烈些吧!”

上着一道冰冷的锁的窗下，闭着眼睛打瞌睡的阿婆，她突然对着自己的香烛店张开嘴巴打了一个大大的哈欠，她流淌着一滴干涩的泪，自言自语着：“翁先生好像几天没开门了啊，你们知道翁先生去哪里了吗?”

一只猫听见了，立即跃上屋檐，蹲伏在泡桐树枝丫上，对着翁先生家的窗口喵呜喵呜地叫着。猫叫声永远是撕心裂肺的，要把天空撕碎一样，撕成一条条碎片落下来，再覆盖住千疮百孔的苍生啊。

接着，一行人过来了，他们说：“听说这个翁先生酒坊，马上要改造接待游客了。”

“啊，那好，这个翁先生也算是苦尽甘来，他这一生啊，不对，这半生很不走运呢。”

与此同时，一股强烈的异味从姚晓娇身体上散发出来，翁先生吸着鼻子说：“你几天没洗头发了啊!”

9

快递盒子是被一辆电瓶车送来的，当时翁先生正准备出门送酒。最近，生意有了好转，据说跟老街的宣传片有关，其中有个镜头给了翁先生酒坊，人们便被“春风送”“十月白”“九曲回”的名字吸引了，一定要喝到怎么个“九曲回”来。而翁先生呢，也得到姚晓娇建议，酒坛子分成大中小三个容量，价格的差距略微拉开，意思是买小坛不如买个中坛，买中坛还不如买个大坛，量卖出去了，钱不就赚了。而此刻，正好就有人要了两大坛“九曲回”，翁先生笑了，酒还是那个酒，你们只是喜欢喝酒名啊，感受另一种消费。待看到边上的“紫云香”，他又想起姚晓娇那天抱着酒瓶站在门槛边的样子来，她戴着紫色发带；发带边又落了一朵紫色泡桐花。那一刻是永远动心的，此时望过去，仍旧倩影闪烁，光阴闪烁，泡桐花闪烁，喜鹊的叫声悠扬无比，翁先生就又动心了，痴幽幽地看着门口……

快递男一身黑色冲锋衣，戴着头盔，猛地出现，高大又黑暗，带着陌生和肃杀，他将快递盒子直接丢在台子上，说“姚晓娇”，一闪身，又走了。消失了。来去无影。翁先生一悸，脸色发白地奔向台子，拿起快递翻来覆去研究。

快递来自另一个世界，而另一个世界又是未知的，但快递可以保持一种秘密联系，这是一条通往大世界的通道。翁先生在发货栏里看见了一串来自上海的详细地址，货品没有注明，倒提示着“易碎物品”。

“是我的粉，你快拿上来。”姚晓娇正在洗脸，她对洗脸要求越来越严格，一个脸要洗半小时，热水冷水交替使用，还要用蛋清拌珍珠粉敷，然后再擦润肤液，大大小小的瓶子十来个。“你赶紧帮我拆了，我要用。”姚晓娇感觉到翁先生来到身边了，直接吩咐。

翁先生将一枚精致的蓝色小瓶子递给姚晓娇时，说：“你要什么跟我说呀，我还没送你啥呢!”

“你是怕我跟外界有联系吧，好呀，你送我——兰蔻，一瓶乳霜六百八，我需要一套，大小五六瓶，美容液、日霜晚霜……哈哈，心疼了吧，要不，你说说你现在有多少积蓄啊，你都这个岁数了!”

姚晓娇本来只是想刺激一下他，两人之间已经没有了当初的信任和激情，现在更多的是互相折磨与针锋相对。这就是感情么？就像自己的父母，姚晓娇的脸色幽暗下来，是的，她讨厌这样的自己，看上去明朗清秀，其实内心却很忧郁和黑暗，没有安全感，并且虚荣和好斗，但又养成了一副麻木不仁的样子……

“我有五十万……”翁先生如实回答，“父母留了一些，自己这些年存了一些，再加上这套老房子，你看我能给你买个什么?”

“这些钱，买点化妆品和几件珠宝是差不多，但你不用送我，你还是留着以后娶个好女人吧。”在翁先生的一脸诚恳中，姚晓娇不忍心了。怎么说呢，面前这个男人也很可怜，对比自己，只是他曾经有个幸福的家，备受父母疼爱，除此，也没啥了，并且疼爱他的人该死的死了该出家的出家了，自己再去骗他钱没意思了。姚晓娇推一把翁先生，“快去送酒吧，我要化妆了!”

屋子里只剩下姚晓娇一个人了。她没有了化妆的心思，化妆是为了证明自己仍旧鲜活和美丽，但看见镜子里的脸庞，却是越来越模糊和陌生。相由心生，自己到底哪里变了呢?

姚晓娇坐在床沿边上，这是翁先生母亲的床，那时候都传说翁先生跟母亲同住一室……呵呵，人言可畏啊，姚晓娇明白，只有站在这个屋子里，才能分辨清楚，翁先生为人和善，他母亲孤独慈爱。他的母亲跟自己的母亲一样，总是在为一个家而欢喜忧愁着，可母亲一辈子没有过上自己想要的生活，因为父亲一喝酒，就会掐她脖子，瞪着血红的眼睛问她知道我的痛苦吗？我不爱你，从来没有！世人都知道我爱她，永远，一辈子！

这个“她”就从此若影若现出没在这个家里，与父母同吃同睡。很多时候，姚晓娇仿佛就能看见她正坐在父母之间吃饭、看电视，或者一起睡在床上，她睡左边，母亲睡右边，父亲明显偏爱她，总是背对着母亲，他的背影隔绝了母亲，掩饰了母亲，床上就仅剩下父亲怀抱着的“她”了。

但平日里，父亲对母亲并不坏，至少他舍得给母亲买新衣服，买花给母亲种植。那个时候，父亲温和、谦逊、玉树临风。母亲迷恋他，眼睛里充满着感激的泪水。父亲也喜欢她的漂亮，将她拥进怀里，重复着歉意：“我这一辈子啊，最对不住的人就是你啊。”

姚晓娇自小明白，一个女人会是毒药，让一个男人一尝便不能罢休，并要毒他一辈子；还有一个女人是解药，她前世欠了债，这世来还，她便充满能量帮助着这个男人，解脱着这个男人，也许还会为其牺牲。这个结局对于一个男人来说，同样如此，一个是毒药一个是解药……姚晓娇多次将这段话写进她的网络故事里。

还有一种感觉是，家在姚晓娇的心头是一片海，宁静的时候很温馨，爆发的时候很恐怖。没有任何平衡点，她最初心疼母亲，后来却心疼父亲了，因为她知道一个秘密，母亲也并不是全心全意爱着父亲的，她的忍让全都因为有了自己。她爱的人是另外一个人，他当兵之后没有回来。而这一切父亲并不知情，父亲便觉得愧对了母亲一辈子。姚晓娇也没有理由去拆穿这个秘密，特别是自己无怨无悔爱上了那个男人后，自己要求他了什么呢，为自己离婚？多爱自己一些？不不，他只是在自己心甘情愿的情况下顺其自然地抱住了自己的身体，他的世界是一个非常大的名利场，自己根本无法踏入一步……

“娇娇，我买了鸡头米和百合，我做甜品给你吃啊。”翁先生进来后，就直接进了厨房。他的情绪也出现了起伏和动荡，总在试图补偿姚晓娇，又总在想霸占她，就好比买鸡头米时，他想到了食补的养颜秘方，不得不承认姚晓娇是美丽多情的。

然而，过于繁重的情绪落下来，也影响了他对于美食的把握，味道总觉得不如从前。姚晓娇不明白，翁先生自己却知道。很久了，他从没有满意过做的每一道菜，长期下来，他沮丧了，明白自己已经没有能力去爱姚晓娇了——这个结果是非常瘆人的！他又一次盯着那坛人参酒，恨不得一口气喝掉它，母亲留在俗世里的一坛酒，居然是一坛毒酒！

“你又忘洗头了吧，你明明知道我喜欢干净！”看着姚晓娇吃着自己并不满意的鸡头米甜品，翁先生必须找到另一种释放。

夜色宁静。新月如钩。这股需要洗头的味道杀死了翁先生的爱，他踱步到窗户边，打开铁锁，一股清新的空气扑面而来，带着泡桐花清芬的味道，一晃，一年过去了啊。姚晓娇留在这里一年了。她带来的化妆品都用完了。她也没怎么走出去，她说她这一年写了好几个故事，赚了很大一笔。她的理想是，今后要用这些钱跟心爱的男人环球旅游，她说她一直喜欢自由。肩膀上一热，姚晓娇走了过来，她将脸颊抵在他的肩膀上，对着窗外诡异地笑着。然后，她迅速地脱下衣服，将赤裸的身子朝窗口抻着，双手兴奋地挥舞着，“你这是干吗，不知廉耻!”翁先生看到了卧在泡桐树枝丫上的猫的眼睛，羞愧难当，赶紧去拖姚晓娇回来。可是此刻的姚晓娇宛如一条鲜活的鱼，滑溜溜的，他抓不住，她的双乳就这样扯来扯去地回弹着，拼命地朝窗口猫的蓝眼睛上挺去！“你疯了吗？你给我去死!”翁先生已经无法忍受姚晓娇的泼辣劲，他要让自己的脸在老街上丢尽了。她的报复是如此彻底和羞耻!

“哈哈哈哈，我美不，我是姚晓娇啊，你留不住的！再拽我，我就从这里跳下去!”自从窗户上锁后，她都没有来到过窗户边，多半只是宁静地看一眼，将头低下，缩回到自己的世界里创作。她似乎对于窗户上锁和打开没有任何念想。这让翁先生惊讶，违反了她本真的性格。翁先生便知道，对于姚晓娇他是不了解的。而他却对这个女人倾注了所有的心思……

恨意、冷意从脚底袭击上来，姚晓娇的坚持更令人可恨，随着悲呼的猫叫声，楼下似乎隐隐约约有人来了，他们应该是扬着头，想听见些什么看见些什么？他们充满了猜测与传播的能力，就像好事的街坊对自己跟母亲，可恨啊！终于将姚晓娇拽到了人参酒坛边，姚晓娇顿时安静了下来，她嘻嘻地伏在酒坛上，像两枚人参贴合在一起，一具惨白，另一具更加惨白。翁先生移动着身体，也伏在“一具惨白”（姚晓娇）上，他觉得冷，狠命地怀抱住这具惨白（姚晓娇），手在她的身体上乱抓着，但总是抓不住要抓住的真实感，最后，落在了脖子上。姚晓娇的天鹅颈真好摸啊，真漂亮啊，他的手在那里游走着，一点一点地抓紧，姚晓娇开始挣扎，挣扎是告知，是警醒，但也是最后的失去，翁先生哭泣着，脸红脖子粗的，眼睛里的东西变幻无常，冷漠、憎恨、温情、柔软，互相交织冲撞，而普慈寺的钟声又响起来，与猫的叫声纠缠在一起，一声比一声紧，急啊，该怎么解脱呢，对于这烦躁的状态，翁先生咬牙切齿着：“娇娇，不要怪我，这是我们最好的解脱啊！”

姚晓娇的身体慢慢地在翁先生的怀里冷却了下来。半晌后，翁先生才将她平放在地板上，跪在面前，帮她擦拭着人世间最后一滴眼泪：“对不起，我不能没有你！”他把头深深地埋进姚晓娇的双乳之间痛哭着，但很快又停止住哭泣，抚摸着姚晓娇的身体，任寒凉顺着指尖溜进自己的身体里。的确没什么好哭的，现在跟她终于可以永远拥抱在一起，她再也不会离开自己了！

眼睛落到餐桌上，看见母亲留下的人参酒。美妙的人参在玻璃瓶子里跟姚晓娇的身体一样，浸泡在酒里面，永远存在，自己可以每天隔着玻璃来看她，抚摸她，跟她相守……这个想法疯狂又痴癫，充满奇思妙想，竟然让他的心里温暖了一下，酒香四溢，他继而喃喃道：“我是多么想跟你奔放自由地生活啊！”

楼下，香烛店里的阿婆又打了一个长长的哈欠，她遣散着人流：“回吧，回吧，没事了，安静了。”

乳　香

1

具体来说，青桐是说不出这种感觉的，她的鼻翼前总有一种气味在游弋，像水里的鱼，使她充满好奇，想去抓住时，又找不到了，逃跑了；它还像空气，来得突然去得突然，若有若无地飘来飘去，直钻她心涧，软的，柔的，甜的，成了一只沾染了糖液的毛茸茸的爪子，爪子一会儿伸过来挠她，抚她，和她嬉戏，最后凝聚在心口，盛开出了一朵雅致宁静的白莲花。每遇这个时候，青桐总是能满足地睡去，梦境香甜。为此，一直以来，她的嗅觉就有了超出常人的灵敏，如狗鼻子，四处伸张着，努力判断着——这到底是什么气味呢？诱人得很，她的嘴巴里也湿润了。

那一年，青桐3岁。

2

青桐住在一条叫梅里弄的水岸上，木质结构的老房子，下面是九娘开的裁缝铺，二楼是房间。房子夹在一排房子之间，顺着河岸走。顺着河岸走的还有一溜线排开去的作坊铺，做酒的，做豆腐干的，染坊、铁匠铺等等，这些牌子上的字都是毛笔所写，一股墨香常年萦绕着。来过的人都是这么说的，梅里弄的墨香深厚得很啊。可是，这些青桐没有感觉，她闻到的是另一种气味。令她想象不到却令她念想和沉迷的气味。

九娘是青桐的养母，她在青桐还是一个嗷嗷待哺的毛毛头时，就告诉了青桐这个事实。她将青桐抱在怀里，眼睛望着前方，以幽幽的、缓缓的腔调说的。她诉说时，总喜欢用一个多少年前的数字作为开头，比如青桐一岁的时候，她说一年前；青桐两岁的时候她说两年前。总之故事开端的年份是跟青桐的岁数同步而长的。她说：X 年前，我出来刷马桶时看见了桥下的你，你被包在一条白底子、紫色小花的襁褓里，穿着红衣裳，个把月大小的样子。本来是在哭的，可是一看见我就呵呵地笑，仿佛认识我似的。我说奇怪这小囡咋一见我就笑呢，想必是缘分吧，于是收养了你。停顿一下，又说，青桐你不要这样看着我，我不想隐瞒你，看得出你是个好人家的囡囡，我不配做你姆妈——瞧瞧，你姆妈给你取了一个多么好听的名字啊。

九娘说这些话时，眼睛里总是蒙着一层水雾，意味颇深的样子。而青桐呢，似乎专心致志地听了，眼睛也是一眨不眨地看着她的。但是，她从来没有问过，一脸平静。后来，她长大了，能说能问了，但她仍旧这般模样听九娘说，一个字也不问，也没有一个动人的表情，仿佛九娘说的是一件与她无关的事。

她的沉默是罕见的，九娘拿她没有办法，最后只有叹气。叹了一声又一声，叹得人心都碎了。

既然不是亲娘，九娘也不允许青桐叫她姆妈。青桐只好跟其他人一样叫她九娘。青桐牙牙学语时，嘴巴一张一合的，总觉得她说出来的是酒酿饼。等到她口齿清晰时，她却再也没有叫过她一声九娘，她很少说话，即使要说话也是直接用你，她不知道怎样称呼她来得好。

九娘一辈子独身，却唱得一口好戏。这两者都成了她的传奇之处，她在梅里弄五真桥边戏台上为游客唱了很多年，几乎来过这里的人们都知道她不仅戏唱得好，人也长得俊，叫九娘。可是，这样的女人却没有男人。好花没蜜蜂采，总是可惜的。当然也有人私下里认为，一个如此出色的女人没有男人也可能因为男人过多了，喧闹过头就是冷清了。她没有选择的能力了——戏子嘛。所以，九娘跟青桐的生活是清寂的，被人忽视和另眼相看的，人们看过来的目光总是带了一丝邪恶的揶揄成分。

包括九娘从戏台上走了下来，人们也觉得不可思议，唱得好端端的怎么突然就不唱了呢？还有，那孩子是谁的？九娘的传奇继续发展着了。直觉从浮光掠影的戏台上走下来的九娘，住进了民宅小楼，从此她就成了一只笼中的小鸟，两耳不闻窗外事。直到临走也是这样，专心专意做着衣裳。是的，不唱戏后，她学会了一门手艺，成了一名会做一手好旗袍的裁缝。

九娘做衣裳时，她喜欢将青桐放在裁衣板上，要是青桐睡着了，她就会随手拉过一块布给她盖上，再朝她后脑勺下垫上一个小草籽枕头。九娘做一会衣裳，就会看她两眼。后来她缝制了一件红兜兜给青桐，青桐长得白白净净的，穿上红兜兜后真像寿星图上的那个小胖娃娃了。青桐喜欢颜色绚丽的布，只要一看到，小手就伸了过来抓，兴趣十足的样子，从来不管九娘是不喜欢她这样闹的。九娘终于恼了，骂她，她也不哭，丢掉布，傻傻地看着九娘，明澈的大眼睛里含着一层水壳似的东西。九娘看着，不忍，又是一声叹息，将青桐抱到怀里了。青桐在她怀里，有点不安分，小嘴巴张着，“啊啊”地直朝她胸脯上蹭，最后用头撞，她要吃奶。九娘反感青桐这个动作，板起脸，一把推开青桐的小脑袋，将她丢到床上不管了。这点九娘做得很坚决，从不允许青桐蹭她的乳房。为了断青桐这个念头，她甚至从来都没有给她买过一口奶粉吃，也从不与她睡一张床。

可是，青桐啊就是那么喜欢蹭她的胸口，在她怀里不安分。记得一次有人见青桐在九娘怀里吵闹不停，便告诉九娘说，多给囡囡唆唆啊，会唆出乳汁的。女人的胸脯是个奇怪的东西，能听见囡囡的饥饿。为此，那人还举例了，她说有一个60多岁的奶奶为了带大没姆妈的小孙子，她干瘪的乳房居然被小孙子唆出乳汁来了呢。

九娘不置可否，回那人说："人家是好人家的血液，吃不得我贱奶的。"

一晃，青桐九岁了，读书了。除了读书，九娘不允许青桐随便出门，九娘给她做了一个布娃娃陪她。青桐抱着布娃娃欢喜异常，给睁着圆溜溜大眼睛的布娃娃取名圆圆，一放学就抱在怀里。这时候，青桐开始习惯待在楼上了，是做作业，跟圆圆玩，显得非常自在，悠然娴静。有一天，她做完作业，抱着圆圆在窗口玩，突然看到隔岸有位姆妈正在门前抱着一个小囡囡喂奶。姆妈的衣裳撩了起来，老远就能见到半只雪白的胸脯露了出来。不由自主地，就在那一刻，青桐闻到了开头所说的那样子的气味，几乎是本能的，她低头问圆圆，圆圆也饿了吧？顺手便将衣裳撩了起来，学那位姆妈的样子拍着圆圆的后背喂奶，鼻翼前一直游弋着那股气味，香，软，甜……青桐努力辩解着，那到底是什么气味呢？使她的心痒，麻，痛。青桐正沉浸其中。不巧的是，这时九娘正好上来取东西，见她这样火了，怒气冲冲地奔过来，抢过圆圆，恨恨地从头顶上摔了下去，骂青桐不要脸，真是丢死人了！

从此，青桐没有圆圆了。

3

到十三岁那年，青桐觉得这个时间段的跨度有点长。几乎是数着过来的。那年她感觉到自己的乳房有所异样了，首先是传来一种说不明白的胀痛感，随着胀痛双乳居然像山里的小蘑菇一样慢慢突了出来，高过了胸脯。青桐害怕，对九娘喊你快来，我成妖怪了，胸脯上长了小蘑菇。九娘赶过来说："别净说瞎话。"说着，九娘就撩起她的衣裳看了，问痛不？青桐点头，可说不上具体是哪儿痛那到底是怎样的痛。最后就听九娘说，青桐长大了啊。

青桐开始顶着两只小蘑菇去上学，在校门口遇到了一阵大风，风像两只大手，将她的小红衫抚到后面去了，胸脯上的小蘑菇就这般赤裸裸地翘了起来，不知出于什么心理，那刻，她随即朝边上的同学看了看，发现其他女同学都没有这种高度时，顿时羞耻不已，红着脸将手迅速捂在了胸脯上，她要将小蘑菇藏匿起来，嗯，最好摘掉它，胆怯地，小心翼翼地走。可是刚一抬脚，她发现语文老师迎面走来了，老师新婚，刚刚升职当爸爸，满脸的喜气洋洋。青桐赶快低下头假装不见。

老师——

就在她跟老师擦肩而过的刹那，鬼使神差，青桐突然闻到了从老师身上散发出来的一股气味，那气味是那般熟悉，若有若无的，是她鼻翼前一直游弋着的气味……青桐一阵激动，呼唤着追了上去，站在老师面前像条小狗一样伸长鼻子贪婪地嗅着，她拉老师的衣袖，闻老师的胸口，惊喜地喃喃着："是的，就是这样的……"之后，她落泪了。

这天的语文课青桐是一个字也没听进去，老师身上的气味使她终于证实了它的存在，确定了气味不是一场空穴来风或一场虚无飘渺的幻觉，但是她还是具体说不出那到底是一种什么味道，而老师身上又怎么会有？直到回家走在巷子里，她也没有想明白，她觉得这个问题比加减乘除要难想多了——那是什么气味呢？香，甜，还有……总之，让她迷恋，挠得她的心特别软。她实在想不出了，比喻更难，眉头痛苦地皱着。其实上课中，她已经失态了，她回答不出老师的提问，只感觉到了老师身上的气味，于是牛头不对马嘴地跟老师说："老师，你身上好香。"她的回答惹得教室一片哄堂大笑，老师站在讲台上红着脸尴尬地挥手叫她坐。可是她并不怕，她睁着大眼睛，看老师像模像样地举起膀子闻了闻，一脸茫然。

巷弄幽深、阴暗，所以使得头顶上的天空显得异常白，有片云朵悠然飘过，带来一抹阴影。青桐实在想不出了，她索性将头靠在一堵墙壁上看天上的云。这个动作非常随意，但是却很容易给她带来难堪，只见那两只青涩的小蘑菇随着挺起来的胸脯也不自觉地欢快地挺了起来，有点自我张扬和显摆的样子。对门的阿姨出来倒水见了，像是发现了新大陆，眼神怪怪地进去了，不一会儿，又带了一个女人出来，两人挤在一起神秘兮兮地直朝青桐指点。青桐不明白，礼貌地朝她们笑，她们也笑，笑得很不自然和揶揄。

回家不一会儿，青桐就听到九娘在楼下吵架。青桐赶忙跑了下去，一看原来就是巷子里的两个女人。九娘一直不喜欢人们说青桐像自己，可是就有人偏偏说青桐越大越像九娘了，简直就是一个小九娘！每逢听到此话，九娘的神经就会异常紧张，骂那些人眼睛瞎了，青桐是好人家的女儿！一般人呢，也不跟九娘较真，因为都知道她神经上有些不对，善于认死扣。所以，见她生气了也就算了，像谁那是九娘自家的事。但是，今天对青桐指指点点的两个女人不信邪，站在九娘铺子前故意又说了，九娘生气了，说话便刻薄了一点，哪知她们还要刻薄：我还没见过不认自家囡囡姆妈的人呢，真不知道你为的是哪门心思？我看也就你才会生出这个小狐狸精，你看看，才几岁，胸脯都挺那么高了……

这是九娘的软肋，她的脸顿时如失血般苍白了，气咻咻看着青桐不再说话，头耷拉了下去，像只断茎的瓜。而此时，青桐早已将双手捂在了胸脯上了，羞耻地、害怕地哭了。她听到了女人的话，也不知道从什么时候开始她已十分害怕别人提到胸脯了。九娘无奈地叹了口气，一把将她拽了回去。关上房门后，九娘过来猛地剥下了青桐的衣裳，并让青桐双手笔直地放在大腿两侧屏气。她要好好看看这两只小蘑菇到底长到啥样了？

青桐被她疯狂的样子吓得不敢反抗，低着头静静地站在房间中央，任九娘打量，连眼泪都不敢流。九娘不再像第一次那般十分欣慰地说青桐长大了，这次她看上去很难过，抚摸着青桐长势喜人的乳房，哭了：“你的烦恼咋来得这么早呢?”随即将头撇开了，似乎那里是火炉，会烧坏她眼睛，她的神态幽怨极了。之后，她望着床铺下的箱子，立即走过去将箱子拖了出来，翻箱倒柜找东西。

九娘找出了一条白洋布，横在双手上托着，如释重负地松了口气。然后一步一步朝青桐走来，不知为什么，见她过来，青桐不自觉地退后了两步，眼露惊恐。九娘强硬拉过青桐站好，将布对准着乳房缠了起来。青桐不明其意，也许是痛，直到这时，她才哭了，眼泪无声地从眼眶里掉了下来，像凭空落下了一阵小雨点。九娘边缠边问她哭啥呢?青桐咬着下嘴唇说：“痛!”九娘不理会她，说我这是为你好。青桐不再说话，默默地看着九娘跪在地上咬牙切齿地为自己缠，眼看着小蘑菇像被巨石压倒不见了，青桐跟着九娘一起舒气。此时九娘已累得满头大汗，接头处用针线给密实地缝制上了，她说：“戏里都是这样做的，挺着个胸脯多不雅观啊!”

第二天，青桐去学校，胸脯上的小蘑菇果真不见了，她发现自己跟其他女生一样，胸前平平了。风再大，她也不怕了，只感觉浑身一阵轻松，忍不住欢快地跳跃了一下，马尾巴在蓝天下飞扬出了一个极其优美的弧度。直到做早操前她都是一直高兴着的，问题就出在早操上了，因为缠着胸，她弯不下腰啊。直觉胸口处像抵上了一块铁板，硬邦邦的，一弯腰铁板就紧了起来，勒得骨头都在痛。刚开始她试图硬弯过几次，但都没有成功，这才只好无奈地放弃了，直直地站在原地不动。语文老师走过来问她，青桐低头看着自己的胸脯，什么话也不说。老师只好让她先回教室。青桐转身离开操场的时候，特别朝老师看了一眼。老师被那一眼看得怔了怔。怎么说呢，那是一缕携带了特殊情感的眼神，让人疼、怜、怨、爱，还有感激，泄密着早熟的红花儿的香艳。

从此，青桐不再愿意回家了，家里没有老师身上的气味。气味只在教室，老师待过的地方。只有沉迷在这些地方，她才会有心安的感觉。一日，她恋恋不舍的要求老师能不能多上一节课，老师问她为什么，她不答。老师走来了，青桐就深深地吸着鼻子闻老师身上的气味，泪汪汪地说："老师，你身上的味道好香……"说着，就一头扎进老师的怀里去了，将小脸紧紧地贴在老师的腹部，贪婪地拥有着。

4

说来奇怪，自从开始每天给青桐缠乳后，九娘的身体开始大面积出现不好了。她再也做不好衣裳，她的手老发抖，心老慌，总觉得要出事。没办法，她只好唱戏，一遍遍地唱，声音一波三折的，飘进巷子，老远都能听见，像是一缕烧酱肉的幽香四处都长脚。

九娘藏在床下的那只扣着铜环的樟木箱子里装着她以前唱戏的戏服。很多时候，青桐觉得箱子在九娘的心里比她还要重要。九娘会在某个不特定的时候，打开箱子，取出戏服穿上，然后对着镜子贴花黄，她将脸擦得雪白，脸蛋上的两块胭脂像两朵粉红的盛开的蔷薇花，右鬓角插一朵塑料梅花，这一切弄好，她开始唱戏了。那的确是件很漂亮的戏服，纯白色，料子是丝绸的，摸起来光滑柔软，拖着长长的水袖。穿上戏服的九娘才是九娘，她显得是那么飘逸美丽，像仙子。她习惯拉灭灯，在一窗口清冷的月光里翘着兰花指，咿咿呀呀地唱戏——“伫依危楼风细细，望极春愁，黯黯生天际。草色烟光残照星，无言谁会凭栏意？拟把疏狂图一醉，强乐还无味，衣带渐宽终不悔，为伊消得人憔悴——”

她唱戏的时候，青桐就显得多余了，她缩到门口，扳着门框看，九娘幽咽凄清如秋坟鬼唱的声音，使她胆怯，使她瑟瑟发抖，仿佛站在一个幽深黑暗的洞口，随时都有摔下去被吞噬的可能。青桐不知道九娘为什么那么喜欢唱戏，又唱得那么专注，只感觉她的身体在清冷的月光里像一个鬼魅的影子在飘浮，一会东，一会西，没有声音，只有风过。青桐听着，突然哇哇大哭了起来，但一会儿就好了，不要任何人安慰。哭好，她跑了出去，她有了自己的小秘密，她不要听唱戏了。她要离开这些恐惧的声音。

青桐从外面回来时，九娘已经唱好了，靠在暗暗的窗口下无力问她："去哪儿了？"

青桐没有回答，直朝她走过去，然后站在九娘面前脱掉了外衣，胸口上的白布条在幽暗中显得特别白，像一道银光倏然亮了出来。青桐将这道亮光转给九娘。这已经成了她们之间的默契，每天早晨由九娘为她缠上，晚上再解开。九娘手碰上布条时总是很啰唆，重复着说："青桐啊，别怪九娘狠心，你也别怕疼。这是一个女人的命，谁叫你长得这么快呢？"

布条一层一层解开来，像雪白的小山一样堆在青桐的脚边。当最后一层布被拿掉时，青桐浑身一松，乳房似乎还特意弹了下，她突然发觉乳房比不缠时长得还要快，才一年的时间已有一个小拳头大小了。青桐双手摸住乳房心情复杂地笑了，她似乎又闻到了老师身上所散发出来的特殊的气味，气味是那么浓厚和清晰地涌了来，像滚滚而来的潮水……

5

深冬腊月，很冷。青桐走到九娘面前哀求："九娘，我穿棉袄了，能不能不缠了，我好痛！青桐最近感觉乳房胀痛得特别厉害。"

九娘叹口气，算是应了她，默默举起手给她解了。可是她的手刚碰上去便倏然落了下来，像是被针扎了，继而严厉地问青桐："快告诉我，谁动过布条了?"九娘已经卧床不起了，她没有力气再缝制接头了，于是叫青桐买了一大把别针别在后面。此刻，她发现别针被人动过了，她是不能忍受别针的别法与早晨两样的，她颤抖地抬了抬手，眼睛顿时一片灰暗，浑身哆嗦——

完了，完了，你完了……

九娘像哭又像笑地自我发泄着，她骂了青桐又打了青桐，怒气还是得不到缓解，最恼怒的是青桐居然一个字也不回答她。她气得又想唱戏了，可是，张开嘴巴却哽咽着唱不出一句，跪在地上凄凉而绝望地望着青桐，满脸是泪。就那么一刻的时间，她似乎一下子老了，不停地咳嗽着，双肩猛烈地抽搐不停，身子越缩越小，缩成了一枚小汤团，一阵大咳，她吐出了一大口血块，像一片落红从她嘴巴里飘然而出……

青桐害怕地朝后退了两步，又想逃了，逃到教室后面的林子里去，逃进老师的怀里，让老师身上的香味拥抱、安抚自己吧……

一阵闹腾，九娘可能没有气力了，她的头深深地勾在了裤裆里，低到尘埃里去了。一丛月芒打窗口泻进来，青桐看着她优美清瘦的背部线条，忽然想起了年轻的九娘，她穿着白底紫花的旗袍，头发总是很精致地、高高地绾着，脖子上佩戴着一串白色的珍珠项链和同色的珍珠耳坠。那时的她魅惑、充盈而又气质不俗，是一个美丽的、风情喜人的女人，但也很容易给人一种不真实的感觉，像画上的仕女，像绢纺扇面上绣的人儿，死气、哀怨和颓废。特别在那盏孚灯下的时候，她伸着修长的手指摩挲挂在衣架上的旗袍的时候，冷冷的月色落在她银白的睡袍和苍白的脸颊上，使她看上去更像一个影儿，稀薄的影儿……风吹着月光一晃，影儿渐渐不见了，飘了……

青桐走不下心了，她站起来，开始自己解缠胸布，布条落下来带来一条影儿打在九娘面前，九娘将头抬起，嘴角上残留着一丝血迹，看着布条一层一层解开来，露出了饱满的乳房，乳房被水一般温柔的月光包容着，像一双手罩着，九娘又哭了，眼睛落向青桐背后的窗口，看着伸展到窗口的梅花枝条落泪。眼神是一种彻底绝望了的样子。

九娘吃力地爬了起来，摇摇晃晃地退到床前，打开箱子，动作缓慢地取出了戏服，这次她没有穿，她只是捧在手心抚摸着，面如缟色，幽幽地唱了起来——“伫依危楼风细细，望极春愁，黯黯生天际……衣带渐宽终不悔，为伊消得人，憔悴……”

“要死了，都半夜了，死痴子九娘还唱啥戏啊！她还没死呀?”远处似有咒骂声传来。青桐记起了，九娘已经有好长时间都没有唱戏了，她的声音消失了，人们以为她死了。

九娘唱不下去了，她的眼神里全是悲戚和破灭。她突然转过头来，用极其凶煞、古怪的眼光盯住青桐，吓得青桐只能本能地抬脚再朝后退。背后是门，青桐没处退了，她只好抵在门上看着九娘一步一步朝自己逼来。那刻，青桐觉得身边所有的东西都在动，朝自己砸来，九娘的眼神是刀子，要杀了自己，她不禁小声的哀求："九娘——"

九娘没有走过来，她走到一半又回去了，站在窗前一把脱掉自己身上的衣裳，回头说："记住，不要相信男人，不要让男人随便摸你的乳房……一个乳房一条命……那不是爱情……"她一共说了三遍，话语越说越重，几乎是恶狠狠地，咬牙切齿地，用尽全力地，身体不停地颤抖着。青桐只见她失血的嘴唇像条虫子在蠕动，可她并没有听明白九娘说了什么，那些话变得遥远而含糊，青桐一点也听不清，她的眼睛盯在九娘的乳房上傻傻地站着。这是她第一次看到九娘的身体，九娘的乳房跟自己一样，左乳头边也有一粒芝麻大小的红痣……与此同时，青桐又闻到了那股奇怪的、经常游弋于鼻前的香味，香味厚厚酽酽的，像一团浓得化不开的云团包围了过来，又像一条绳索腾空抛了过来，拴住了她，拉着她朝前走，使她试图要捉住这香味，她的嘴唇跟着奇怪地动了动，整个一副婴儿吃奶的表情。可是当她即将走近九娘握住香味时，突感眼前一空，双手也抓了个空，只见九娘豁然变成了一缕空气，轻飘飘地飘出了窗口……

6

九娘走得赤裸裸。赤裸裸的九娘还是带来了一帮人，这些人由一个丑陋的老女人带领着，浩浩荡荡冲进来。老女人插着腰，颐指气使地要青桐即刻滚出去，还他们的房子。这房子是她男人的，他男人的房子就是她的，因为他们有一张婚约的本子证明。老女人对青桐说："贱人死了，你这个小野种快滚，这是我的房子!"原来，九娘突然决定不唱戏了，是因为她有了心爱的男人，可是男人也是这个老女人的男人。而男人跟九娘住了一段时日后就走了，在一个梅花开放的季节离去的，可他们相爱的时候却在梧桐树返青的春季。九娘的爱情像梧桐树般青葱，像梅花般深厚，但，到最后都是空的，青桐默默为九娘不值。

青桐挺了挺腰身，站在门口像一道门板岿然不动，她想好了，死也不让女人上楼，突然觉得自己要为九娘捍卫这最后的领地和尊严，这是自己目前最应该做的一件事情。拿好主意后，她迅速跑进厨房，摸出一把刀横在脖子上说道："你们休想赶我走！我是她女儿!"她的小手一直在发抖，声音也在发颤，但是很坚定，很洪亮。老女人根本就没将她放在眼里，冷笑说："哎哟，我可不是吓大的，你个小囡囡还敢赖着不走，看我怎么收拾你!"咽口口水，接着说："我倒看你割呀!"老女人话一停，青桐握刀柄的手就一使劲，一拉，脖子上的皮破了，流血了，她问老女人："你信还是不信?"那样子是如果不信我就再割给你看，这时她忽然不怕了，将头昂得高高的，一副大无畏的样子，眼神凌厉，充满悲愤和英勇。老女人不禁退后两步，终因怕出事，走了，临走丢下句："算我倒霉，遇到你个小贱人。"你给我等着，看我怎么收拾你！老女人前脚走，青桐后脚丢下刀，双腿软绵绵地瘫了下去，嘤嘤地啜泣。

也不知哭了多久，青桐被语文老师扶了起来，老师说我代表学校来看看你……青桐见老师如遇救命的稻草，紧紧抱住说："老师，我好怕。"

"不怕，有老师呢。"老师放下手中的慰问品，将手伸到青桐衣裳里解布条，十分熟悉的样子——"别怕，有老师呢!"布条是青桐自己缠上去的，缠得并不紧，轻轻一拨就散开了。

青桐深呼吸一口，说："老师，你身上真香，你知道那是什么香吗？我一闻到就不怕了。"

"傻丫头，那是乳香啊，我每天回家抱小家伙，每个吃奶的小家伙都有的。"老师已经拉掉了缠胸布，双手满足地握住了青桐的乳房。

青桐跪在床上，略略感到涨痛的乳房碰到手也会痛，经不得一碰了，你说那是乳香？她的眼睛落在布条上，突然觉得那上面也有这香味。青桐将布条捡了起来，找到了挨着乳头的地方，那里有一圈黄色的斑迹。青桐举起来递给老师闻："老师，你看我身上也有乳香了，好香的。”她还把自己的乳房送到老师鼻子前，你闻闻，也香的。

老师一把将她推开，眉头皱得紧紧的，眼睛从她乳房上一点点朝下移，直觉她的小胸脯最近大得也太快了，饱满过头了，胀得鼓鼓的，一摸还有些硬邦邦，像是装满了乳汁的塑料袋，而她的肚子？老师将眼光停在青桐高高隆起的肚子上，胆怯地问：“你最近身体有不舒服吗？呕吐、眩晕什么的？”

青桐没有回答老师，她捧着布条，正沉浸在某种美好的幻觉里，她看见了九娘，九娘乳房边的小红痣是那么美，空气里全是乳香的味道，她被吸引了，陶醉了，不由自主地，她砸巴了一下嘴唇，做了一个婴儿吮吸乳头的原始动作，表情贪婪而幸福。手指落在自己乳头边的小红痣上轻轻按摩着。

“你，可能怀孕了。”老师下床退了出去，仓皇极了。

窗外，不知谁家的孩子唱起了一首打油诗：“梅里弄有个戏子叫九娘，梅花盛开脱衣裳；九娘，九娘，偷养私女小青桐，长大在林子里脱衣裳。”

晚上遇见莫小海

季红梅总会在密集如雨点的织布声里想起一个男人。

男人叫莫小海。两人曾经是工厂里做工的同事，他做保全工，季红梅是纺织女。纺织女简称织女，易让人联想到牛郎织女的民间故事。那么，莫小海是“牛郎”？咱们很难见到，当中存在着一条银河——不过，见了又能怎样呢？如此，还不如不见，各过各的生活。但不会忘记。比如现在，季红梅又想起了他。

想起了这个男人的季红梅，心里就乐开了花——一个女人内心一旦开了花，就注定了身体里的爱意会滋生出来。

前面，季红梅的丈夫正蹲在不远处维修机器。丈夫叫黄西林，身形清瘦颀长，皮肤干净白皙，嘴上留着一撮小胡子——当然，也可理解为他没有工夫打理。季红梅第一次看到他，就觉得他男生女相，两人婚后在床上欢愉，也不止一次说过，你要是女孩儿一定很好看。手指在丈夫的眼睛、鼻子、嘴唇上画着，总觉得这样的五官比自己的长得都精致。

但长相精致的男人并不就能高贵起来。两口子这些年，一直在不停地干活，生活过得风雨兼程。有时候，季红梅看着丈夫双手沾满油渍摸着机器修理，有几分心疼。但仅仅是心疼。于是，接好断头，季红梅将手落在屁股上擦拭着朝黄西林走了去。她的屁股很有肉感，是那种天生瘦个子也翘着一个圆臀的女人。此刻，季红梅想跟黄西林说会儿话。迫切地。如果不说，她盛开的心灵，就无法闭合了。她渴望表达，也渴望聆听。谁叫夫妻俩平时话说得太少了！黄西林成天忙着修机器、接单子和送布；季红梅除开织布还要管理车间，做账，以及料理好家务，比去外面打工还不省心。最最主要的是，在织布车间说话不方便，织布机的声音太大了，说轻了听不见，得喊着说。可是，有些话一旦喊出来，感觉就没了，温情也没了，像吼。

季红梅斜靠在车间的柱子上，只觉得喉咙里像有一把青草在骚扰着。她也不想过问“好加布了，喷嘴没有了”之类的工作用语。双手落在屁股上摸着，摸了一屁股的燥热。想想，季红梅问黄西林道：“嗨，你说我这也不闲啊，每天十二小时对班调，咋就不瘦掉点呢！你看这屁股，还是那么大!”

季红梅说着就扭着腰肢转了一圈。

黄西林没有听见她说话，他的眼里仿佛就只有机器！季红梅落了个一脸悲凉，嘀咕道：“就懂得修！机器的病你能看，咋看不懂人的呢？黄西林曾经的一手好技术，此刻变得一分不值了。然后，季红梅就看着黄西林的手走神了，想到他曾经上班的工厂老板娘为了留他这双手可是下足了功夫。这个很有钱却瘦得像一直在饥饿着的老女人，为了留住黄西林的这双手，还拿着粉嘟嘟的毛巾帮着擦油腻腻的手。“呸呸，真恶心！”外面的女人再老也是新鲜的橙，远远地站着，都有一股鲜亮的气息跑来。黄西林对毛巾上的香气念念不忘：“你晓得吧，那条毛巾洒了香水！不知道用了什么香水能这么香！”季红梅笑着问：“比桂花还香？”男人连连点头，季红梅又问：“喜欢吗？”男人嘻嘻笑着拉季红梅的手，试图亲热，季红梅推开他，叫他老实回答。黄西林点头说：“好闻。”季红梅啐一口痰到地上：“那好，咱们也开厂，只要有钱了，我也会香喷喷的。有钱谁不会花啊！黄西林退缩了：“开厂要钱的，你有钱啊。”季红梅有种被逼上梁山的感觉，一愣，流泪道：“我会织布，你会修机器，咱怎么老帮别人修呢？”

想到这个女人就会牵扯起创业史，季红梅便扭着屁股将头也扭开了，兀自陷入在一种沉思中。是的，季红梅的身体里一直憋着一股劲。她看着黄西林一双手在油腻腻的齿轮间摸来摸去，穿越了山山水水，沟壑和丘陵。身心一动，她突然感觉到这双修长的手指是落在女人身体上的，每一个指关节都很熟悉女人的身体部位，深具把握度，那么迷恋手艺和迷恋手掌相差有多远呢？

于是，莫小海又出来了。同时，得以证明的是工厂男女间的情事谁不知道呢，你想啊众多男女聚在一起，一个修机器，一个机器坏了需要被修，说白了，修好的可不单单是机器，还有身心上的跃跃欲试。天长日久处下来，总归有几个是对上了眼的。真好也有，为了产量也有。工厂里的收入都是多劳多得，还有个人呵护着自己的身体，何乐而不为呢？于是，每有搬运工来，将布匹扛上肩膀，都会嘀咕上几句：这布怎么腥得嘞！谁织的，骚味重得嘞！

当然，莫小海与季红梅还没有到更深的那一步。这种感觉很奇妙，当时不觉得，可是，一旦他离开，却从此念念不忘了。仿佛每一个女人都善于藏一个男人在心里，让这个男人在自己每一个无助的时刻站出来，让无聊的日子散发出一些光辉来。为此，季红梅一度是渴望着能够跟莫小海相遇的，再发生点什么的，比如说亲吻，到墙角的布堆里去打个滚。

这跟爱情无关，也跟莫小海长得风流倜傥无关。季红梅总觉得不甘，人生不能就这么成为机器的一部分啊。总得发生点什么，开心一下吧，你说要怎么才能平复好身体深处荡漾着的热度与旖旎呢，还有喉咙里的酥痒感？于是，莫小海的出现是必要的，季红梅便愈发迷恋他身上的男人味，那沧桑历尽，但又深得人信赖和依靠的长相多么具有力量感的啊。还有，他喜欢自己，也曾暗示过。他每次走到季红梅身边，季红梅的脸就会红起来。但最终季红梅只被他摸了几把屁股，在机器的喊叫声中做了一个浅尝辄止的性行为的暗示。但是，他的手掌仿佛就一直留在身体之上了。

两人后来没有“好”下去，莫小海离开工厂自己做老板去了，他购买了织布机带着老婆发家致富去了。在江城，人人都在想发家致富，成为千万富翁，亿万富翁。而百分之八十的人从事的是纺织行业，随便在路上遇见一个人都会对着一块布说得头头是道。自然，纺织厂遍布。莫小海的离开，让季红梅思念了一阵子，幡然醒悟了，也开始琢磨起要么也开个小厂做做？所谓的小厂，就是买上一组喷水织机由自己来打理，可以给大厂加工，也可以自产自销。对于季红梅这种没有关系网的、初出茅庐辈最安全的方式是给大厂加工——只是这样一种梦想实现已在好几年后，那时候，那个叫莫小海的男人已经暴发了。民间四处流传着他的发家史，听来神乎其神，却又是合情合理的，这个男人脑子灵活啊，他最终还是靠自己精湛的维修技术与众多老板搭上了关系。关系网建立好了，发达就是很快的事。季红梅就想，黄西林也懂技术，只可惜黄西林不能跟莫小海比。

现在，季红梅家的工厂，资产为织布机二十四台和一个租赁来的车间。只可惜，生不逢时，此时市场经济开始走下坡路，纺织业时好时坏。最现实的问题是，季红梅当初根本没有资金去开厂，她手头的钱远远不足以支撑她这样异想天开。这一会租赁厂房，一会购买织布机，还要买各种维修配件，以及一大批不可预计的开支，需要花钱的地方多如蚂蚁。好在季红梅开厂的决心大，坚持了下来。亲自去找了黄西林姐夫帮忙。黄西林的姐夫是搞建筑的包工头，早靠着纺织业行情好赚了个金钵银钵。可姐夫会赚钱，也会花钱，不仅会花钱，他还会花女人。一会儿大姑娘，一会儿小媳妇，起初还藏着掖着，背着姐姐在外面搞搞算了，可后来就有女人跑到家里来挑衅。不知是现在的女人胆子大了，还是姐夫没有将姐姐放在眼里？姐姐不仅要赔钱给那些女人，还要受气，没有想头了，就哭丧着脸朝娘家跑——悲痛欲绝地滚在凳子上哭诉这日子没法过了！黄西林便被父母怂恿着去帮姐姐出头，可去了几次，只得放弃了，因为姐夫早已是一个圆滑之人，处事周正，不是一般人能摆平的。见妻弟来，不管你脸上有多少怒火，他都只客气地散烟、泡茶，之后再不温不火道："不就是为个女人嘛，我又没对你姐不好！你就别担心了！"如此，去也是白去，黄西林只好回来劝姐姐说要过就忍着，不过就离婚。你离婚他巴不得呢，他这样十八岁的小姑娘都会主动送上门！所以，季红梅跟姐夫借钱的事是瞒着黄西林做的。这次借贷的过程自然也给她带来莫大的耻辱，但是不跟他借贷又能跟谁借贷呢？虽然季红梅动过要么去找莫小海借点，可拿什么原因去找他呢？

季红梅暗自叹道：如果没有那一摸，大家看在同事过的面子上倒好开口，可他那一摸就将关系摸结束了。

黄西林终于修好了机器，他站起来试机的时候，看见季红梅失魂落魄的样子，便用胳膊肘拐了下季红梅的肩膀，说："发什么愣啊，机器都停光了。”他的这一拐却错误地拐在季红梅的乳房上，有点疼，季红梅冷不丁就有点火大：“你就不能好好说句人话！”

前一秒的春风拂面早已荡然无存。季红梅转身离开，大约走了三五步，她又转身，笑吟吟道：“我先去擦下身子，机器你照看着点。”

属于季红梅的车间大门口上挂着一块长方形的蓝牌子——B02 车间。这个车间就是季红梅嘴巴里所说的工厂。车间是租赁来的，季红梅第一次站在 B02 车间门口，竟热泪盈眶。

在 B02 车间的角落里，有一间用铝合金隔起来的小房间，房间约十六七个平方，是两口子的卧室。除了摆着一张小床，和一张抽屉桌。后来还硬塞进一个小衣柜和一只洗脸盆架子。抽屉桌上码着一摞摞出布的码单，季红梅临睡前都会坐在桌前拿着计算机照着码单加减乘除一番。如此，这里也是工厂的办公室。季红梅打好一盆热水放在门背后，墙壁上挂着她擦身用的毛巾。毛巾是阴干的，有点硬，也有股馊味。季红梅就想去浴室洗澡。这只是一个想法而已。很快她就蹲下去擦身了。有关背后的床，两口子平日里也是鲜有机会一起躺在上面舒舒服服睡觉的。至于夫妻间的事，也得看时机，有时候白天劳累了一天，体力不支，不想了；有时候想呢，又会遇见一些不配合的状况。比如那个贵州籍的织女，就很调皮，每次都会在关键时候敲门，一口一个老板叫着说机器坏了。机器坏了就得起来维修，不修好就出不了布。可多数时间黄西林发现都被这名女工耍了，女工只是一个人在车间里害怕，她说窗外黑黢黢的，老觉得有人在偷看，说着，她还指着黑窗口，叫黄西林看。黄西林哭笑不得，回去了还得回答季红梅的询问，“哪里坏了?”“要紧吗?”“机器可不能停啊!”这个勤快的女人，今天的心里可不平静，身体也不平静了。想到这里，她看到黄西林摇晃着身体跟了进来，嘴角就泛了一个温柔的笑意，然后，跟着织布机“哐啷哐啷”地哼上了。

墙角里，放着一瓶用过的洁尔阴。黄西林握住季红梅的手时问道：“咋又痒了?”

季红梅无声地摇头。说了一句很好哇。身体就被黄西林压在了床边上。但她很快感到下身不舒服。下身湿热，这个老毛病，一旦身体疲乏，天气不好了，就会发出来。跟感冒伤风一样，一年总有那么一两次，不是大病，却让人纠结。特别在阴冷的冬季，发生的频率就会高点。据说这都是跟车间常年潮湿有关。

但这都没有关系，厂开好了，自己就是真正的老板娘了，享福的日子在后面呢！季红梅忍受着屁股硌在床沿上的疼痛应付着黄西林。突然，她就想到了一件事，这件事令她身体一热，同时她又无比地懊恼自己以前怎么没有想到是一个人呢？于是，季红梅仿佛突然明白了一件事，一把推开黄西林问道：“你说是谁介绍你认识莫老板的啊？哪个莫老板啊，我认识不?”

莫老板就是黄西林托原来的老板娘介绍的大老板，他跟黄西林签了三年的加工合同。为此，在行情如此衰弱的情况下，黄西林和季红梅的工厂仍旧可以热火朝天地干着。突然地，季红梅就一跃而起，扑倒在黄西林身上，她喘着粗气说："等我们的厂开大了，咱们就好好地干一场，我们还出去旅游!"隔一会儿，她又关照道："你明天送账单过去，要么请老板去吃顿饭吧。现在做生意，哪有不请客的！再说又到年底了，正是送礼的时候。"

季红梅决定见见这位"莫老板"。

黄西林睡意蒙眬，已经被折腾得筋疲力尽了，应道："到时候我们一起去。"季红梅躺在床上独自听了一会儿热火朝天的织布机响声，准备起床了。这之前，必须得承认一件事，刚才在某个瞬间，她是将黄西林想象成了莫小海的。于是，她冲动了，可是，她一冲动，黄西林却不行了，翻身下去说睡觉了。季红梅看一眼酣睡中的黄西林，一时竟很心酸，有点看不起他，恍惚了一阵子，又摸了一下他的发顶，下床了。

季红梅对黄西林还是有点恼的——"你看你，没用的家伙!"

这天晚上不用落布，也不用换经轴，将经轴上的丝织完也可以放年假了。快凌晨的时候，睡意袭来。季红梅去泡了一个热水袋抱在怀里，准备坐到墙角去打瞌睡。从窗户边走过，她的身影映射在窗户玻璃上。夜色成为一道忠诚的背景，土了吧唧的季红梅被映射出来——这是自己吗？季红梅麻利地捋着头发扎了一遍，再看，眉头越皱越紧。

看门老头的脸突然挂在玻璃上。季红梅问老头不好好去睡觉，跑出来干吗？老头听不见，豁着牙齿在窗外呵呵地笑。他在喊什么呢？季红梅没有跟老头开门，她明白老头估计喝了酒，发酒疯了。季红梅就在窗户里跟老头比划，让他早点回去睡觉。可老头根本听不见，手握拳头敲着玻璃窗要进来。一定要进来。季红梅懒得去理他了。老头是季红梅去请来看门的，他的儿子欠高利贷跑掉了。这个传言有很多种说法，有人说他们夫妻早被债主杀死了，也有人说他们是不会回来的，他敢回来吗，欠了那么多的钱，他有几条命偿？可惜老头辛苦一辈子建造的房子也被债主霸占了——还是被霸占的好，那红彤彤的"还钱"两个字像两把刀架在门楣上，住在这样的房子里怎么能安生呢！季红梅跟老头一个浜里住着，看着老头无家可归，就跟其他两个车间的小老板商量，同意老头住到门卫上看门。可哪知老头中年丧妻，白天睡足觉，晚上就不好好睡了，裹着棉衣缩在床上喝酒，又哭又笑。他一喝醉，看女人的眼神就直了。有女工反映，他还借着酒意常常后半夜溜达到厕所门口去瞄女人的屁股。有次还将生殖器甩出来给女工看。

作孽啊！

季红梅见老头不依不饶的样子，只得又起身赶他回去，季红梅说道："都这把年纪了，不兴做这种事啊。"老头不知道怎么就发脾气了，捡起地上的石子敲打着玻璃。玻璃破碎的声音，将季红梅吓了一跳。受了惊吓的季红梅反而知道如何对付老头了，她捡起一块碎玻璃，在老头的脸颊上比划着："你到底滚不滚，你不滚我就将你的脸划破！我杀了你！"

老头最终被亮晃晃的玻璃碎片赶走了。可是被老头砸破的玻璃像一个深不见底的黑洞豁然炸开。季红梅对着这个黑洞伤心地哭了。她分明感觉到黑洞是如此之深，就是开在自己身体上的，从而，久久维持着的尊严、勤劳和宽容全都没了。季红梅沮丧极了。

第二天早晨，黄西林一起来，就被季红梅催着去结账。黄西林前脚走，季红梅后脚就去找到一块三夹板将窗户上的破洞挡好了。然而，这个过程竟让她怀疑破洞是不是真是被看门的老头敲碎的。这个可怜的老头啊！季红梅深深地叹息了一声。之后就去街上买衣服去了。她十分肯定会见到莫小海，那么自然得体面一点去。天气阴沉，后来还飘起了雪花。季红梅走到街上，看着熙攘的人流，心情略略好了一些。她为自己买了一件灰色羊毛大衣，也为黄西林买了一件黑色的。后来还去洗发店洗了头发，将头发理顺了。做头的小姑娘很会说话，一口一个老板娘叫得人很是舒服。季红梅就大方地给了三十元钱说不要找了。做头的小姑娘却不领情，说正好，现在洗头涨价了。季红梅脸一红，匆匆离开了美发店。

之后，她又去菜场买了些水产送到乡下家里。没想到，冤家路窄，季红梅在家门口与黄西林的姐姐撞了个正面。两人都不说话，你让来我让你，最终是季红梅将菜搁在家门口又回来了。基于借钱的事，季红梅只能低人一等做小人。姐姐对此也十分恨着季红梅的："你们没睡过，那他干吗借钱给你？干吗不是我弟去借？不然你们又干吗要偷偷摸摸怕人晓得？你我不了解，我还不了解我男人?!"每次姐姐这么说的时候，季红梅的眼睛就会闭上，她很难过，也很痛苦，貌似姐夫汗毛茸茸的手就又伸过来了，姐夫还吐了一口香烟喷在季红梅的脸上，他也恶狠狠地说："那时候家里穷，能娶个女人回来就行了。管她有毛和没毛的，能生娃就行——你大概也看见了，她腿上的毛比我还长？对了，她跟她弟弟怎么就长反了呢？她弟弟是不是从来不让你过够瘾？你看你，这么骚!"总之，姐夫真野蛮和粗暴，整个过程，他仿佛都是在撒气，有着无限的委屈一样，为什么我的女人就那么难看！季红梅起初有些惊诧，随即就平静了下来，将眼睛一闭，想就当是被莫小海压着吧！直到这时，季红梅才发现自己跟莫小海在赌气，自己是那么不服气他凭什么平白无故地摸了一下自己的屁股就消失了？

好在，离开姐姐后，季红梅就接到了黄西林的电话，黄西林在电话里兴奋地告诉季红梅，莫老板答应晚上吃饭了。他真是一个爽快人啊。季红梅也暗自高兴，可又失落，推断会不会弄错了人？便又仔细地问了一句："莫老板真这么爽气？他不是大老板啊。"黄西林说是啊。季红梅又问你怎么请的呀？黄西林说，就说厂里吃年夜饭，想请莫老板赏个脸。季红梅就笑着表扬了黄西林：做事愈发聪明了嘛。难得啊。季红梅心满意足地笑了。

待跟黄西林一起出现在酒店豪华大厅里，季红梅发现大厅里都是亮晃晃的，一下子多出了很多个季红梅。什么叫金碧辉煌，足可以证实。季红梅没有放弃掉任何一次照镜子的机会，就连在电梯里，她也总是盯着自己瞅。她很满意今天的自己，将头发吹卷，散开来，穿着新大衣的自己完全不是昨天晚上站在黑玻璃里的人了。余光捕捉到黄西林在看自己，季红梅就朝他娇俏一笑。黄西林不解风情，问你没事笑啥哩。季红梅说："我想笑，我高兴。"黄西林说："自己花钱吃饭也这么高兴啊。"季红梅道："就是。咱们今天好好吃一顿。你要多喝点酒啊。"

到了饭桌上，季红梅才知道，黄西林并没有请动莫老板吃饭，但莫老板说好唱歌了会过来坐坐。吃饭嘛只是夜生活的前奏部分，大家的心思都在后面的唱歌部分。结果黄西林没几杯就喝醉了。喝醉了的他就吆喝去唱歌，等莫老板来。但一到KTV，他就倒在沙发上不省人事了。季红梅怕他吐，找到一个垃圾桶准备在边上。紧接着，就看见一群穿着蓝色礼服的"小姐"从金光闪闪的门口进来了，胸口处露出一大截白肉。季红梅眼看着"小姐"被一个个的男人拖过去搂在怀里，厂长还厚着脸皮问季红梅要不要给黄西林叫一个。季红梅忍住内心里的不高兴，笑道："他早就去周公那里领了，你们玩好就是。"男人们叫了小姐，两个女会计唱了几首歌感觉没劲走了。季红梅正在暗自估算花掉了多少钱，坐在厂长边上的小姐站起来敬酒。季红梅盯着小姐雪白的胸口，板着脸不愿意喝，她心疼钱啊，小姐喝一瓶啤酒就喝掉了自己十几块钱。可小姐又不明白季红梅的心思，说大姐瞧不起人哪。季红梅敢瞧不起谁么，一把推掉小姐端过来的酒杯，急中生智地端起茶杯说自己要开车，不喝酒，喝茶吧。

季红梅一直在想，莫老板什么时候到？

就在这时，黄西林的手机响了，好一个末尾都是 8 的号码。季红梅看一眼醉得一塌糊涂的黄西林，掏出手机代接了。电话果真是莫老板打来的。花了很长时间，莫老板才听清楚季红梅所在的包厢号。季红梅不明白他说的话自己都听得到，为什么自己说的话他就听不到？赶紧理理衣服，起身去门口迎接莫老板进来。

季红梅刚走出包厢门，就看到莫小海打着手机财大气粗地来了。他整个人大了几圈。头发也剪成齐刷刷的板寸头，好一副“肥头大耳”。身穿一件藏青色羊绒大衣，大衣领子上镶着一圈貂毛。敞开的大衣里面，一件柔软的灰色羊绒衫包裹在圆鼓鼓的肚子上。羊绒衫的柔软是直接传递过来的，以至于他跟季红梅招呼，季红梅红着脸却没有反应过来，心里则早已对他充满了无限的感激，兀自认为他有意在暗中帮助。他对自己好。

季红梅便深情地瞥莫小海一眼。莫小海也大方地招呼道：

“好些年不见了，你好吗?”

季红梅的脸火烧火燎地烫着，她明白这声问候无疑是在提醒那把屁股上的热度!

厂长帮莫小海叫了一名小姐过来。莫小海没有拒绝，他摸了一把小姐的手，对季红梅说自己还有事，坐坐就走。另一只手则自然地放在了小姐的肩膀上。切！有钱就变了！季红梅搓着手，不想去看他们，眼睛却又老朝那边瞄，暗骂小姐不懂矜持。很快，她就发现莫小海弹烟灰的姿势很牛气，像是特意学过。他的手像一张芭蕉叶，肉肉的，动一动都能带起一股风，季红梅将屁股就朝里挪了挪。突然意识到跟莫小海的距离可不是一只沙发的长度了。

待莫小海身上的羊绒衫被小姐帮着脱掉，他就将话筒递了过来，邀请季红梅一起唱歌。季红梅躲开莫小海的眼睛，说自己不会唱《红尘情歌》。莫小海便起身坐到季红梅身边问那你会唱什么？季红梅摇头，将屁股又朝自己男人边挪了挪。莫小海笑着调侃了一句你怕啥哩，我又不吃你。跟过来问《选择》会唱吗，都老歌了。季红梅默默地将话筒接了过来。

你选择了我，我选择了你。季红梅跟莫小海站在茶几前唱着，突然想起很多往事。往事如风，呼啦啦地摇着满树的叶子。每一片叶子就是一个情绪，在工厂里与莫小海是同事，他摸了自己的屁股，当自己被姐夫压着的时候，莫小海又出现了，还有在黄西林面前，莫小海也这么占据着。可是，他来了呢，却将自己映衬得像一个丑小鸭。他为什么要帮助自己呢？季红梅明显感到自己就像一个讨饭的人出现在他眼前，是如此的卑微。一行眼泪悄悄地从季红梅的眼睛里流出。好在包厢里灯光幽暗，季红梅赶紧用手背将眼泪擦掉了。一群小姐在背后鼓掌，搞得很欢腾的样子。一股淡淡的烟草味飘过来，季红梅转头看到莫小海已走近自己，他的手很自然地搭在了自己肩膀上，像刚才搂小姐一样。季红梅抖一抖肩膀，跟莫小海分开一段距离。莫小海便拉着她的手唱着，就像屏幕上林子祥拉着叶倩文的手一样。

耳边不再是音乐。季红梅只觉得自己和莫小海正被密匝的织布机声音捆住了。莫小海的手指轻轻一转，就将手指落在季红梅的手板心里抠着，那里正好有一块老茧，他的动作落在老茧上就不走了，舒缓、轻柔，貌似无意又似有心地抚摸着那块老茧。仿佛那一块老茧是长在莫小海身体上的胎记。他抚弄，只是他认识它，这是他的印记。当然，这块印记也是季红梅的，整个晚上，季红梅都没有将这双手勇敢地伸出来，它太丑了，冻疮褪去后，整双手都是乌糟糟的。

“你身上有什么味啊?”唱完歌，莫小海浅浅地拥抱了一下季红梅，并拉在身边坐着。他的手又一次落在了沙发背后，直接对着季红梅的屁股捏了一把。

“什么味？没有啊?”季红梅抚弄了一下刚洗过的头发。身体扭了两扭。

可莫小海坚持说有一股味道，同时，他的手还在用力地捏着屁股。季红梅则担心被人看见，如坐针毡。莫小海喷着酒气，将嘴巴吹在季红梅耳边，固执地问季红梅闻到了没有。事后，他还开了玩笑，说骗你的，我闻到了新衣服的味道。你今天穿了新衣服，特意打扮了。季红梅知道被取笑了，出来吃饭不穿新衣服难道穿旧衣服？一时发窘，季红梅起身离开莫小海重新窝进黄西林的身边。柔软的沙发硬是让她的身体陷下去了好一截。季红梅不再说话，焦急地等着黄西林醒来。然后，她双手紧握，右手抠着左手的手板心，一会儿，又左手抠着右手的手板心。跟莫小海一样，对着那块老茧一点一点地抚摸着，恨不得将其抠下来，心里边默默地计算着今晚花了多少钱。在这之前，她听说小姐的小费又涨了，都要五百一个人。

盛 夏

孩子坐在红色塑料盆里洗澡，双手不停地拍打着水花。水花儿从盆子里溅出来，落在四周，形成一个有毛边的圆。天太热了，孩子的母亲有意让他在澡盆里多玩会水。水在澡盆里晃荡着，像一条迷你的小河，一波一波的水只朝脚板心、小腿肚子、屁股蛋蛋扑来，像母亲的小嘴，一个个亲过来。

孩子四岁左右，脖子后面拖一条细小的辫儿。几个月前，他跟父母，还有一个宛如豆芽儿一般的小姐姐，租住在拆迁小区人家的一间车库里。车库很小，不透风，虽然被母亲收拾得整洁，但仍显得逼仄，梅雨天留下的霉味还有一息尚存。厨房违章搭建在车库门口的右手边，母亲正在里面忙碌，锅碗瓢盆的声音叮叮当当地传来。

炎热是一把撒出去的光芒，明晃晃地扎人。在跳进澡盆洗澡前，孩子的身上全是污垢，汗水混合着水泥灰抹在身上。母亲将他丢进澡盆时埋怨道：“看就像你爸在车间忙了一天，满身脏!”孩子的爸爸在工厂上班，每天穿回来的蓝色工作服都有一层油渍，但他很快乐，吃饭时总要说，“好好上班，俩孩子呢，多赚钱，买房，买车，给小姐姐缴学费，给小宝买好吃的。”孩子的屁股一坐进澡盆，就开腔跟母亲要冰橙汁喝。母亲浇一把水在他身上，转身给了小姐姐十块钱，让小姐姐去小店买。

正值暑假。小弟弟白天是由小姐姐带的。小姐姐不是很喜欢这个弟弟，但也不是不喜欢，偶尔她也会捏着他的鼻子逗他玩，被他无邪的顽劣感染。可又会突然讨厌他，比如现在，他说要喝饮料，母亲就掏钱去买。并且每次给的钱从来都是计算好的，不会多给一分。今天母亲在钱包里掏了半天，没有掏到零钱，就摸了张十元的票子给小姐姐。小姐姐放下书本朝小店跑去，瘦小的身子很快又从小店回来，双手稳稳地怀抱着一瓶橙汁。当橙汁连同两块零钱一起交给母亲时，小姐姐舌尖一滑，舌尖上涌出一股奶油的香甜来。这是小店冰柜里雪糕的诱惑。但母亲不知情，将零钱塞进裤兜里，对着她一脸的馋相挥了挥手：“今天怎么带弟弟的？让他哭成这样？”

小姐姐转身坐回凳子，小小的身子像个小影儿落下。脸色落寞。整个暑假，自己都像个“小妈妈”，给他弄水喝，炒饭吃。面对他无限美好的食欲，有些想不通。自从弟弟出生后，她就吃得少，吃饭前也习惯看下母亲的脸色。吃完便将头埋在作业堆里。只要吃，弟弟就不会过来捣乱，撕她的作业本乱发脾气。小姐姐得以放松，从作业本下抽出童话书来读。这是老师悄悄给她看的，有图有故事，令人爱不释手。她几次盯着白雪公主的裙子，痴痴地，坐在电风扇前面的身影，像一枚古老的钟，一动不动。

偶尔，她会瞟几眼小弟弟，看他含着一嘴巴的饭跪在凉席上推小汽车玩。这个虎头虎脑的家伙，不闹的时候，也挺可爱的。他推了几圈小汽车，肚子也吃得滚圆，甚觉车库压抑，凉席太小，自个跑出去玩了。小姐姐喊他，他却故意不应，只好随他去。小姐姐便自顾看《白雪公主》，想在母亲回来之前看完。

大热天的，外面到处是热浪，没什么好玩的，小弟弟有点后悔出来，但又不喜欢待车库里，那小盒子太不好玩，就蹲在车库门口东看西瞅。一辆汽车驶过，抱着游泳圈的孩子兴高采烈的脸庞从车窗里一晃。这个孩子常坐在车里进出，小弟弟看见他，他却看不见小弟弟。小弟弟转身叫声姐姐，小姐姐懒得理会。他的嘴巴噘了起来，小脸晒得通红，一把扯断门口的狗尾巴草，绕在指尖玩。待狗尾巴草被绕成一个游泳圈，他爬起来跑进车库，将圈圈丢在姐姐的童话书上，昂着脖子要姐姐带他去游泳。

他的要求吓坏了小姐姐，小姐姐赶紧拉他坐下。父母每天出门都要关照看好小弟弟，这大夏天的，不准朝小河跑，还要当心门口的车子……小姐姐一把将狗尾巴草圈圈丢进垃圾桶，让弟弟睡觉去。弟弟不听，哭着要游泳圈。小姐姐不耐烦地将童话书合上，责怪他“就知道哭!”。当然她也哄不住他，越哄他哭得越厉害，没有办法了，小姐姐只好眼巴巴地看着他哭，看到他将脸上哭花，哭累，一头栽倒在凉席上睡着。可当她去盖毯子时，顽劣的人儿又一个鲤鱼打挺站起来，跑出去了。

天啊，太热了，整个世界只有太阳，这个地方也没有小鸡小狗小猫陪着玩，整个世界死气沉沉的、空荡荡的，不好玩。几只蚂蚁自干燥的水泥地面的裂缝里溜出来，大摇大摆地朝厨房爬去。小弟弟有了尿意，就掏出小鸡鸡对准蚂蚁尿。尿液像毛笔在地上画着圈圈，将蚂蚁冲得四处打滚。

尿液是滚烫的，落在滚烫的地面上沸腾了。蚂蚁的尸首被烧焦，又晒干。水泥地面上又成了一片干燥的白。小弟弟又哭了，哪里都不好玩，小姐姐不理人，面前的白色空洞又恐怖，无趣极了，便受惊般地放开喉咙大肆地哭着。张大的嘴巴能塞进一个小拳头，口水丝儿在口腔里连成几条线。母亲下班回来，一听见哭声，就立即丢下电瓶车将他搂进怀里，抱进车库。当她看见小姐姐正端坐在椅子上看书，气不打一处来，严厉地剜了一眼，意思是你个没良心的怎么带的？你要热坏他吗？小弟弟人来疯，一到母亲怀里哭得更疯，哭得母亲的心都碎了一地，只见她摸着他身上的汗，吩咐小姐姐：“还不快去帮弟弟弄洗澡水!”

小弟弟一看见澡盆里的水，不哭了，胳膊打开，双腿蹬起，只想赶紧去澡盆里玩水。洗得正欢时，他的父亲骑着电瓶车回来了。这个穿蓝色工作服的胖男人，全身上下洋溢的都是一种温和的老好人腔调。他不是过分肥胖，而是应该自小就是那种可爱的小胖子，挺憨实的。他非常勤快，一回家就会立即投入到家务中，扫地，收衣服，烧水。每一个动作都做得极其温柔，好比切菜只看到胳膊动，却没有多大声响传出来。他先将手伸进澡盆里摸了下水温，又去摸了下小弟弟水滴滴的脑袋，再撩了一把水淋到他的后背上。小弟弟也乐呵呵地浇了把水抹在他胳膊上……

晚风习习，霞光流金，孩子笑得咯咯的，全身流满清凉的水。

抬眼、起身，胖男人看见小姐姐正瞪着一双漂亮的眼睛看自己。她的眼睛大而亮，但过于沉寂，像茅草覆盖下的水潭。亮着，但又黯淡。这样的眼神胖男人一遇见，心就咯噔一下。不知道怎么去面对。好像有天晚上，他跟妻子偷偷摸摸亲热好，似乎在黑暗里又撞见了这样的眼睛，便悄悄关照妻子，对女儿多上点心，这孩子早熟，不快乐。妻子潮红着脸，喘息阵阵，连连应知道了。但她总是做不到减少对于小弟弟的宠爱。她说姐姐嘛总归是大，让着点应该啊。你看我们那时候……胖男人说："现在不一样，不能拿那个时候比。"

胖男人走到小姐姐身边，做了一个拥抱的姿势。但立马又无奈地指着身上工作服上的油渍，将手掌落在她的头顶上抚摸着。手刚落上去，妻子叫他干活的声音传来。他怕母亲！小姐姐鄙夷地扭过脑袋，甩掉父亲的手，父亲的手掌顿时落空，凉意阵阵。妻子的声音又传来：“你来洗菜，我要给小弟弟擦身子穿衣服。再洗，要受凉了。”

父亲歉疚地朝小姐姐笑道：“隔天，阿爸带你去泳池游泳怎样，我们买游泳圈去。女孩子也要学游泳哦。听说健身房的泳池特别大，比你读书的操场还要大。”父亲的双手打开来，在小姐姐的头顶做了一个很宽广的手势。

待父亲一走，小姐姐赶紧将童话书藏进书包里，再将双腿曲起，两只脚踩在凳子上，下巴搁在膝盖上，双手环抱着小腿，眼睛亮亮地看着前方，似乎真的看见了一个很大的泳池，碧波荡漾。耳畔，父亲在厨房里跟母亲说：“今年真热啊。真想带孩子去河里游泳，像我们那个时候，都不用教。”母亲说：“你不要多想，现在的河还能洗澡吗？”父亲附和：“是啊是啊。水都脏了。”母亲说： “也不安全。你不要没事找事。父亲连连应是。”

一道黑影自门口罩下来，一个戴眼镜的男人直直地站在车库门口。他盯着欢快坐在澡盆里玩水的小弟弟发了会愣，又看了眼小姐姐，正要说点什么的时候，迎面撞见了从厨房走出来的女人。匆忙一对视，男人假装看一眼松了的鞋带，丢下几个玉米棒子走了。他的步履慌乱，充满迟疑，又有迅速逃离的意思。他似乎有点怕母亲——小姐姐对着男人的背影笑了，很惊讶，这个笑好像从来没有见过，很冷，很阴，充满讥讽。她一直目送着男人回到家。

戴眼镜的男人叫王老师，住车库对门的大房子里。都叫他王老师。王老师貌似不大喜欢跟人说话，别人叫他他多半只是礼貌地应一声，并无他话。他早出晚归，教书回来就赶紧下地。除此，他有一个开满鲜花的院子。每天黄昏他在院子里浇花，小姐姐痴幽幽地盯着，眼前的画面是：他是爸爸，他浇花，自己穿着漂亮的连衣裙跟在他身边，也许他会给自己一个小巧的洒水壶，也许他会给自己拍照，也许他会给自己一朵花别在马尾辫上……

浇好花，王老师会在院子里甩一下头发，小姐姐赶紧将头低下，将手伸进书包，摸到童话书摸了又摸，又将手缩回来。眼前，母亲拎着玉米棒正朝王老师家瞅着。

王老师五十出头，是位名副其实扛着锄头的教书先生。那个年代出了一大批这样的老师，他们住在农村，娶了村里的姑娘为妻。妻子文化不高，长相一般，也许遇见一个性格不好的，还会撒泼，与邻居弄出些是非恩怨来。但王老师自认为运气不错，妻子虽然不及学校的女老师懂得多，但耐看，看着踏实摸着舒服。这些年，他的生活过得很简单，教书，回家下地种菜，偶尔跟同事出去喝个小酒，再把院子里种满鲜花。除此，他还有一手好厨艺。但凡他做的饭菜女儿女婿明显吃得多些。

此时，他的身上全都汗湿了。只有他自己知道，有一部分汗是紧张出来的，他没有想到自己会大胆地停留在车库门口，会朝车库内探望。他确定当时没有多想，只是看到孩子在澡盆里洗澡的样子很快乐。快乐多好啊。然后就看到小姐姐发呆的样子，以及那道横切了车库空间的大花帘子。他没有想到女人不是从帘子里出来，而是从厨房迎面出来，这让他有点措手不及，便丢下几个玉米棒子匆匆离开。

厨房里的台板上放着几只篮子，里面有一条洗好的鱼，还有半斤河虾，蔬菜嘛在他手上，还得洗。也许是汗水流进眼睛不舒服，王老师今天不想做饭，他想先去洗个澡，把身上搞干净再说。不搞干净，他觉得自己就是那条开膛破肚的鱼，只能直挺挺地躺着。

房子是二十世纪九十年代后期建造的，格局比较老式。卫生间只是一条狭长的通道。燥热无比。王老师看看垂头丧气的莲蓬头，突然想去河里畅畅快快洗一个澡。一想到河水，汗流得更热烈，好像身体里有大量的水要汩汩流出来。

当他从卫生间出来，又将刚拉上的房间窗帘拉开。便看见孩子的母亲，正拎着玉米棒子，在家门口张望着。围墙院门是镂空的不锈钢材质，人走到外面是可以直接看到院内。她朝里瞅了瞅，弯下身子，将玉米棒子靠在移门边转身回去了。

——这个不识好人心的女人！一把将窗帘拉上，王老师下楼来。当他站在门口，又觉得不应该鲁莽行事，迅速地朝车库门口瞅了瞅，没有看见女人，这才麻利地将玉米棒子拎在手上。

然后站在院子里，盯着自己种植的一些花卉发愣。黑夜前的黄昏，天气热得似乎要燃烧起来了。晚霞像被割破的心脏，血丝儿一点点地渗透着，滴落着。倒是晚霞中的树影，愈发幽暗和深沉。

小姐姐豆芽儿一般的身躯，站在一棵树下，成了晚霞中的一个小暗影。王老师摸摸裤子口袋，没有摸到手机，他想将这幅景拍下来。“孤村落日残霞，轻烟老树昏鸦。一点飞鸿影下，青山绿水，白草红叶黄花。”嘀嘀咕咕念叨中，王老师纳闷地看着小女孩的小手一次次抬起来朝脸上抹，在迷人的晚霞里做这些动作，就像在看一出皮影戏。

她呵，在偷偷地哭。

小姐姐站的地方有一堵围墙，围墙边还有一线儿裸地。勤快的农妇早已见缝插针种满了瓜果蔬菜。虽然是新农村，农民对土地的认识和占用的天性依然存在。他们暗地里争夺着，这一段莫名的成了他家的菜地，被种上扁豆和青菜；那一截成了他们家的瓜棚，黄色的丝瓜花颤巍巍地顺着电线杆、围墙边盛开着。小姐姐来这里，是为了看那株从风中吹来的凤仙花。花恰好又开出了几朵，好似专门为她开的。它们在安慰她，逗她笑。小姐姐跟着笑，笑着笑着就哭了，怕花开光了不开了，不知道没有了花开，以后谁来陪自己笑？

小姐姐便生起拥有一盆花放在床头的心思来。这个想法一跳出来，说时迟，那时快，她迅速地转身，冲到母亲面前央求：

“我想种棵花，我想种棵花——”

披了一身晚霞回到车库里的小姐姐，并没有令车库美化，鼓起的勇气也似扎破的气球泄气了。幽暗的车库反倒更幽暗。她伸手摁下开关，灯管亮了，但白光刺眼，母亲立即阻止道：“关掉，关掉，你要蚊子都进来啊！”为了怕蚊蝇进来找电灯泡飞，家里在不关车库门时一般都只借用路灯照亮。小姐姐只好又将灯火关闭，站在母亲面前等回复。并用心暗暗计算着如果母亲给五块钱，或者给两块钱，自己都可以存着去买一小盆小花。可母亲正在给弟弟的脖子上擦痱子粉，弟弟不肯配合，哭闹不停。他的哭声淹没了自己的祈求，小姐姐鼓足勇气再次说出口时，却明显更加低声细语，好似只有两片嘴唇翕动着，并没有发出声音来。当她含着眼泪再次冲出车库时，晚霞消失，夜幕降临。她的母亲，抱着小弟弟紧跟着也出来了，她也感觉到天黑了：“天黑了啊，吃饭了。”今天，她做了焖鸡脚和丝瓜蛋汤，还有一碗红烧肉。

哗啦啦的水声响起来，好像水龙头忘了关。女人又赶紧站起来，朝厨房走去。但她刚走到厨房门口，就被对面院子里闪烁在黑夜里的一道白光刺中。这是一道人体的白光，王老师仅穿一条三角裤站在院子里，用浇花的水管冲洗着身体。哗啦啦的流水声，从身体上流下来，仿佛流下一束束火焰。火焰硬是让这密不透风的、热浪浓烈到成团成块的黑夜撕开一道口子。女人赶紧收回眼神朝饭桌边走，纳闷地擦着额头上的细汗：这人怎么突然在外面洗澡啊！回想着他刚才好像正将手伸进裤衩里洗屁股，她一阵脸红，暗暗后悔不该将玉米棒子还过去——怎么说这都是人家的心意。

王老师现在一个人占据着大房间。孙子和妻子住另一间。妻子搬走的那天晚上，他有点激动，躺在床上，看着空荡荡的房间，深呼吸了一口。他觉得自己仿佛一直都在渴望妻子搬出去。虽然也没有坏心思要做，这种一个人住的想法的确真实存在。倒好茶，锁好门，他舒服地躺在床上看书或刷手机。刚躺下，就听到吱嘎一声响起，看手机时间，该是女人去厨房洗澡的时间到了。一大家人住在车库里，女人都是最后一个洗澡的。待大家睡了，她才能端着澡盆去厨房洗。厨房又小又热，她进去先将灯拉灭，再将窗户隙开一条小缝散热，也许是为了进点夜风。再转身锁好门，这才脱衣服洗澡。这样洗澡当然放不开手脚，洗不畅快，但也没办法，条件只能如此。好在她个性好，默默地将温水一遍遍地浇在身上。水流顺着沟沟壑壑山山水水流淌着，一边洗一边冒汗。女人想想，将电风扇开大一档，将胸脯对着风扇吹。舒服了，这才穿好睡衣，将洗澡水哗啦一下倒在过道上。香皂水和女人的体香被热腾腾的水泥地皮蒸腾着，新鲜、刺激又浑浊。王老师深吸一口，手心里湿湿的，都是汗水。

他很怀疑自己怎么会对女人洗澡的步骤了解得如此清楚？

女人洗澡结束，夜，才算是真正安静下来。王老师仍旧四仰八叉躺在床上看手机，他喜欢看一些星座上的东西，貌似宁静却又烦躁，心不在焉。他是一个很了解自己的男人，在很早以前，他就不是一个对妻子忠贞不二的男人。这种出轨不是你已经拥有了其他女人的身体或者灵魂，而是自身的问题，就算看到鲜艳欲滴的黄瓜花，都会不由自主引燃些什么。身体里的火焰和心里的需求相互交织、折腾，不是很强烈却也折磨人，让人焦躁、低迷，又不得不服从。所以，人们平日里看见的王老师，仍旧是那个戴着高度近视眼镜、一脸卑微与沉闷的人，可他的心啊，早已走遍高山流水，草原和雪地，独自撒野着，骄纵着，承欢着，愤怒着，人生的戏码全都在一张木讷的皮肉之下风声鹤唳着。

好比现在，他仍旧能够感觉这是一个无比酷热的夜，女人刚洗过的身子早已汗涔涔的。她睡在他的男人身边，黏糊糊的，热滚滚的。

女人起得早，王老师也起得早。两人似乎不约而同比赛看谁起得早。这是一个很爱干净的女人。无论多早，都会在高高卷起的车库门口洗发。她蹲在地上，将头发深深地抵在面盆里，双腿不由得朝两边叉开，棉布裙子遮不住的内裤颜色像隐秘的河流倾泻而出。就在这时，一道暗影罩下来，红色塑料拖鞋边，有了几条新鲜的还带着露珠儿的黄瓜放着。女人顶着一头洗头液泡沫朝上看去，看到了王老师转身离去的背影。他的手上还拎了一篮子黄瓜回家。也不知为什么，女人这次看到黄瓜笑了，脸一红，起身将黄瓜放进厨房的篮子里，并想好晚上凉拌着吃，加点辣椒和醋，酸溜溜的、凉丝丝的，解暑。

默契一旦产生，就会有天长日久的温情赐予。礼物不分贵贱。两个人还就拿菜形成默契。没有任何一句言语，也没有对视，就这么随意地你送我拿，不需要一句感谢。

但是，至今，关于女人的长相，王老师没有看清楚过，也不知道她的名字。女人像个影子活动在他的视线里，她在洗头，她在走来走去，她在吃饭、洗澡、睡觉……偶尔，他都听到了她吃饭咀嚼的声音，和睡觉发出的轻微的呼噜声。耳聪目明的，隔着墙也能看见和听见。这些机械的、流畅的行动空间，令王老师满足又失落，似乎为此想起了些什么，又忘掉了些什么。有一点可以证明，他开始喜欢在微信群里说话，有了直抒胸臆的快感。他聆听着女人躲在厨房里洗澡的声音，对着手机说："告诉你们一个故事吧，很久以前，那年我十九岁，我在桥上遇见过一个女孩，她十三岁，懂事早，就一眼，她暗恋上我了，还暗恋了多年。"自然有人不信，毕竟王老师是多么木讷的人，黑皮小眼睛，又不帅，一眼看中他啥啊？王老师说："我自己也不信，多年后我们又在桥上遇见，她已经是中年妇女，身体肥硕，幽幽地靠在桥上，对着一轮新月眼睛带着梦地说着，迫使人信。我似乎还嘲笑过她，是不是很后悔，怎么暗恋上这么个老头子。"女人回头看着我，叹口气，说："你给人很干净的感觉。现在也是。"然后，她再看看自己，哀叹道："倒是我胖得不像样了，走喽!”

有人急着问：“你让她走了?”

王老师笑笑：“不走要怎样?都是过去的事啦。”

说完丢下手机去了洗手间。

不知不觉地，王老师去菜地的时间长了。他站在蔬菜瓜果之间，闻着瓜果的奇香，努力使自己忘记住在车库里的女人。他对自己说道：你可不要再给她蔬菜，吃不完就吃不完，总比惹上闲话好！再者，跟这个女人，能发生点什么呢，不就是对他们生活的一种窥探欲吗?可怜又敬畏而已，除此，还有什么呢?还有，这个女人还有很多缺点，她偏心男孩，洗头发的水直接泼在地上，可能还没有什么文化……

事实是，待看到长得好的、漂亮的蔬菜，他又会想到给女人家。反正自家吃不完，与其烂掉，干吗不让他们省点钱呢?还两个娃呢，有的是压力哦。女人捧着他送的蔬菜脸红心跳的样子，他也是高兴的。

就这么耽搁了回家的时间，待他从菜地回来，女人已经骑电瓶车送女儿去上学了。是在岔路口遇见的。女人看到他，脸红着笑了下。坐在背后的小姐姐则紧紧地抱着她的腰，车子开出老远，还在回头看他。真是招人怜的孩子。王老师站在密实落下来的车库卷帘门外，心灰意冷，已经没办法给她菜了……犹豫间，看见厨房的窗户是开着的，这应该是女人故意开的，王老师会意地将黄瓜从窗口塞了进去。

回到院子，看到茉莉花开得正好。小小的纯洁的花朵儿，摘下泡茶很好。但他想到小姐姐一直回头看自己的眼神，有些心生欢喜，便选了盆长势较好的也一起放进厨房的窗内。茉莉花跟蔬菜瓜果站在一起，洁白无瑕。

晚上，王老师一眼看见小姐姐坐在灯下做作业。单薄的背脊弓在阴暗处。再过去，茉莉花的枝头露了出来。胖男人在朝热水瓶里灌水。淘气的小弟弟蹲在地上玩小汽车。女人估计在帘子后面收拾衣服。怎么说呢，这个家还是挺温馨的。生机勃勃。王老师又看一眼茉莉花，笑着从车库门口走过。

几天后，这是一个阴晴不定的早晨，女人悄悄地跟着王老师来到菜地。我家菜地可不是谁都可以来的啊！王老师心生警惕地瞅着女人不响。女人站在黄瓜藤前，一只蜜蜂在她眼前飞舞着，映照得极其妖媚。她朝王老师羞怯地一笑，双手在小腹前扭着，小声问道："您是王老师吧？"

王老师正抱着一只大冬瓜，噗嗤一声笑了。多么可笑啊，就刚才还想给女人一个大冬瓜解暑，结果咱都还不认识——不认识也好，没有负担。眼看着一些人从路边骑着车子走了，他们侧头朝菜地看着，千言万语一般。王老师赶紧将抱着的冬瓜放到女人脚前，"这个本来就想给你的。"他的口气里带着怒火，不明白她为什么要到菜地里来闹闲话。

女人没有去抱冬瓜，她热辣辣地看着王老师说："我来是找您帮忙的，我家小妮子成绩好，也肯读书，您可以帮忙让她到你们学校去读么？您大概也知道，我们那种学校，总归——不是——太好。哦，我是说我听说有的老师到现在连教师证——都还没有……”女人犹疑不决地说完，当中停顿了好几下，似乎是在思索着如何将话更好地表达。

女人的话还没说完，王老师的眉头皱得更紧，本认为她跟到菜地是个难题，现在她又抛出一个难题过来。她怎么可以得寸进尺呢？外地户口进镇上学校有多难啊，除非你买房。再说我老王哪有这能耐说服女校长啊。别看她是怎么做上校长的，可她毕竟是校长，现在最大，哪怕她口口声声说老王是我们的元老，古诗词信手拈来，但真要她帮自己弄个外地小姑娘上学，难。

女人继续说：“我当然没有房子，有房子就不会住车库啊。”她拔下一朵黄瓜花捏在手上，眼泪汪汪地说，“求求你帮帮我们吧。小妮子真是喜欢读书，成绩也好……”

“这姑娘一看就讨喜。但是，你似乎对她不大上心！你们外地人都重男轻女，真猜不透你们！”小姐姐站在晚霞中偷偷地哭泣的样子，令他心中不平。

女人摇摇头：“哪个不爱自己的孩子啊，都是身上的肉，可我顾不上来。”然后，一屁股坐在黄瓜藤架下，百口难辩的样子。她的头深深地朝胸口插去，一眼就能看到领口里的乳房。这对坚挺的乳房又鼓励她抬起头，含着眼泪，朝王老师挤出一个妩媚的笑。但笑得很凄苦，她手掌抚摸在冬瓜身上，说：“只要你肯帮我，我啥都愿意。”声音轻而柔，但又有着盛夏早晨的燥热，王老师停下采摘的手，回头看着女人，脸色越来越冷，明白自己打心里是看不起这个女人。

王老师催女人回去：“回去吧，我摘好菜也回了。还有冬瓜你抱回去啊。”

女人将手从冬瓜身上收回来，甩着手走了，但又在黄瓜棚尽头对着一朵黄瓜花回头，含着泪笑道：“不要，冬瓜还是你帮我抱回来。重，我抱不动。”

女人还说：“在老家，我也有一大片菜园子，我在那里长大，菜园子里的秘密有很多，可以听见拔节和盛开以及成长的声音。”

女人掉下一滴泪，像只花蝴蝶一般飞走了。王老师这才发现女人今天精心打扮过。她穿了件收腰的连衣裙。连衣裙的领口是心形的，腰带轻轻地系着，下摆像伞一样飘逸。花色是鸢尾花。风一吹，一朵朵鸢尾花就迎风飘舞起来。太阳一闪一闪，王老师笑了，朝前跟上几步，却因仍旧记不起女人的样貌而懊恼。总觉得这个女人并非现实，她更像一个梦境，飘飘忽忽，虚虚实实，并不能稳住自己。这天，女人也没有去上班，王老师抱着冬瓜回家时，一眼见她很漂亮地坐在凳子上痴幽幽地看着自己——她似乎故意在等自己。王老师前后张望一下，做贼心虚般，加快步伐从女人面前过去了。都忘了将冬瓜留下来。

她怎么可以如此调戏自己呢？王老师恼羞成怒。做事谨慎，并不想因为女人而陷入道德风波的王老师对女人开始有了爱恨交织的感觉。咕咚咕咚喝一杯凉开水，重重地舒出一口气，他听到门外传来一阵惨烈的哭声。不用看，就知道女人又打骂小姐姐了。她狠狠地揪着小姐姐的耳朵，另一只手扯着她的头发，将她拖出车库门，扔在滚烫的水泥地面上："就你没用，就你愿意被欺负，你就是长大了做妓女也别叫我妈，你这样的女儿不是我生的。你给我滚，滚!"

小姐姐哭泣着跪在地面上不敢动，她的头发被扯散了，遮住半边脸。她对母亲说的话很懵懂，似乎更不明白——母亲为什么要这样讨厌自己?

女人一阵心疼，也奔了去，跪倒在小姐姐的边上哭天喊地。悲痛滚过滚烫的地皮，一个个朝王老师砸来。王老师扭扭脖子，低叹一声，转身上楼去洗澡了。但他在楼梯口绊了一跤，艰难扶住楼梯扶手稳住身体，眼皮猛地跳了起来。用手揉着眼睛，心中不安。总觉得要出事一般。这个女人怎么会如此发疯呢?她究竟要干什么?

一些人从家里走出来看热闹，闹喳喳地问询着，好是乱了一阵。但很快人们散去，世界又安静下来。女人这时已经将小姐姐狠命地搂在怀里，嘴巴狠狠地咬着她的肩膀，任眼泪直流。好一会儿她才跪着站起来，将女儿抱进车库。裙子沾在腿上，像一片枯萎的鸢尾花。卷帘门也在她身后重重地落下来。

王老师出门前特意找了件白色衬衫穿上，他想见女校长还是整洁点好。对于这件事，他知道自己没有能力去申请。但去了总比没去好。住在车库里的人家，他也搞不懂在干吗，特别是这个女人，这都是啥情绪呢？但此刻，他知道自己被她的痛哭刺激了。她在哀求自己，他的志气就被激发出来了。进女校长办公室前，他还站在门外好好整理了一下领子。但不到两分钟，就又耷拉着脑袋出来了，他实在无法回答女校长的反问："王老师你为啥不体恤学校的难处？不体谅我呢？"这才是招惹不得的女人，她连珠带炮的反攻弄得人尴尬极了，他无地自容，赶紧落荒而逃，心中不免悲戚地想：愧疚也只能愧疚了。

住在车库里的人家当夜就消失了。突然来到这里，又突然走了。像一群小鸟，飞走了。没有人知道去了哪里，应该是晚上偷偷搬走的。那个晚上，王老师回来见车库门没有拉开。第二天早上，车库门仍旧没有拉开。女人搬走的晚上，王老师的梦里一直有卷帘门升起和落下的声音响着。这声音熟悉又陌生。但没有办法醒来。这是一个四处弥漫着死亡和衰败气息的夜晚。人在这样的夜晚里，深深地被各种大小、形状和深浅的伤痕包裹着。王老师第一次发觉身体是这般的僵硬和沉重，清早醒来，哀叹道："的确是在老了。"

等到车库卷帘门再度卷起打开，是邻居买了新车，他们一家人在车库里清理着女人一家仓皇间没有带走的一些东西。在清理中，邻居发现了一只信封，里面是所欠的房租。而王老师则在一堆垃圾里，看到一只熟悉的小花盆，那是自己送给小姐姐的茉莉花啊。花枝已经干枯，花盆也被摔碎。是女人摔碎的还是邻居呢？总之，他感觉女人在恨自己。一阵难过，王老师匆匆离开了。

晚上同事聚会。在一家小店里喝小酒。大家海阔天空地谈论着，每次聚会都这样，这里说说那里说说。突然就说到暑期发生的事故，好比说有一个女童掉进月亮湖淹死了的事，还有一个女老师说，天下之大无奇不有啊，听说有个变态老师，喜欢将女生抱在怀里讲《白雪公主》……

王老师听着，觉得所有的不好的消息都跟小姐姐有关似的，那豆芽儿一般的身躯站在晚霞中哭泣的样子又浮现出来，他浑身一颤！酒杯哐当一下从手中滑落，掉在地上，破碎的声音刺耳极了，这之间他只是做了一个试图挽救的动作，却不明显，也没有成功。他为此感到无奈。边上有人在化解：“岁（碎）岁（碎）平安，岁（碎）岁（碎）平安……”

爱黛小姐

熊军出现不久，吴文华就感觉到苏赏的生活开始不安全了，乱了。

尽管滋生这些想法有些唐突，基本是没有缘由的，甚至被吴文华很快否决，但不知怎么了，他仍旧会冒出这些想法来。他很怕熊军扰乱了什么，很怕。

五年前，吴文华跟苏赏第一次见面是去面试。第一眼见苏赏，吴文华就呆住了，苏赏的面相实在太好了。完全吻合了他所认定的好面相。因为对于好女人的面容，他有一个刻画。他喜欢皮肤白皙，眉毛淡淡的，双眼皮，肉下巴，牙齿雪白，一笑，就能春风十里，桃花盛开，千里江山。

而吴文华自己则是一个非常自卑的人，自幼丧父，家境贫寒，长相老成，人家二十的时候他三十了，总比别人要老个十来岁。最最凄苦的是，他还是六指，右手大拇指边多长了一个小指头。这一截小指是长在他心上的，打小受尽人们的嘲笑和奚落。于是，有一天，当他开始要独立面对人生时，开口前总要先看人脸色——他想看见一张面相和善的人来。奇怪的是，却怎么都没有遇见过这样一张脸。

直到看到苏赏，吴文华才知道世上还真有这样一个人。

当然，这副好面相自然也没有令他失望，她还是他所见过的世人中唯一一个当自己正常人的人，她口吐如兰，仔仔细细地询问着有关的身份信息。每一个人都是一张信息表，这些信息经她细腻白净的肉手，一笔一画逐一填写到表上，这让吴文华从此安定了下来。

他记得，那个春末时分，苏赏的背后有一扇窗，窗口里站着一株香樟树。微风轻拂，香樟树花的香气被吹进来，经过窗棂，经过苏赏头顶透亮的发丝，经过她的手背，跑到吴文华的面前来了。吴文华深吸一口，又吸一口，顿觉浑身是力，手上的六指微微地颤动着。

第二天，吴文华就正式上班了。到了才知道，员工加老板总共才五个人，苏赏校长，外加两个老师，一个保安，一个保洁员。那是创业初期，苏赏从学校出来，花很少的成本租赁了一处偏僻的废旧厂房办培训中心。所以安保人员就显得尤其重要，一定是要负责的，敬业的。这些吴文华全都以事实证明了。苏赏对他更是加倍的信任。而他呢，也的确看到了苏赏的不易，样样亲力亲为，跑进跑出，跑上跑下，挺让人心疼的。好在几年过去，到如今，苏赏成功了，她的培训中心做好了，成立了自己的品牌，注册了公司，享有了良好的口碑，也搬进了一处独立的临街办公楼。虽然楼层只有五层，但有个院子，院内可以停车。岗亭外还有一个小场地，在这个场地上，熊军的车来得是越来越勤了。

熊军的车打一出现，就让吴文华关注上了。那是晚上十二点多的样子，吴文华坐在岗亭里玩手机。此时，校园里已经没有人了，车子由远及近而来，雪白的灯光射得人眼睛也睁不开。吴文华赶紧走出岗亭查看。但车子就是不熄火，灯光直直打着。吴文华就想绕到车子侧面去看。“嗨，你干吗呢？苏赏笑盈盈地从灯光里出现了。她饮了酒，脸色酡红，眼睛亮亮的。像是直接从灯光里出落而来。跟吴文华打好招呼，她还回头跟车子里的人挥了挥手。车里的人得到回应，准备离开了。但他真坏，却偏偏猛地将车子直朝吴文华开来，突然又骤然停下，吓得吴文华脸色煞白，直呼：“你要撞人了！”然而，吴文华惊魂未定，车子又呼啦一下擦着大腿开走了。苏赏明显也没有想到会出现这个小插曲，但看着车子安全离开后，就哈哈大笑了起来。她的笑很怪，很疯狂，是由骨子里放开来的笑，头仰起，又仰起，像一只天鹅在欢叫。

也许她是真的开心，还保留了一丝柔情给吴文华，笑够了，她就将手伸出来，落在吴文华的肩膀上，吐着酒味说：“他可真坏！”然后，转身进去开车。

吴文华一愣，深呼吸一口，追上去拦在前面，你喝了酒不好开车的。

苏赏笑盈盈地：“你这是关心我吗?”手指又一点，推开吴文华，自行上车了。经过吴文华身边时，她停下来，关照道：“这里就交给你了啊。”

回想起来，吴文华最强烈的感受是，那天的苏赏很开心，都得意忘形了，掩饰不住了，既纯真又疯狂，既风情又放荡，反正是醉意朦胧的，欢欢喜喜的。她这样自然好，生活嘛，本来就是开心就好。但是呢，熊军这个人嘛，真不叫人喜欢。你看他多张狂，喝了酒还拿车子跟我一个保安开玩笑，他要证明什么呢，车子好还是驾驶技术好？还是就纯粹想逗一下自己？

事实是，自从熊军出现后，苏赏明显变丰腴了。这是一件很奇怪的事，什么是丰腴，全在胸口那一双乳房上。怎么女人一开心起来，乳房也会长大？并且还会跳，不，像鸽子展翅呢。扑棱扑棱，多欢快啊，动辄就要在端庄的衣服内晃荡。全然是一副欢欣鼓舞的样子，抑制不住啊。它要兴奋，要飞翔，要晃荡。于是，苏赏疾走，小跑，还是微微笑着慢腾腾接电话，它都会动作起来，产生出奇妙的动感来。激情、饱满，无拘无束，野气、活泼。

于是，后来苏赏在吴文华的眼里，是这样的，看见路虎车开来，她就会抖动着双乳跑出来。她经过吴文华面前时，是一阵风，随着步伐的加快，香味也会跟着双乳呈起伏状——无端地凹了一个又一个S形。

熊军坐在车里，戴着墨镜，冷酷稳定，待苏赏一上车，他就不动声色地发动车子驶去了。几次下来，吴文华纳闷了，怎就苏赏一个人空开心呢？花再美，一个人开在山崖崖上，终究令人担忧。于是，吴文华很想熊军摘下墨镜，看看这个人长得是怎样一副薄情寡义的面容。偶尔从车子掉头的瞬间，他从开启的玻璃窗上看到过他的半个侧影，他嘴角抿着，还有一个大大的鹰钩鼻。

吴文华顺手在巡逻记录表上写下了几个关键词：熊军——来路？背景？人品？婚姻？经济收入？身高？年纪……一笔一画罗列开来，每一笔吴文华都写得非常沉重，怎么能不沉重呢，这个男人叫人不放心啊。

但理性告诫吴文华不要多管闲事，他用左手抚弄着右手边的六指，焦虑不安。究竟为何焦虑，他亦是不知道的。思维里倒是会跳出一些问题，比如自己是在关心苏赏呢？她需要自己的关心吗？她可是老板，有能力搞好培训中心还搞不定一个男人？走火入魔的吴文华，管不了自己了，甚至看见苏赏，以及她无比欢乐的乳房，就会无端地恼怒，七想八想的。就连她跟熊军偷情的画面也宛如鱼儿跃出水面，以一种生动的方式令他的身体产生一种奇妙的美感。这样的美感又是那样让人沉迷和自由放纵，继而是热血奔涌……

夜色深沉，星光点点，吴文华将手从裤裆里收回来，看着岗亭上的玻璃，诡异地笑了。

厨房的阿姨是苏赏的姑妈，吴文华会主动去帮她倒泔水，深得姑妈的欢喜。姑妈没事会跟他叨唠两句，说说家里的事情，以及菜场上的讨价还价。这天也不知怎么了，她看见苏赏走过，就不由自主地跟吴文华感叹了起来，也不知是她看见了苏赏的某个失落的一面，她的感叹明显是引火烧身的，却又像地雷埋在足下，一开腔就噼里啪啦地爆炸了："哎，我们家苏苏心里苦哩，都是她妈啊，死活要她嫁个门当户对的镇上人，可是苦了她一辈子……"

姑妈愤怒、哀怨，每一句都是对这个男人的看不起和责怪，吴文华听着，就看见了曾经的自己，人们也多是这般评价自己的，"这个六指……他手脚会不会不干净啊……他可真丑!"

姑妈说的男人，吴文华见过，还跟他买过米，也听过他的故事。只是不知道他居然是苏赏的丈夫！在吴文华的想象中，苏赏的丈夫应该儒雅斯文的。至少没这么胖啊！惊讶之余，吴文华的眼前出现了这个大胖子，他成天要顶着二百多斤的肉身出现在大街上。夏天，他的衬衫从来都是敞开着的，露出圆滚滚的、汗渍渍的大肚皮。冬天呢，裤裆总是掉在膝盖边的，堆在肚皮上的毛衣层层叠叠。他跟苏赏住在老街与新街交叉处的两层带商铺的房子里。这是那时期镇上人最好的选择，弄个铺子收租金养老，人住在二楼。楼下的商铺由胖子打理，供销社解体后，他就将店铺一分为二，一半卖大米，取名"放心粮油店”；一半卖女士内衣，取名“爱黛小姐”。且不说粮油生意如何，但听说他的内衣店生意不错。他虽其貌不扬，但耷拉的眼皮下的眼睛精准，就好比说眼睛里是长了尺子的，进来的女顾客他只要一看，就知道内衣的号码了。但就是因为其貌不扬，他让女顾客特别信任和放心。她们都能够不避嫌地当他的面就乳房的大小和形状打趣，再做些互捏的动作，再对着外衣试穿胸罩。他见了也当没见，似乎知道她们不当自己是男人。不是男人，孩子咋生的？悲凉一闪而过，笑笑。他开始打午觉了。他最爱睡觉，沉重的肉身一倒在搁置在内衣内裤中间的躺椅上，呼噜声就滚滚而来。他四仰八叉着，嘴角流着口水。似乎还在不停地回味着什么，嘴皮子不时地抿一抿，嚼一嚼，很有滋味的样子。待醒来，他是不会立刻坐起来的，他会端端地盯着门口模特上的那套爱黛小姐看上一会儿，嘴角拉一拉，又撮一撮，一眼的时光交错。

模特身上的这套紫色的内衣是镇店之宝。是样品，但也是绝版。据说蕾丝里都镶嵌了金丝银丝，洗不坏、晒不坏，且造型好，价格昂贵。当然，他更不会卖它。他说有的东西是不能卖的，它在心就在。于是有人开玩笑说那你是不是留给苏老师的？他笑笑，不语。肥胖的身体里发出粗重的呼吸声。

吴文华决定去找胖子买米。但看到他又在内衣内裤里打鼾、流口水的样子，就想他怎么就是苏赏的男人了呢？咧咧嘴，他弯下腰，对着胖子的耳朵大声叫道：“买米啦。”胖子明显被吓着了，一眼睛的受惊，还泪汪汪的，腆着的大肚子不停地呼噜呼噜地喘息着。没有睡醒的他动作更迟缓了，起不来了。吴文华便伸手去拉他。胖子迟疑一下，握住吴文华的手站起来了。他可真是厚实啊，如山一般挡在前面，酸酸的汗味一阵阵地涌来。买了米，又买了一壶油，胖子明显经不起动，一动就累，满脸的油腻，很脏的。吴文华想着苏赏的秘密，踱步到内衣店里。置身在五花八门的内衣里，他又看见了苏赏晃荡的双乳，那饱满的、激情的、野性的，但又有着故意的良家妇女的收敛感的双乳啊，真是极美的。

见吴文华还没有走，胖子此时却没有耐心了，催了："你盯她做啥，这个你买不起的。如果不买什么了，我得去楼上做菜喝酒了。"说着就起身准备关店门。

他还说："今天的营业额已经做到了，我得喝一杯去了。日子过得逍遥得很。"

"——嘁！"

吴文华打心里嘁一声，头也不回地离开了。第二天早上，他又在面店里遇到了他。胖子贪酒，早晨吃面也要喝一瓶劲酒。他稳稳地占据在桌面一方，一口面，一口酒，慢悠悠地享受着。边上的人叫他招呼，他只呵呵地笑两声。一丝油线儿从嘴角流出来，像睡觉时的口水。他一顿面要吃上大半个上午的时光。久而久之，他贪酒的趣事就被传开来了，人们说，没见过这么贪酒的人，早上也要喝，跟戆头阿三一样，那阿三没有老婆，他可是有老婆的人，况且老婆还长得如此貌美……

貌美顶个屁用！石头落进现实，激起千层浪。胖子明明知道人们在议论自己，却仍然能够两耳不闻窗外事，自顾自喝酒吃面。真令人着急！

至于他和苏赏的夫妻生活，人们是不当一回事的。仿佛人们早已知道这两个人走不到一块儿。反正他们也的确从不一起出现，人们很早也就以为他们离掉了。没有公开，只是为了孩子。实则呢，早就分居了。

吴文华隔着一筷子面，看出胖子砸吧酒瓶口时眼睛露出了一股子狠劲，他是不甘的，他的身体里隐藏了巨大的屈辱，终究有一天忍无可忍之下，是会爆发的。他目前只是隐忍着对于现实生活的隐忍。这个人的面相只是表面憨，实则还是狠的。吴文华匆匆离开了，只欣慰自己没有急着说出什么不恰当的话来。

接下来的两天的时间，熊军的资料也一一被吴文华收集齐了。这个人啊，才不是个东西。别看他长相不错，也就是社会上的一个小混混。年轻时，打架斗殴找女人，样样玩过。书也没有读过几天。他的发迹是近些年的事，貌似一夜之间暴富的。传说是他天生对造房子无师自通，是靠着妻子娘家人的关系拿到的项目，赤手空拳打天下。几个项目做下来，其实他自己是连一块砖头都砌不来的，全靠关系拿项目签合同，然后就是包工头带农民工帮他造房子挣钱。发迹之后的他呢，眼里已经没有世界了，吃喝玩乐赌，更加放肆。他喜欢女人，也深得令迷恋女人的技能，比如苏赏，苏赏迷他什么呢？没人知道。倒是他的老婆每天脖子上挂三五条珠宝，据说他睡一个女人就得送她一件珠宝……

路虎车又来了。吴文华看看手机，还没过十点，看来今天是早回了。他们一直这样，从校门口出去再回到校门口分手，再各自回家。选择这里，一是接苏赏方便，二是两家正好一东一西，隔得远。这里就无端减少了些避讳。

他们吵架了吗？氛围不对啊。苏赏坐在车里没有立即下来，也没有说话，熊军也是，墨镜遮住了半张脸，一手握着方向盘，一手捋着头发。他似乎在催苏赏下车，但苏赏还想多待会。她的表情是可怜的，忧伤的，春色顿减。熊军只得将车子熄火，钻出驾驶室，又绕到副驾驶室，开车门扶出苏赏。苏赏摇摇晃晃，看来喝多了，未站稳，就转身双手绕在熊军的脖子上不肯离开。熊军分明怕被人看见，极力地躲避着。他的发型衣着，全是模仿电视剧里的成功人士的打扮。俊朗、挺拔、时髦。吴文华目测他比苏赏高半个头，恰好的身高差距。苏赏在他怀里情绪异常激动。而他呢却只急着离开，所以很是不情不愿。苏赏好像也是豁出去了，双手依旧不依不饶地搂着，肩膀极度控制地抽搐着，迷醉得很，“不要离开，不要生气！不要！”她主动送上嘴巴咬住熊军的下嘴唇热吻了起来，迫不及待地要获得某种释放了。女人的低微也是有着魅力的。转瞬，熊军就拽住苏赏的手朝岗亭走来。吴文华赶紧帮他们开门。

黑夜中，一阵幽香飘过，苏赏将头紧紧贴在熊军身上，这还是苏赏吗？关上电动门，吴文华悄悄尾随进去。那一刻，他无端地愤怒，好似里面偷情的人是自己的妻子。又好比一件贵重的东西被人毁坏了，他打心底心疼。

夜深露重。庞大的静谧覆盖在校区头顶。二楼办公室的灯亮了，又暗了。暗了，又亮了。窗帘也很快拉上了。两个搂抱在一起的人影在玻璃窗口处重叠着，扭动着，先是柔情的，再是狂野的，然后就是覆水难收了，不管不顾了，乃至是大张旗鼓的。一会熊军的背影抵在窗台上，一会是苏赏的。苏赏整个人跟疯了一样，一只手伸开来，似乎要抓住什么一样。之后，就是很长时间的凝固，两个人只是紧紧地抱在一起，永不分离的样子……

吴文华隐藏在香樟树下，深深地叹息一声。举起手机，对着窗口一阵猛拍。他不知道为什么要这么做，但他真的没有多考虑，就连续将照片发给了胖子。那一刻，他非常矛盾，似乎看到了胖子的可怜，又似乎憎恨苏赏的疯狂！还有一丝儿自身的失落，最主要的是失落，他有了有史以来全身被掏空的感觉，于是，他需要胖子，胖子是她丈夫呢……但是呢，又觉得哪里不对，胖子来了能解决吗？胖子真能来吗？他没喝醉？还没睡觉？当然，手机号是否正确他也不知，他就这样焦急地徘徊着，气呼呼地：“这个死胖子，软蛋！操！”

玻璃大门被推开，熊军出来了，他扎在裤腰里的黑色衬衫被随意拉了出来，褶皱被晚风吹拂着。一出门他就点了一根烟燃上，还长长地舒了一口气，心满意足地踢着一颗石子。但他走到电动门边，态度就变了，用脚狠狠地踢着电动门，喊吴文华起来开门。吴文华看不下去了，站在背后劝道，不要那么狠，门要踢坏的！熊军一悸，猛地转身，暴怒道：“你个看门狗，怎么会在这里？”瞬间，他似乎意识到什么，警惕起来：“你个变态的，你偷看啊？”

吴文华一言不发。

熊军气得咬牙切齿，再次吼道：“快点给我开门，我讨厌这里，非常讨厌！我不想再留一分钟，我要离开这里！”

吴文华默默地摇头，他怎么一提上裤子就翻脸不认人了呢！

熊军无法忍受吴文华的态度，似乎还有点怕他了。一把抢过遥控板，摁开电动门，又将遥控板丢给吴文华，准备离开了。然而，走出几步，他又回头来，诡异地盯着吴文华笑道：“不要以为我看不出你眼睛里的那点东西，你要是想搞，现在就是机会，她就躺在地板上！”

说完，他还给吴文华做了一个下流的手势。

“你，你不是人！”

吴文华猛地冲过去，想揍熊军一拳头。你没有权利侮辱她。吴文华猛然醒悟，是熊军毁坏了苏赏在自己心中的美好形象，苏赏不可以跟他偷情，被他引诱，她的美好是自己所有的梦想。

也就是说，苏赏在前面走着，他甘愿在后面跟着，膜拜她，只要她安好！一直美好着！而苏赏一变化，自己啥也没有了。这是很令人心痛的！

意外的是，熊军还是嚣张惯了，太狠了。一上车，他就获得了盔甲，又玩起了吓唬吴文华的游戏。明明知道吴文华在后面追赶，他却仍旧将车子猛朝后倒，试图要撞死吴文华。如果上次吓得不轻，这次更严重，因为车子发出的呼啸声是那么强烈，地动山摇般。而当吴文华吓得全身扑在车屁股上，他又将车子朝前开了去，车身就从吴文华的胸口下抽离了，吴文华像一块抹布从车屁股上甩下来，一头栽倒在地上。

应该是额头摔破了，一摸，摸了一手的血。但心里的难过大于肉体，熊军早已呼啸而去了。吴文华悲凉地看着已经安静下来的办公室窗口。看到暖黄的光打着白色的百叶窗帘，温暖又洁净，仿佛一切都没有发生过。苏赏端坐在大桌子后面忙碌的情景浮现出来，她是那么努力、拼搏，热爱着生活。仿佛一直都有忙不完的事，一心想将培训中心做好。可是，就刚才她……吴文华的心被伤到了。他甚至可以想象到熊军刚才在里面对苏赏的肉体享受，这个男人根本没有权利跟苏赏怎样！他除了有几个臭钱还有什么！

于是，吴文华很后悔发了照片给胖子，如果他真来了咋办？这个男人嘴角常年带着屈辱和憎恨呢。想到这里，吴文华一骨碌爬起来，他想得去通知苏赏，赶紧穿戴整齐，胖男人要来了！

另外，他还担心，苏赏这么久没有出来，没有任何动静，她会不会被熊军祸害了，比如他们刚才在窗口不是在偷情而是在厮打……

三步并两步，吴文华直奔二楼。脚步刚想跨进办公室，他迟疑了，熊军描述的她正躺在地板上的样子出现了，他不想她难堪。就在进退两难时，苏赏空洞的无力的声音传来了：“你帮我将门带好吧，我这里有被褥，我今晚睡沙发。”

哪知，吴文华正要关门时，苏赏又说了：“你进来吧。我跟你说件事。”

苏赏对自己是最信任的，信任到都不曾提防。吴文华已经从苏赏的口吻里听出来了。只是他不知道她现在方便不方便见人，因此，没有轻易进去。苏赏继续说：“你进来吧。我又没什么见不得的。”吴文华这才进去，并用余光瞟到苏赏已经穿戴整齐端坐在沙发上，一见吴文华她就将手机屏幕亮给他看：“这件事终于办好了，我申请到办学消防了，你知道吗，我马上要开一个幼儿园，办学消防很重要。这个事情也没人分享，我就跟你说说。你听听就是了。反正你也跟我好多年了。”

“那，那你可以跟你家人说嘛。”吴文华建议道。

苏赏哈哈一笑，笑中带泪，自顾自道：“我就知道他的朋友行的。不过呢，他啊，嗨，本事是有的，人脉也有，可惜了……哦，对了，你知道他是谁吧?”

吴文华点点头，又摇摇头。

苏赏继续说：“你当然不知道，你知道不知道都没有用。”说完，她就倒下去，赤脚蜷缩起，侧睡在沙发上，闭着眼睛说：“我太累了。我要睡觉了。你走吧。帮我门关好。”接着，她就有了轻微的鼾声。

吴文华被弄得一头雾水，顿觉眼前的苏赏熟悉又陌生，但他却没有办法再问什么，只得将办公室的门轻轻带上走了。锁芯咔嚓一下插进锁孔的声音，还将他吓了一跳。之后，他回到岗亭，对着镜子用毛巾擦拭着额头上的血迹，一粒沙石钻进伤口里，带来一阵一阵钻心的疼痛。临睡前，他还在纳闷：这个怂胖子还真没来啊！不过，不来也好，手机号是错的更好。他醉了、睡着了也好。这样想着，吴文华和衣躺在岗亭里的小床上睡着了。疑问虽然还很多，但是呢，他总体还是替苏赏开心的，他得意呢，苏赏事业越好自己就越有价值。她又不是自己女人，管那么多干啥呢？睡吧，睡吧。想通这些，他顿感轻松，仿佛弥漫在身边的雾气开始散去，就像自己其实对苏赏只能是臆想，她对自己信任也出于漠视，你吴文华能对我怎样呢？要么你不要上班了！吴文华当然不能不上班，不然自己那个成天捏人家脚的女人会更嚣张……算了，还是睡吧。想那么多干啥呢？吴文华摸着右手拇指边的小指放开心思睡了。这是他最放心的一次睡眠。第二天早上，一走出岗亭，他就看见苏赏的车子迎面开来了。她什么时候回去的呢？自己怎么一点也不知道？昨晚发生的事是真的吗？还有，胖子收到照片了吗？吴文华摸一下额头，疼！心有余悸地瞅着苏赏的车不动。苏赏就将车停下，摁喇叭。吴文华依旧不动。苏赏就将玻璃窗摇下半截，看吴文华。吴文华立马伸长眼睛扫视了苏赏一圈，没看到异样，她只是眼睛有些肿，有哭过的痕迹，但嘴唇上擦着口红，也就掩饰了过去。从她的表情上好像发生了什么，又像什么也没有发生。但就在苏赏的车经过电动门的瞬间，他还是从侧面感受到苏赏已经是一个死人了，她的眼神太空洞了。直到后来看见苏赏走路接电话去会议室，她虽然依旧端着目光、端着胸，走过了，但目光干涸了，胸部缩小了，平塌塌的，失却了生动的晃荡之美。

从此，吴文华没有再看见熊军出现，苏赏仍旧在忙进忙出，但她不怎么开心。有一个秘密，只有吴文华知道，他的更衣柜里，藏着深夜破窗去胖子的内衣店里扒下来的那套紫色内衣——爱黛小姐。他觉得这个怂男人不值得拥有这套内衣。每次捧着爱黛小姐抚摸，他都会怀念起跟熊军在一起的苏赏，那时的她真是最动人。每走一步，双乳都会活泼地晃荡。全身散发着神秘的幽香。宛如香樟树花一般的香气。太美妙了。同时他又是憎恨自己的，总觉得伤害了苏赏什么。

丽　春

一脚跨进杨玉康家，丽春后悔了，来得草率啊！杨玉康的妻子虽然端着茶杯，头发也高高地绾着，看似随意却很贵气。经杨玉康介绍，妻子比他小了十来岁。丽春盯着一脸得意的杨玉康打量着，顿觉这个人的气质很“陌生”，怎就不是读书那会儿的毛头小子！屋里打扫得很干净，摆件也很漂亮，家具和墙壁上的画作更是有品位。就连泡茶的茶杯也是精心挑选的白瓷杯。为了易区别，颜色还选择了不同的。手柄像新月弯弯地笑着。招呼完毕，女主人浅笑盈盈地上楼去了，不打扰同学们叙旧。她的背影很优美，脖子白皙颀长。她一离开，一起来的几个男同学就一拳头砸在杨玉康的肩膀上，愤愤不平：“瞧你美的!”

一个女同学也跟着附议：“真要好好学学，你看这杯子怎么都不会端错!”

很多人是这样子的，一件事情过去了就过去了，不会因此而久久放不下，更何况这又不是什么大事！对于丽春来说，杨玉康的生活如此幸福真是一件大事！那晚总觉得他家的客厅里有一面镜子，照见了别人也照见了自己！

丽春思索着：生活是可以这样的！

从杨玉康家回来，丽春失眠了。

失眠的丽春干啥了呢，她其实啥也没干成。一合上眼皮，黑暗里就涌起一截白皙颀长的脖子来，这截高贵的脖子挟持着她，非要进行一些关于生活的对比和性的臆想。好比说她的脖子是杨玉康常常亲吻和抚摸的地方吗？喝茶坐过的沙发，是他们常亲热的地方吗？

觉是睡不下去了，丽春索性起来了。身上的睡衣是儿子丢弃的变了形的 T 恤衫，映在灯影里的影子就变得又大又圆又黑。丽春直接走到门边，轻轻拧开锁，来到书房门口，以一种非常压抑的表情将背靠在门框上。丈夫的鼾声像是悲凉的叹息，细若游丝地传来，再听又是激情高昂的。他的鼾声她记得，初听一声比一声弱，近乎奄奄一息了，但是，气息拐个弯，钻进鼻子，又从嘴唇里吹出来，就又拉高了——成了哨音！

女人又来了。

她烫着卷发，化着精致的妆容，身穿海宁买来的带毛领子的皮衣，手上还拎着一个名牌包。她应该是开车来的，每次进门前都会慌乱地将车钥匙朝包里塞。杂货店的门口笔直地站着五棵水杉，她每次来都会抬起脖子朝树上看一眼，手就在这会儿推开了铝合金玻璃移门——黑色羊皮高跟鞋伸了进来。丽春之所以认为高跟鞋的皮质是纯羊皮的，完全在于细腻的质感，她仿佛从来没有看到过这么好看的鞋子和脚。

三年前，女人第一次来，那是春末时分，就是这样一双漂亮的脚让丽春觉得这个女人来者不善——丽春呢，一个从姑娘起就在家门口开烟酒杂货店的女人，没见过大场面，也没有丰富的生活阅历，仅凭女人特有的敏感发现她是不会平白无故来店里的。

女人笃定地在店里转了一圈，身上散发着清淡的香水味。店不大，竖排着三排货架，朝东再贴墙壁横一排货架。货品大多是烟酒茶，再是油盐酱醋，卫生纸、罐头和薯片之类的，散装的蜜饯罐子则放在收银台前。大润发超市没有开之前，小店因为靠近中学和幼儿园，生意还是不错的。近些年确实有些不如意，人们突然就对小店不信任了，看不起了。但不管怎么说，丽春见人见得多啊，来店里买东西的啥人没有，可从来没有进来过比这女人更光鲜的女人——光鲜得太刻意了！

女人心不在焉地转着，丽春的眼睛也跟着转。随即，就从耷拉在女人脸上的卷发缝隙里发现她也在偷偷瞄自己——瞄我干啥呢？我有啥好瞄的呢……但她还是揉了揉眼睛，生怕有眼屎落在脸上。店内的气氛顿时变得紧张和压抑。

“你这里还有这酒啊，那我买这个。”女人对于发现了“丽春黄酒”表现得很是兴奋，有啥好兴奋的呢，不就也叫丽春嘛，我姆妈给我取名字的时候它还不知道在哪呢。女人拎起一盒酒站在收银台前，眼睛直接从丽春头上飘忽到窗外，看着青色的天空：“水杉的叶子已经很茂密了！”这句话就成了她以后每个星期五来买黄酒说的唯一一句话。秋天，她说“水杉叶子快黄了”。冬天，她说“水杉的叶子都落了啊”。春天，她说“水杉又长新叶子了”。夏天，她说“水杉的叶子已经很茂密很绿了”。她说一次，丽春就跟着看一次，手心里数着她给的酒钱。

三年来，女人很固定地来，没有名字。每次来，都没有放弃对自己的打扮，真皮高跟鞋换了一双又一双。但她从不戴戒指。从皮夹子里拿钱时，光秃秃的无名指特别显眼。丽春盯着女人的手，轻蔑一笑，根据判断这个女人只要有好东西都会戴出来的，不戴才突兀！并暗暗估算她的岁数大概在三十五六岁，这个年纪应该去陪男人，而不是来看水杉，买丽春呵！

女人不开口说话，丽春也不开口问。换言之，女人一直在等丽春开口，丽春也在等女人开口。似乎都在较劲，谁先开口就代表谁输了！三年来，丽春虽然一张素颜，看女人的眼神却自带轻视。就曾当着女人的面跟另外一个客人说过这样的话——“我们小巷里的女人不喜欢妖娆的打扮，而这样的女人走在我们小巷里，也是很丢人的，是不正经的。”然后，她就将一张新的价目表贴在了货架上。

但今天女人说话了，女人问：“这酒多少钱？”

丽春依据习惯，指了指货架上的商标，意思是那里有。

女人说：“这个商标是假的。你越卖越贵了。”

丽春将酒收起，朝门外看着，水杉光秃秃的枝干真是无趣。

女人说：“三年来，你一个星期涨一次价，已经涨到离谱了！”

丽春朝女人笑了：“你可以不来买！”

女人也笑了：“这点钱我还出得起，只是，大家心知肚明，你这样故意僵持着有啥意思呢？你们分居快六年了吧，他这三年里每周会去我那里一次，就好比我来你这买酒一样，他去我那里一次，我就来你这买酒……”

女人不温不火地讲着，波澜不惊的。右胳膊斜斜地依在收银台上，与对面的丽春都借助着收银台支撑着身子，精心做过的睫毛卷出了优美的弧度。

丽春捏紧拳头忍耐着，关照自己不要发火，因为一火就代表输了。你千万要保持住平和的态度，这场战争才不会戛然而止。看架势，女人今天不会急着离开，她都把话挑明了，要是自己再不还击，也等于输了。丽春的后背被汗水浸湿了，后悔真该早点想个法子对付女人。转念一想，对付她有什么用呢，听丈夫昨晚满足的鼾声，就知道他去了她那里。她今天来，是带着他的气息来的。

这对狗男女！

丽春瞥到刚收回来的酒，弯腰取出两瓶，打开，一瓶推到女人面前："我请你喝一杯吧！"

对于这黄酒，不是因为有跟自己一样的名字而喜欢喝，对于看了一辈子小店内心平和的丽春来说，她是真的喜欢喝一杯。特别在冬季，放点姜丝温一壶黄酒，就着鱼冻慢悠悠地吃，灯光下的青花瓷瓶，有着触摸的温情。房间花架上的吊兰，懒懒地垂吊着，一种无以言说的平和和静态美让生活充满无比的稳定。丽春喜欢并痴迷于这种稳定，这是一个没有什么大志向的女人，但是，后来，她坐在同一张桌子上喝酒，一样的酒杯、鱼冻，却有了不一样的情绪，她好几次都喝哭了，她将头匍匐在青花瓷的阴影里，只觉得自己跟酒是分不清了，酒水变成眼泪在体内波涛汹涌的。哭好了，她就抹着眼泪说："酒量咋不好了呢！一喝就高了！"

面前的女人分明并不对这酒感兴趣，她手指一动，就将青花瓷瓶推回去，准备走了，她留下的话是："我从不喝黄酒的，黄酒喝多了散发的味道是老人气，这酒还是你自己喝吧！"

女人又站在水杉下面回头说："我喜欢喝红酒，端着高脚杯，和他坐在高雅的餐厅里，边上是优美的钢琴曲。"

丽春家的天井里养着无数的吊兰和石榴盆景。阳光不错，丽春看一眼光秃秃的水杉，返身到天井里搬了一盆吊兰出来，并用一只方凳抵着玻璃清供着。回到收银台前，看到茂盛的吊兰，就想到女人下次来会一眼看见吊兰吗？女人刚来过，再来要下周了。门口的人流涌来涌去，急促地追赶着，起初还能听见脚步声，后来只看到一些影子走来走去，无声电影般。丽春略显烦躁，收回目光，又对着小圆镜拔眉毛，拔了眉毛又拔头上的白头发。

丽春有一头茂密的头发，天生带卷，所以，她一直剪短发。头发卷起的第一个卷半弯在头上，比烫的都要蓬松。只是 40 岁那年头上就出现了白发。有人说是遗传，有人说是看店看出来的。但不管是遗传还是寂寥，起初她是不在意的，跟丈夫分居后，白头发大面积出现，这才让她感到恐慌。逢年过节都要去染。新染好，觉得很美好，可一星期后发根上的白又出现了，丽春就没有办法了。毕竟不能三天两头去染，这有点让丽春气馁！

手机在台面上闪啊闪的，丽春将镜子收回抽屉，决定回到同学群去找点乐子。对于丽春来说，同学群的出现正是对她最大的拯救，因为这就是一片快活林，同学们叽叽喳喳地闹着。当然，这样的喧闹背后恰好是她安静而又萧条的生活。丽春就觉得自己每天在虚幻与现实之间跋涉。亦步亦趋也罢，诗意漫步也罢，疾步行走也罢，生活不就是钱币的正反面吗？

众多的信息里，夹杂着杨玉康问“丽春在不？”。丽春一看见杨玉康，就想到他妻子白皙颀长的脖子。然而，在这之前，他是丽春决定好好交往的一个男同学，几次小聚，两人之间的确也有某种暧昧的暗示，敏感的同学也捕捉到了，每次杨玉康身边的座位都留给丽春。杨玉康还在酒桌上环绕着丽春的肩膀说过读书那会儿暗恋她的话。迷人的红酒味从成熟男人的呼吸里散发出来，好像呼出了一串又一串的火苗。丽春知道自己沦陷了，却故意沦陷下去，半依偎在他胳膊上不动，举着酒杯与他的酒杯碰着，眼睛细细长长地眯着："那就再喝一个呗，暗恋这个事嘛，你知道就行了。"

丽春决定私信杨玉康，解释刚才有事。

群里的同学都善于用方言说话，只有杨玉康跟自己一样，喜欢说普通话。这就令多年未见的同学的身上又递增了一道好感的光环。于是，更喜欢与他私聊。

丽春的父母都是教师，退休后跟丽春住在天井后的小楼里。他们很疼爱丽春，退休工资拿来买菜，贴补家用，还供孙子上大学，丽春的日子过得仍旧无忧无虑，没心没肺。如果不是丈夫闹花头，真是岁月静好现世安稳。一个女人的一生不说如何光鲜靓丽，倒也拥有了平铺直叙的简单明了。这样的世界单纯可爱，于是她聊天便采用了书面语言——过于刻板的书面语言，在一帮83届的同学群里来说，憨。只有杨玉康站出来支持使用普通话。似乎只有他明白，她的骨子里仍旧捍卫着身为镇上人的骄傲。丽春马上端正态度跟上："杨同学说得对，我不太会聊天，我只说心里想说的。"

杨玉康没有回复信息。丽春也不急，点开他的头像看。他的头像采用的是一枚橙色的叶子被一只蚂蚁驮着的网络图片。挺有意思的。看久了却能够想象到他妻子白皙颀长的脖子。丽春又觉得无趣。正要放下手机时，一道影子压来，杨玉康来买香烟了。

杨玉康穿着质地很好的羊绒大衣，这种质地好到令人想去抚摸一下，感受那妥帖的温暖。丽春当然不会这么轻浮，她很在意暗香涌动的感觉，这个岁数了嘛，拥有一份心情就够了。她听到杨玉康说："马上聚会了，你总得去把头发染染啊。"

丽春赶紧找出圆镜子照着："哎呀，都长哪里了啦?"

杨玉康就拽着她的手朝上拉："看见了吗，已经好多根了。我帮你拔啊。"也许太多了，拔不完，他又放弃了："你不用急，我也有，我老婆给我买了染发剂，隔三差五就自己染。"

说着，还将头朝前抻了来，推销着染发剂："你看，是不是看不出?"

丽春说："你老婆真有眼光!"

杨玉康指指中华香烟："来两包吧，我马上要出去。"走两步又回头说道："过天我将染发剂给你送过来，自己染好了，理发店的东西又贵又不好。"

杨玉康拿着香烟走了，徒留下一股淡淡的烟草味在手背上。丽春将手放在鼻子前闻了闻，见杨玉康又在微信里说："明天下午去古镇喝茶啊，还是常联系的几个。出发前，我来接你。"

不待丽春回复，他继续问道："你没事吧，我看你脸色不好。”

“怎么没事呢，我快被那个女人逼疯了，我需要解脱！”

但丽春现在什么都不想说，特别是杨玉康，这个人太聪明了，可不能这么早将生活的底露给他看。虽然大家都貌似很关心对方，丽春是知道的，每个人都不可能把自己的生活全部袒露给别人看的。同学群里仍旧在叽叽喳喳，热闹非凡，丽春隔屏看着，颇有几分感触：三十年变化大啊，以前的穷小子做老板了；以前进了单位的都落魄了；还有部分不温不火地过着，做工人，扛重担，但身体健康，家庭幸福，夫唱妇随！据说，那几个生病去世的，也都投胎转世了——留下来的妻子再嫁，男人再娶，也都各有了一番人生！

丽春犹豫下，跟杨玉康私聊道：“你老婆真好看。”

杨玉康说：“嗨，好好的说她干吗，她又不认得你！”

丽春说：“可我那晚见过她了啊，在你们家，你们好恩爱。”

杨玉康说：“明天出发前我来接你！明天见！”

看来他已经不愿意说话了。丽春也讨厌自己追得太紧，总想得到他更多的赞美与直白的面对，其实呢，却会将人逼紧了，扔下不管了。跟丈夫是这样，就刚才又让杨玉康反感了。对了，你要跟他表达的是什么意思呢？老提他老婆干啥呢？难道他老婆——截白皙颀长的脖子继续显露出来，高贵、自信。丽春学着将脖子抻高去，下巴仰起，小圆镜对着照下来，也没有找到该有的角度，倒是一堆白发刺眼得很！

丈夫推门而入，丽春朝他看了看，眼神恍惚；丈夫也朝她看了看，亦很恍惚。两人同时沉默不语。然后，他默默地递来一沓钱，语调陌生地说：“抽空去买几件衣裳，把头发也打理打理，再去聚会。”

丽春将钱放进抽屉，盖住镜子，没有回话，明白他不想自己出去丢脸！这个女人怎么老成这样了！丈夫进楼去了。他今晚看来没有应酬——真是尴尬，每天装得跟没事一样，累。丽春便跟进去厨房温了一壶黄酒喝。姜丝细细地落在杯底，丈夫坐对面的脸漂浮在姜丝上，眉眼依旧，怎就那么不真实呢？丽春将酒杯举起来，猛喝一口，暖暖的感觉流遍全身，搅动一下舌头，口腔里满是带甘的回味。

丽春盯着浮动在姜丝上的脸说：“她真是不懂酒，这样暖的东西她说有老人气，还有，丽春，多好听的名字啊，她买得起吗！”

丈夫换好衣服下来，干巴巴地说：“你自言自语什么呀。”

丽春瞥一眼灯光下的青花瓷瓶，温润的彩釉好无辜，憋着眼泪她转头跟自己的父亲说：“我帮爸爸也倒一杯，好久没跟爸爸喝了。”

丽春没有上杨玉康的车去古镇喝茶。原因是她喝丽春喝高了，喝高了的她死死地睡了一觉。就那样安安静静地喝高了，又安安静静地睡了一大觉。丈夫安安静静地陪伴在身边，仍旧履行着身为丈夫的责任，尽管心不在身边，他就那样看着她喝高，又将她抱到床上，盖好被子，在房间坐了一晚。

第二天中午醒来，丽春睁眼就见丈夫坐在藤椅上看书。窗帘留有一道缝隙，他的侧影被一线光打着，白色衬衫细腻地勾勒着坚毅的下巴。他仿佛一直坐在那里，从少女的梦里就坐在那里，一直坐了很多年。丽春又将眼睛闭上假寐。问题是，眼睛一闭上，穿羊皮高跟鞋的女人又来了，她端端地拨开了世界的谜团，朝自己走来了，眼睛狠狠地盯着，每一步都变得张牙舞爪，嘴角充满讥笑："你只适合喝黄酒，却要留个喝红酒的男人在身边干啥呢？"

黄酒和红酒有区别吗？当然有，丽春喝了几十年的黄酒，当然知道黄酒的慈祥、内敛和亲和力，它基本派不上大用场，装在大坛子里，用泥封住，能一碗一碗地喝。后来虽然有了青花瓷瓶，瓶身盈盈一握，可很多人喝不习惯。而红酒呢，她需要高脚杯，需要长指甲和红唇，需要礼服和酥胸，是场面上的奢华，哪怕是寂寞，也能在深夜里开出一朵性感的花来。

"你咋坐这里？"丽春揉着眼睛假装刚醒，头昏昏沉沉地靠在床头柜上，一脸倦容。

"你昨晚喝高了，怕你吐，就坐在藤椅里看书……"丈夫起身走过来，"你需要喝水吗？"

一杯温度适中的白开水被一双大手递来，还是那手，却与脸上温和的笑和满眼的亲情相互和谐着——恶心！

“你这样子好像我们还是很好的夫妻……”丽春摸一把头发，故作轻松地笑笑，一口气喝干了白开水，被酒烧干的嘴唇重新湿润起来，她显得舒服多了。

杨玉康的电话突然来了。丽春看看手机，狠狠地——怎么这时候打来？继而转头看丈夫，手心里竟冒出一层细密的汗来。

丈夫会意地笑笑，十分的谦谦君子，他的背影在房门口一点点消失了，他真的离开了。丽春没好气地抓起手机：“你有什么事吗?”一截白皙颀长的脖子又晃动起来，就在对面的镜子里。

杨玉康也不示弱：“我到了，你出来啊。我最不喜欢等人了，说好的事就应该早点出来。”

丽春这才想起去古镇喝茶的事，顿觉毫无意义，便声称自己病了，将电话挂了。但她已经起来走到窗边，轻轻拉开窗帘一角，看见杨玉康的车正停在店门口，顿觉对杨玉康过分了，撒什么气给他呢！正要返身穿衣，却见丈夫走到了车边，直接站在杨玉康的副驾驶室旁。杨玉康也赶紧下来，两个男人隔着车笑着打招呼。然后一起朝车头走去，一个掏烟，一个点火，站着抽了一根烟，慢慢地交谈上了。两个男人都功成名就，衣着考究。杨玉康做生意，丈夫搞教育；杨玉康是大老板，丈夫是名校长。杨玉康曾经是乡下人，对自己暗恋多年，却被父母拒之门外；丈夫则是父亲选中的大才子，父亲很希望夫妻俩能够恩恩爱爱，举案齐眉。但丈夫跟自己分居的原因多简单啊，至少他表达得无比简单，他说："丽春，我们分开吧，我无法再爱你了。"丽春问："为什么?"他的解释更含糊："我无法再跟你做爱。"丽春又说："我们的孩子都那么大了，不做就不做。"他说："那我睡书房，你觉得有必要跟爸妈说就说。"跟国外的电影台词一样。他真是太有才了。

呼啦一下拉好窗帘，丽春竟被两个男人友好的样子伤到了，不理解他们怎么这么友好。眼泪默默地从眼角流下来，像一滴露珠清澈冰凉。水杉光秃秃的枝条抽打着西风，天气就要冷了。丽春将双手紧紧地抱住胳膊离开了窗口。

很久之后，丽春才知道，那天丈夫和杨玉康一共抽了三支烟，他们东南西北聊了一个遍。据说是从烟开始聊起的，后来聊到水杉，再是公路、房子、女人、教育、生意和市政建设，总之，像两个老朋友一样，像两个共谋大事的商人一样。让丽春站在窗口巴巴地望着，近不得。

临了，丽春期望着两个状况能够发生：一，丈夫返回来跟他聊聊这个男人；二，杨玉康再来个电话催她去古镇喝茶。眼前的实情是丈夫跟杨玉康聊完后就直接挥手道别了，各自上了自己的车扬尘而去。笔直的水杉终于落尽最后一片叶子，宛如羽毛一般，轻飘飘地落在地上，化为尘土。对于这两个男人的行为最好的解释是他们似乎是认识很久的老朋友。

又是周五，女人该来了。令人想不到的是，丽春今天正在等她来。丽春想好了，这是咱们最后一次见面。

玻璃窗边的吊兰绿油油的，蓬勃勃的，居然还在抽蕊，准备开花。很多花，也会没有时节，也会逆袭，将时光颠倒。女人今天穿的是一双黑颜色的靴子，外套一件黑色大衣，脖子上的围巾是淡咖啡色的大格子。她信心百倍地直接冲着丽春走了来，但很快就愣住了。

女人问："你是丽春?"

丽春笑笑。

女人说："太不可思议了!"她明显为焕然一新的丽春惊讶住了。

丽春说："你看那盆吊兰怎样?"

女人顺着丽春的手看了一眼，说："你今天似乎不打算卖我酒了是吗?"小巧的鼻翼黯然失色，还很忧伤。

丽春说："你反正也不喝黄酒，买它干吗呢?"

女人说："你是知道我的意思的。我爱他!"

丽春笑笑，从抽屉里掏出一沓钱，推过去："这是你这几年买酒的钱。你拿回去，那些酒反正你也不喝，怎么处置你自己看吧。"

女人转过一张惊讶的脸，看着丽春，眼泪在眼眶里闪烁："你这是什么意思?你为什么不肯放手?他已经不爱你了，很多年了，他对你一点感觉都没有了，你是知道的，他的思想他的爱是多么丰沛，你已经无法满足他了……"

丽春没有想到女人这么疯狂，深呼吸一口，将“本店招租”的牌子举到女人眼前：“你想多了，我这店明天就不开了，我不能再卖给你丽春了。我得告诉你。”

女人的眼泪哗啦一下流了出来，丽春看不下去了，女人爱丈夫呢，而丈夫会爱她多久，真不知道。丽春的面前又出现了丈夫和杨玉康站在一起跟老朋友一样抽烟的样子，他们只爱自己，爱自己现在拥有的名誉、地位和成功。

丽春用手指拨弄着“本店招租”的牌子，说：“我给你讲个故事吧，这是真实的故事，就发生在后面的巷子里。并且是刚发生才没几天。有这样一个人他从年轻的时候就有个相好的，妻子是老式的农村妇女，由着他胡闹，底线是不离婚。一晃，他今年七十三了，和小三一起在外面过了三十年。但是冬至到了，他得照规矩回原配家里祭祖。半路上出了车祸当场死亡。原配说他活着的时候不对我好，死了要我去为他披麻戴孝？于是吩咐直接送殡仪馆。小三哭得死去活来，却没有名分为其守孝吊唁。”停顿一会，丽春走到吊兰面前，把一片老叶拔掉，继续说：“这事出了吧，其实都不太好是不是？所以大家都说，他生前两个老婆两个家，死后却是个孤魂野鬼。人这一辈子啊，年轻时候的荒唐总会在老去的时候转化为一个个伤口。”

丽春一脸平静地讲述着，待她转回头，女人不见了。她怎么走得这么快？有没有听完啊。丽春走出去，将身子靠在水杉上，对着来来往往的车辆说：“明天去把手续办了吧。”

自此，丽春喜欢说话了。

丽春说："我叫丽春。"

丽春说："我喜欢喝丽春。"

哎呀，太绕了。咋这么绕呢！酒是女人，女人是酒。品、闻、喝，美酒佳人嘛。于是，丽春在酒桌上的告白就成为了被同学们传诵的段子。他们说："丽春手握着一杯琥珀色的黄酒，不打算想那么多。也不在乎别人听懂了没有，一副自顾自的样子。真可怜！"

总的来说，丽春现在上酒桌的机会多了。每次点酒她都只说我就喝一瓶丽春吧。丽春酒性温和，含少许糖分，耐劲好。为此，丽春只喝一瓶，喝完还要将这只青花瓷瓶带回去插花用。用酒瓶插花是小镇女人最日常的精打细算。聊以自慰的是，这个酒瓶一开始就具备了花瓶的性质：口径小，脖子短，身子圆润，青花彩釉，色泽饱满。

但每次抚摸着青花瓷瓶，丽春却是欲言又止的。

但人们仍旧说："丽春是个极其简单的小镇女人。思维单纯，心口合一。想到什么说什么。她卖酒，也喝酒。她不卖酒了也喝酒。她似乎有心事，她好像不大开心！"

丽春的解释是："我们的名字一样呢。"

然后，她的目光飘向窗外："看这天，一日比一日热了，要立春了。春天到了，真好。"

又小聚了，商榷同学聚会当日的具体事宜。好像是想表演一个节目。话说的都比较随意，其中有个同学还说，要么丽春没有卖掉的酒也拿去大家一起开心！此时，丽春没有再坐在杨玉康的身边，他的身边换了另一个女同学，杨玉康仍旧像以前那样将肩膀搭在女同学的肩膀上说话。搞得很暧昧。私下里也有女同学传说杨玉康还摸过她的屁股，他喝醉了是假的，他喜欢摸女人。丽春听见了，就跟听别人的故事一样，淡淡一笑，不置可否。

为了缓冲喝酒的氛围，有人就又拿丽春的名字戏谑："丽春喝丽春，你咋搞的好像我们不知道你叫啥一样？"

也有人说："啊，那你喝的不是酒，是你自己！"

丽春淡淡一笑，手从瓶上拿开，一眼睛的故事，举起酒杯侧身敬杨玉康："可不是吗，哪里有这么巧的事呢！"

到这会儿，丽春终于感觉到自己像是一个有故事的人了。她依旧用一种迷离的深情跟同学们说着："我那个小店不开了才是最对的事，我不能再关在那里，我的世界也要像你们一样精彩。"

然后，她豪放地邀人同饮："来，干杯，咱们豪爽点，不抒情。"

一个月后，丽春没有按时参加同学聚会，那天没有人找到她，她的手机不通了，应该是换号码了，她应该也离开了小镇离开了小店，她的小店的确上了一把锁，上面贴着一张转租的白纸。但她能够去哪里呢，都蜗居在那个小店那么多年了，她都习惯了！她能走多远呢？人们你看看我，我看看你，难以置信。

事实是，丽春真的离开了，告别了生活了半辈子的小镇，和熟悉的自己，至今去向不明。人们仍旧会有很多酒场要参加，当一瓶丽春黄酒出现在酒桌上，琥珀色的光泽寂寥又温暖，人们感叹道："我以前有个女同学叫丽春啊，她在立春时节离开了我们!"但大家很快就不悲伤了，因为他们相信春天快来了，一切都不一样了，人们也就又一次心花怒放地喝上了！

美人蕉

九姑娘站在岸边，身边开满了花。正是初夏，花都盛开着，姹紫嫣红。花都是乡间常见的，美人蕉、凤仙花、大丽花、月季花和夜饭花。美人蕉较多，开了整整一河岸，红黄相间，好似一片彩霞。站在彩霞中的九姑娘就像一个小仙女，光彩夺目。我站的桥边是一株凤仙花，这种花我们小时候都染过指甲。但九姑娘应该更喜欢美人蕉，不然她怎会种那么多？

据我对美人蕉的了解，这种花易活，繁殖得快。但是，凤仙花、大丽花、月季花，哪一个不是易活，繁殖得快？

我刚来到这个村子，一切都很陌生，但我一看到这么多花和站在花丛中的九姑娘，心情就非常愉悦，有意走过去跟她要两朵花插在新房里。我想要的是月季花，这种貌似玫瑰的花，我小时候也种过。我想九姑娘如果给我另外的花，我也不会拒绝。

但是，九姑娘看到我，却当作没看见，一脸冷漠。站在花丛中的女人没有跟我笑的意思，多少能够证明她不喜欢笑，她有心事。可那样一种百花盛开的光景很吸引我，我还是抬脚朝九姑娘走了去。我的脚步刚踏上河岸，一条大黄狗从葡萄架下突然蹿了出来。这条大黄狗带来一阵风声，接着就是一阵哭一般的吠声，我受了惊吓，身体在岸上摇了两摇，就掉到河里去了。好在我会游泳，河水也并不深，吃了几口水，我爬上了对岸。

这条河是内河，河水从村子中间穿过，流到九姑娘家门口却拐了一个弯，就将九姑娘家的“牛舌头”地形凸显了出来，成了我们村的中心位置。人只要一进到村口，目光一落到河面上，看到尽头，就能看到九姑娘家的门口——那个开满鲜花的院子。

我抱紧湿漉漉的身子回头，看到九姑娘正在呵斥那条狗。九姑娘的声音充满着惊恐，显然也被我吓到：“你看你，凶什么呢？出了事你负责！怎么见人就咬！你疯了是吧？”

大黄狗大概因为没有咬到我，亦有不甘，拽着脖子上的铁链，还在忽前忽后地低吠着。九姑娘烦了，便抬起脚踢了葡萄架一下，让狗“死开去!”，转身进屋了。九姑娘进的是织布坊，她又去做织娘了。没有了九姑娘站在花丛中，那些花顿时安静了，整个院落除了织布机高高低低地响着，就只剩下悻悻然的落寞。

后来几天里，我被九姑娘家的大黄狗吓到河里去的事，就常常被人问起。仿佛每个人都在关心这个事，都问我干吗要去招惹那条狗？我说我没去招惹狗，我想去要朵花看看，我喜欢那些花。结果，就遇到了那条狗。当然，我的解释是不起任何作用的，在村子里，没有人明白，我喜欢花做什么！还说我怎么能像九姑娘那样“犯花痴”！

于是，我就听到有人这么质疑我：“你看你为了要朵花，要是被狗咬了，你值得吗？结果你虽然没有被狗咬，可你都滚到河里去了，你倘若不会游泳，你会被河水淹死的！”

这句话确实吓到了我，仔细想想，即使不被河水淹死，也会被狗咬上一口吧，要是从而得上狂犬病，岂不是很冤！那狗是那么大，那么壮实，它一点也不把我当村民看，它一定会将我的腿咬出一个大洞的。想象着眼前的鲜血淋淋，便知道这条村狗有多凶，用铁链拴着它是对的。总之，一想到狗蹿出来的凶神恶煞的样子，我就会全身冒冷汗，心有余悸。

很快，便有人告诉我，那条大黄狗是吃肥肉长大的，它能闻到肉气，见人就想咬。而且，九姑娘的阿爸又是村子里的赤脚医生，去她家的人多，今天这个感冒了，明天那个摔跤了，狗的叫声就会不停地传出来。听多了，我自然也分辨得出这条狗的吠声跟别的村狗不同。其他的狗都没有这么歇斯底里——大概是被拴着的原因吧，这条狗见人就会挣脱着脖子上的铁链朝外奔，脖子抻得越长，铁链勒得越紧，它的声音就被勒住了，可它又要拼命奔出去，从喉咙夹缝中挤出来的吠声自然就变得异常嘶哑和古怪，有时像哭，有时像笑。但人们会生病，人们会有忧愁，狗凶归凶，九姑娘家还是要去的，要去治疗伤痛和忧愁。所以，但凡狗一叫，像我婆婆这般年纪的老人，就会放下手中的活，朝九姑娘家看去，嘴巴里自言自语道："是谁又生病了呢？你说这人怎么老生病呢？不知道这人生了啥病啊！"

九姑娘织布的织布坊就在屋拐角边的小屋里，狗一吠，她多半就会走出来，站在门口，瞪着眼呵狗。九姑娘呵狗的话也只有那么一句："就知道叫，叫死你！"

狗没几天就死了，是被"叫死"的吗？

但九姑娘的姆妈却说，狗是被九姑娘给诅咒死的。姆妈是九姑娘的养母，也是婆婆。关于九姑娘的身世，明了了，她是小时候抱过来的养女，后来又做了儿媳妇，至于亲娘是谁，她一开始也不关心——反正都送掉了，问啥！倒是九姑娘的身世一直会在吃茶的桌子上被怜悯地提起来。在我们村子，有吃茶的习惯，村上的媳妇聚在一起轮流着吃。这样的吃茶一般都很隆重，桌子上摆满了糖果点心，泡的是养在石灰甏里最好的春茶。媳妇们集中起来，一个挨着一个围在一张圆台面上，美丑胖瘦，一览无余。小妹住我家隔壁，我看到她时，不自觉就想到九姑娘，将她拿来比较。后来，我将村子里的媳妇都拿来跟九姑娘比较，便发现村子里没有一个媳妇长得超过九姑娘。

在我眼里，九姑娘是最好看的，尽管我没有机会对她进行细致的了解。我其实都没有仔细看过她。她一直站在岸边的花丛中，沐着彩霞，痴痴幽幽的样子。我远远地看着她，只能看到一片光影，至于九姑娘的眉眼，终究只是一个大概：她身高约有一米六二，胖瘦匀称，肤白，长发。由于要干活，长发一贯扎成一个马尾巴拖在背上。干净、整洁。于是，总觉得她不是村子里的媳妇，她像是来做客的，干干净净地站在那里，她终究是要回去的。

她要回到哪里去呢？

这个想法刚一跳出来，我就立即阻止住了，叫自己别多想。毕竟这样想不吉利。可我眼巴巴地，左等右等了很久，九姑娘也没有来小妹家吃茶。而我又不好意思问小妹请了九姑娘没有。我说过，我刚来到这个村子，我对一切还很陌生，我不太了解这里的风俗，以及人和事。我看到的只是九姑娘的好看和那一院子的花，美人蕉盛开时如蝴蝶飞舞，丝绒光感的内心世界，直向着天空摇曳；未开时则像没有抻开来的手指，有着不可言喻的局促感，呼唤感。

村子里的媳妇都很热情，一直在给我吃东西，我的嘴巴就一直被塞得鼓鼓囊囊。我鼓着一嘴的甜食，只能拿眼一个个去扫描她们，便发现这些媳妇们只要聚在一起，原形就会毕露，东家长西家短，七大姑八大姨，就连房事也都会信口开河说出来，说得脸上一片欣欣向荣。她们偶尔也一起上街做新衣裳去。

一般情况下，都不大出门，关在家里织布。跟男人对班倒，有时是晚上，有时是白天，男耕女织。她们的男人也都很本分老实，除了力气大，会干地里的活，还对织布机钻研得透彻，织布机有了毛病都是自己动手修理好的。因此，大家对织布的兴趣既高，又热情和忠诚，每家每户都摆了两三台织布机。织布机的重要性由此体现，就跟北方的村庄，人们家里都养有两头牛，几头猪。当然，织布机的收入比养牛高，这里的人家都住着粉墙黛瓦，据说房子都是靠着一块钱一米布的加工费建造起来的。

所以，像今天，她们都是刚从织布坊里钻出来，头发上顶着一缕缕的丝线，蓬头垢面，衣着不整，有几个还没有穿内衣，两只结实的乳房就像两只水袋挂在胸前。露在拖鞋外的脚指甲也长时间没有修剪，都朝地下弯曲着——这让我更喜欢九姑娘，她多整洁呀。很快她们就说到了九姑娘家的死狗。对于这条狗的死亡，大家也都持有疑问，说这狗好好的怎么就死了呢？它被养得多壮实啊！据说头天晚上还吃了一整个猪肺！当然，也幸灾乐祸，说这条狗死了好，去配药总是被吓得半死！至于九姑娘的姆妈对死狗如何伤心如何痛哭，也都准确描述了一通，说她大清早起来，出大门看到直挺挺躺在葡萄架下的死狗，就疯一般地扑过去，抱住死狗哭得死去活来，像死了亲生儿子。

小妹摇头叹息：“这条狗，是她的命根子啊。”

九姑娘终究没有出现在吃茶的桌子上，不是这一次，后来几次她都没有来参加，包括到她的嫂子家。嫂子家坐落在九姑娘家屋后，结婚后就分出来了。据说是九姑娘的姆妈坚持分开的，她说哥哥为人聪明，身体好，不用操心。两个老人便跟九姑娘住在一起，其实是为了便于照顾瘸腿小儿子。因为狗，而牵扯上了九姑娘的婚姻生活，说到这里，村子上的媳妇就叹气九姑娘红颜薄命！

九姑娘的嫂子就是我第一次到小妹家吃茶看到的那个没有穿内衣的女人。她是标准的又胖又矮、不修边幅的那种女人，两只巨大的乳房如葫芦吊在松垮的肚皮上。一开口，一口不干净的四环素牙就黄蜡蜡地露了出来。我们去吃茶，她的男人就接替她进了织布坊织布，偶尔会走出来从桌子上抓一把香瓜子拿去磕。他就是瘸腿的哥哥，长相很不错，有点像陈道明，而弟弟瘸腿……哎，人是不能比较的，一比山高水长就出来了。就像九姑娘和嫂子，弟兄俩的媳妇换换倒是蛮好的……

我尽量不让自己过多胡思乱想，我开始觉得九姑娘将会是这个村子里的传说。漂亮女人不管置身哪里，都会引人注目，会有不大不小的风言风语传起，会有一些小风波发生。

很快我就知道了有关九姑娘是花痴的流言，人们说她常站在美人蕉面前想男人。你看她穿那么整齐，都是穿给男人看的。她还跟男人说悄悄话呢，一说都半天。有时还唱歌给男人听，她唱的都是类似“江南春早，江南的桥，梦枕水乡，姑苏风光，姑苏绣娘，四季相思，枫桥夜泊，梦里水乡”的情致小曲儿。

她的脸色因此像花儿娇艳，水红水红的，满眼春水。她面带桃花站在美人蕉面前，是等男人从桥上出现，只要看到来找她阿爸打针买药的男人，她就会扭转脑袋，跟男人痴痴地笑，一脸娇羞。好在那条拴在葡萄架下的狗厉害，她跟男人才跑不了，要是没有那条狗啊，她早就不是瘸腿的媳妇了……

九姑娘脸色好，长得好，但她是花痴吗？几次，我故意站到桥上去看她，等着一个男人来到桥上。男人走了来了好几个，有的下地干活，有的来找九姑娘的阿爸打针买药，但他们并没有引起九姑娘发花痴。九姑娘安心地待在院子里做家务活。只是有那么一会儿，她显得痴痴幽幽，愣愣地看着美人蕉发呆。我很快还看到了她的男人，那个走路一瘸一瘸、眼睛很大、嘴巴里镶嵌着两颗金牙的瘸腿男人。他跟九姑娘站在一起就是两个世界的，的确很不和谐，可都夫妻这些年了，还有什么好说的呢？九姑娘跟男人说话不多，但很默契，九姑娘洗衣服，他就主动到井里打水；九姑娘扫院子，他会主动去将桑树枝码好；九姑娘要织绒线，他也会坐下来帮着绕线。虽然没有过多说话，但可以看出九姑娘也没有拒绝与他一起干活的意思。想必能围在九姑娘身边，对于瘸腿男人来说就是一种满足。蝴蝶在飞舞，白云在低飞，河水潺潺，在鲜花盛开的院子，这一对夫妻过着正常的田园生活，要是大黄狗在，它兀自转悠在葡萄架下，是多么“世外桃源”呢。这个种满鲜花的院子，从而显得生动无比，九姑娘像一个小仙女在花丛中穿梭，不参与他人是非，不与公婆吵架，不与丈夫拌嘴……

可是，平静的安然的生活为什么会让人感受到一丝潜伏的祸端在里面呢？就好像男人一瘸一瘸的走路姿势，总归会或多或少地破坏整体画面一样，让人看到像仙子一样的九姑娘内心的不甘，她还在想跟哪个像董永的男人好吗？

我和九姑娘正面相遇的那天，天气有点起风。九姑娘骑着自行车出去，她还是穿着一件碎花的短袖真丝衬衫，一条黑色长裤，头发中分后又聚拢扎在一起，甩在背上。她从我面前骑过，一阵破铁的声音之后，我闻到了一股奇异的花香。起初，我以为是风带来的，而当我在此吸鼻子的时候，我确定花香来自九姑娘的身上。大概常跟花打交道，她的身上沾染有一股天然的芳香。同时，我还看见她捏自行车手刹的手指甲是紫色的，一看就知道被花染过。

她成天在织坊里，染着指甲给谁看呢？她大门不出，每天穿这么整齐给谁看呢？她真是花痴吗？难道，她是穿给花看的，那些花那么美好，而自己总不能一副狼狈样吧！看着九姑娘的背影，我顿觉到这个女子的可爱，便对着九姑娘的背影笑了。九姑娘仿佛感应到了，也回头看了我一眼，顿顿，抿嘴笑了。九姑娘的笑能感动人，眼睛一挤，鼻梁微微一耸，笑靥顿开。无声胜有声。像一朵花迎着风盛开。

九姑娘回来的时候，将车子在我面前停下，主动告诉我她去算命了。她本来不是要去算命的，她去小店买卫生巾，正好看到一个算命先生在给别人算命，她也没有打算算命，但算命先生看到她，主动要给她算。我问她算得怎样？她笑了，说这个只能说一半真一半假，不能全信的。我说，是的啊，宁可信其有不可信其无，相信你的命不会坏的。九姑娘就问："你怎么知道的？"我说："你面善啊。"九姑娘便有些激动："问我会看相啊？"我说："哪里呀，我瞎说的。"九姑娘跟着点头："是啊，做人嘛，别坏，老天爷自然会眷顾你的。"我跟着九姑娘笑了笑，又听得她说："我等会给你一点美人蕉花根吧，你也种种，你看你家院子里光秃秃的。"

九姑娘刚走不久，她的姆妈就抱了一只小花狗回来。我们都叫她姆妈为九奶奶，年轻的时候，这位九奶奶应该还很好看，不说她标准的瓜子脸，我喜欢她的嘴唇和下巴。小巧的嘴唇，立体的下巴，总让她既严厉又温和，她抱着狗跟人们解释："外地人多了，衣服都不敢晒出来了，养条狗看着，放心。"有几个心直口快的阿婆就问她："小偷很多吗？听说有的小偷只偷年轻媳妇的内衣。这种人多是变态的，他们抱着内衣就能睡觉，以为抱到了女人。"九奶奶将信将疑，有这种事啊，你说男人偷个内衣干吗呢？阿婆便问："谁说小偷一定是男的啊？"九奶奶无言以对，有点生气，说："你最好别生病，生病了你来，我保证狗会咬你。"阿婆生气地说九奶奶诅咒她生病，不再理会九奶奶。可她一转身，就啐一口唾沫到地上，愤然道："谁不知道你养狗看新娘子，就你那新娘子迟早是要跑的!”

九姑娘来到我家院子，正值黄昏时分，我们刚在院子里吃好晚饭。几条村狗已经啃完地上的骨头，蹭在一起头顶在脖子上磨叽，说着甜蜜的狗语。看着村狗，我想这里永远不会出现九姑娘家的狗的，她家的狗是村子里唯一一条被拴上铁链的狗。就跟我们吃茶，总是很难看到九姑娘，她的脖子上虽然没有绳子，可她将自己送给了花。

九姑娘来的时候，手里拎着一只小塑料袋，里面装了很多美人蕉花根。她说花根是她从河里挖出来的，不挖它它就长到水里去了，便挖来送给我。

受人赠花，我自然高兴不已。可刚接过花，就又被九姑娘数落了一番，她嫌弃我家院子太过于光秃，早该种些花了。她还抱怨我为什么不早跟她开口要花根来种！搞得我有多不热爱生活一样。

我拎着花局促地站着，不知道是不是要告诉她我去要过花的，结果被要到河里去了。但怕九姑娘因此内疚，便没有说出来。九姑娘在帮我种花的过程中，我问了她一个问题：“你们家又养了一只狗啊?”

我的问题有点傻，我明明看到小花狗是九奶奶抱回来的啊。

九姑娘愣了愣，点了一下头，一锄头挖下去，地里就出现了一个坑，她的回答便随着锄头落下的声势里响起：“是一条小花狗。”

“还用铁链拴着吗？”我继续问。

九姑娘又点了点头，说：“明年美人蕉就会开花，你这里就好看了。”九姑娘的鼻翼上冒着一层小汗珠，脸色微红，却仍然十分好看，一点也不像三十几岁的四门不出的乡村织女。

我不禁羡慕道：“你长得真好看。”

九姑娘的脸马上就红了，笑道：“好看又不能吃。”隔着河水看一眼自家的院子，她问我：“你大概知道我们家的狗是怎么死的吧？”

“你姆妈哭狗时我听到她说是被你咒死的。”我小心翼翼道。

九姑娘苦笑一下，反问我：“你相信吗？”

我自然不信，但还没来得及摇头，就听九姑娘道：“也许是的。是我弄死的。”

九姑娘就跟我描述了那天狗被勒死的场景。她说狗跟她无冤无仇，自己不能这么害它。自己只是讨厌它叫。特别在晚上，它也不安分，哭得叫人很难受。还常常围绕着葡萄架转来转去，转得人心发慌。那天晚上，它转着转着，就绕不出来了，叫声凄厉。我正好在织布，从窗口里看到了，它的情况十分危险，铁链被它绕死在了架子上。它左转右转怎么都转不出来，越绕越紧，脖子被勒住了，气也出不出，可它偏偏又死命地挣扎着，要挣脱出来！快断气间，它看到了我，满含热泪地跟我哀唤，你不知道，我当时反应不过来，就这么眼睁睁地看着它给铁链勒死了……

是我害死了狗，我最近老听到狗哭，梦里也是。狗的亡灵无处不在，折磨人呐。

我想宽慰九姑娘几句，让她别这么自责，说狗不会知道这么多的，它又不是人，啥都明白。再者，你又不是真心想它死的。沉默了一会儿，九姑娘问我，吃茶有劲么？

我说还好吧。她们都很热闹。

九姑娘嗤了一声，说："一天到晚都是那些荤段子，有啥意思。你不要跟她们学，她们会带坏你的，你看你知书达理，又在单位里上班，是不应该多跟她们瞎闹的。"

九姑娘不喜欢别人，别人也会不喜欢她。九姑娘说完就拍了拍身上的土走了，她的真丝碎花背影风摇摇的，像一株美人蕉。她美丽得旁若无人，千娇百媚，一声三叹。

我和九姑娘，并没有因为她送了美人蕉花根给我而成为朋友。一段时间下来，我都很少看见她，我走到桥上去，也没有看见她出现在院子里。她生病了吗？有一次好不容易看见她出来，在院子里一闪，可她的头发是散开来的，使我没有看清她是喜是忧。她像是刚洗好澡出来，黑黝黝的长发，像茂盛的树叶随风飘拂着。

我依旧参加村子上的吃茶活动。只有从这里，我才能够轻松获取到有关九姑娘的一切消息，连同床上最私密的事情。很快，我就知道了九姑娘长久不出门是脸上受伤了。瘸腿要跟她睡觉，她不肯，被瘸腿打的。这次瘸腿出手重，将她的脸打青了。

于是，等到我请大家吃茶，我便特意去请了九姑娘。我想看看她，倘若她来，更好，跟大家一起欢乐总归会忘掉一些不愉快。我走到她织布坊门口，看到她的脸依旧白皙清丽，便直接说了请她吃茶，九姑娘思索一下，答应了。我没有想到请到九姑娘是这么容易，站在门口愣着，九姑娘就催我回家，说这几天经轴不好织，她要忙死了。吃茶那天，九姑娘一来就帮我招呼着，沏茶、续水，得体、从容。但看得出她愿意这样做，她正卖力地借着做这些动作让自己别那么紧张。我盯着她的手看，发现这次出来吃茶，她特意将手指甲上残留着的紫色花汁洗掉了。吸一下鼻子，我说："你身上好香啊。"

九姑娘的脸腾地红了，悄悄告诉我，她用了自制的香粉，这些香粉都是用院子里的花自己调配的。一个都不愿意跟男人睡觉的女人，她身上的花粉香似乎就显得有点不伦不类。这时，也有人闻到了她身上的香，拉着嗓子问她擦了什么粉？九姑娘红着脸摇头，说大概是刚洗了头，是海飞丝的味道。一群媳妇凑过来，在她身上吸了又吸，不相信地摇头："海飞丝哪有这么香呢！你肯定用了什么粉不肯告诉我们？"传说，瘸腿男人对九姑娘也好的，特别是打过之后，就会加完布去镇上给九姑娘剪一块真丝，或买一盒香粉回来用，一时间，大家又感叹老瘸真是会疼人！那种羡慕的样子好像在说，我的男人要是也这么疼人，瘸一条腿算什么！

说到瘸腿男人，九姑娘就微笑不语，不再接话，仅安静地坐在朝东的位子上剥香瓜子。她背对着一扇窗，将香瓜子拿起，用嘴咬一下，再用手指甲剥，取出一粒完整的瓤堆在餐巾纸上。偶尔也吃一颗。她剥得很认真，很专注，像在做针线活，香瓜子瓤几乎都是完整地堆在她面前。兴许是背后阳光明媚，在一片金光里，九姑娘微微颔首的样子，虽然有些不真实，却叫人吃醋，多少明星为了保养容颜要花大代价打美容针，而她就这么轻轻松松地保持了美好的容颜。像她这样一个与众不同的女人，该有怎样惊天动地的爱情故事让她发光发热呢？

九姑娘总让我胡思乱想，仿佛她身上不发生一些惊天动地的爱情故事，会让人不甘。

这时候，我正好看见她的瘸腿男人开着三轮电瓶车从镇上回来。他加完布，又去街上买了喂猪的饲料码在车后面，顺便还带了一桶从饭店里倒出来的泔水。泔水一路泼泼洒洒，馊味熏天。闻到这股馊味，心直口快的小妹就捂住嘴巴说道：“这个老瘸，臭死了。”她的这句含沙射影的话都知道是在说泔水，但大家依旧不由得想到她在说老瘸。老瘸其实叫建华。只因为腿瘸，大家背后就叫他老瘸。他的瘸腿是小时候发生的一场事故遗留下来的，不影响正常生活，下地干活和上床睡觉都不受影响。可小妹一时嘴快，当着九姑娘面叫出来，就有些不留情面了。大家看了九姑娘一眼，又去看老瘸盘腿坐在电瓶车上颠颠簸簸地来了。这辆电瓶车是他的心爱之物，他下地收麦子，也是骑着它去的。为此，有的男人还在田间替九姑娘惋惜：真是鲜花插在牛粪上了。不知道老瘸还行不行，我看九姑娘那身段，估计还是小姑娘。

九姑娘与男人的房事也就成了村子里的一个谜，有人还说，老瘸行的，是九姑娘不肯，俩人晚上常打架，九姑娘跟他早就分床睡了。

也有人说，老瘸苦闷，老喝酒，早就喝坏了身体，加上小时候受过伤，已是蔫瓜了。

甚至还有人说，九姑娘的儿子是她与老瘸的哥哥生的，你看他们两家都不来往的，九姑娘本来是领来给哥哥做媳妇的，是哥哥看弟弟腿瘸让过去的，他们才是一对呢，他们现在都说不定有来往。你知道吗，那条狗，就是姆妈养来看九姑娘的！

九姑娘也看到自己的瘸腿男人由远而近地来了。目光一落出去，脸就烧了起来，既难堪，又羞怯。然后索性不看了，继续低头剥香瓜子。可她的手在抖，瓜子瓤连续被剥碎了两粒。人们就这样安静地看着老瘸从大众视线中一路开过去，他身穿藏青色衬衣，头发被吹乱了，胡子像一把乱草在嘴巴周围飘摇。老瘸的衰样，与九姑娘还有着少女身段的样子形成鲜明对比，九姑娘一下子就变成了可怜人儿，她的一生是多么悲壮啊，她要苦一辈子呢！

桌子上不再有人说话，突然变得异常安静。这种安静像是故意为之，又像是无心的，大家不知道说点啥好。只让九姑娘干着急。九姑娘将剥碎的瓜子瓤一把抓起来吃了，一边吃一边飞快地抬头看了一圈。耳朵通红通红的，在阳光下，耳廓貌似还在剧烈地抽搐着！

好在小妹的侄女阿伟一身红裙来了，替她解了围。阿伟刚结婚，一身喜气洋洋，她本来要去做客的，却因为喜气洋洋，临走还跑过来走一圈。都说幸福的人喜欢赶热闹，她将一张喜气洋洋的脸挤在九姑娘的肩膀上，伸手从桌子上抓了一把香瓜子捏在手心，说做客去了。来去匆匆的新娘子像一道光一闪，让九姑娘的脸色顿时又变得煞白。吃茶的桌子上气氛又开始活泛。小妹首先说："这结婚了就好了，稳定了。再也不跑来跑去了。"桌子上一片附和声："是啊，不容易的。"

阿伟的新郎是一位贵州籍的男子。因为阿伟是独生女，父母还是想找一个本地的入赘。可阿伟偏偏爱上了这位贵州籍男子，且不顾父母反对，主动搬到他宿舍一起住上了。这一住就是一年，据说阿伟都为他堕过两次胎。每次堕胎后，阿伟就回来住一段日子休养，大家都觉得这两人修不成正果，这男子太没主张和担当，搞大肚子了就将女孩子朝家赶，女孩子吃亏吃死了，甚至还有人觉得这外地男子就是骗钱骗色。没有一个人对这段爱情持乐观状。只有阿伟始终如一，坚守着，兴许是父母不舍得女儿在外面辛苦，便答应了这门亲事，让两人结婚，其实呢，是阿伟又一次怀孕了，她的肚子已经很明显地凸了起来。但是，结婚那天阿伟的笑靥还是比凸起的肚子更受关注，人们都觉得阿伟的肚子好大啊。

“因为爱情，你们懂吗?”突然，一句比较文雅的话飞出来，却太过突兀，竟不知是谁说的。

愣了愣，大家又莫名其妙地哄堂大笑了。

就在这时，九姑娘起身说，我该回去织布了。姆妈眼睛不好，不能久织。

有人挽留，反正你男人回来了，不急。

九姑娘红着脸说：“他要喂猪呢。”

这次喝茶结束后，我站在自家院子门口，看着已经冒出新芽的美人蕉红色芯子，又去看了看九姑娘家鲜花盛开的院子一眼，忽然感觉有点悲伤，总觉得将九姑娘从鲜花中抽离出来，对她多少有点残忍，后悔叫了她出来受人侮辱。当天晚上，我半夜起来小解，看到月光很好，便来到阳台上看月亮。可我刚站在阳台上，就看到九姑娘家开满美人蕉的岸边有火光在一闪一闪的。起初我以为那是美人蕉花朵，它被月亮点燃了，待我揉了揉眼睛，才确定那是火光，一团火光在黑夜里忽明忽暗，闪烁不定，令人毛骨悚然。

第二天，我下班回来就去看了九姑娘。九姑娘依旧在织布坊织布，由她姆妈抱来的小母狗还很小，正哼哼唧唧卧在葡萄架下吃切碎的猪肺。脖子上的铁链纤细而冰凉。我从它边上走过，它朝我看了看，又无辜地低下头吃猪肺了。九姑娘的姆妈从厨房里握着锅铲出来，跟我招呼了声，又转身进屋炒菜去了。九姑娘正趴在织布机上接断头，手指一上一下地绕着，十分灵活，最后再用捏在掌心里的小火剪一剪，断头就接好了。待她推着开关将织布机开出来，才跟我说这里响，要么去看看花吧。

九姑娘将火剪朝围裙口袋里一塞，跟我走出了织布坊。我们站在美人蕉前，我还是第一次觉得美人蕉花瓣上的丝绒光感给人一种妥帖的感觉，还有一种平民化的高贵。我跟九姑娘说："这花像你。"

九姑娘笑了笑，说："哪里像我呢，没事种着玩玩。"

"可是你种得这么好，真了不起。"

"没啥的，跟种庄稼一样，用心就是。"

最后，九姑娘还告诉我，那条被铁链勒死的狗被她从河里捞上来，埋在了美人蕉的花丛中。她说让它入土为安吧，也算是宽慰自己一下。九姑娘又说："也不知怎么了，自从狗死了以后，我一闭上眼睛就会听到狗哭，这不，昨晚来给它烧点纸钱。"

经九姑娘这么一说，我明白昨天晚上看到的火光原来是九姑娘来悼念狗弄出来的。我看着九姑娘映在太阳下的雪白肌肤脱口而出："这辈子就这么过了吗？"

"你说什么？"一愣，九姑娘恍然大悟，脸一红，头垂下，掐一朵美人蕉捏在手上转着。一河水，被风吹拂着，摇来晃去，九姑娘轻轻说道："不这样又能怎样，孩子都大了呢，姆妈也老了，再说，他对我还是好的。”

他，明显指的是瘸腿男人。

而九姑娘的面前，美人蕉仿佛也听到了九姑娘的话，正努力盛开着。蝴蝶飞舞，喜鹊在岸边的香椿树上欢叫，河水向着运河流逝而去……此情此景，都是一副好景常在的样子。九姑娘仿佛被这样的景象感动了，便一脸绯红地唱起了小曲儿，而我仿佛已是董永，努力地感受着九姑娘眼神里的爱与温柔……

看时光流走，最好的办法就是看花开。春去秋来，秋去冬来，花开花落。一年过去了，又一年过去了。转眼，我们跨入了二十一世纪的春天。这是一个多事的春天。九姑娘和村坊上的媳妇织的布突然就没人要了，购买者都嫌弃布匹技术质量不过关。织布行情一落千丈。有梭织布机被兴起的喷水织布机取代了。这种无梭织布机由电脑控制，出布速度之快令人惊讶，加上一个龙头，还可以织特宽的布匹。品种选择余地大，不再是单一的水洗绒。据说这个织布机织出来的布断头都看不见。但是，这种织布机很贵，五六万一台，不是谁想买回来安装在织布坊里就可以的事，并且这种织布机不安装上一组（12 台），是不划算的。于是，织布坊没有了，织女们得纷纷穿戴整齐走出村庄去镇上的大厂做工。

九姑娘当然也没有理由不去，她跟别人一样买了一辆踏板车，开进开出没日没夜做工去了。九姑娘每次出去和回来，慢慢长大的小花狗都会奋力地挣脱着脖子上的铁链忽前忽后地吠着。小花狗跟九姑娘亲热，九姑娘对小花狗也好，时不时会买上一块猪肺回来给它吃。听到小花狗吠，她也不再骂它“叫死你!”，而是一脸温柔地跟小花狗招呼，捋着小花狗的头，出门时说“小花狗，乖，我上班了”；下班回来，她依旧会捋着小花狗的头说：“别叫了，我回来了。”

看着九姑娘的温柔，瘸腿男人和姆妈心中就有数了。他们的眼里飞快地掠过一丝忧虑，但是，这丝忧虑在九姑娘面前又很快不复存在，他们可不想因此失去九姑娘呢！如果九姑娘外面有人了，只要她没开口说要离婚，这事大家就当不知道。而有关于九姑娘的好心情，大致可以理解为她出去了，开心呢，你看她多像只出笼的小鸟……

随之，有关九姑娘外面有男人的传言就开始在村坊上广泛流传。起初，还很含糊，含沙射影，只是一种对九姑娘形态表示怀疑的猜测，说到后来就具体了，有名有姓了。据说九姑娘进厂不久，就跟一个男人好上了。男人是外地的，长得高大威猛，嘴巴里常常叼着一根红塔山香烟，眉眼还有点痞。可是，这个男人一看就身体康健，加上老婆又不在这里，跟九姑娘简直是干柴烈火，一碰就着了。为了男人，九姑娘还拿自己辛苦赚来的工资买红塔山给他抽。九姑娘去他那里，多半是下夜班之后，抓紧时间去他的出租屋里睡上一觉，再去菜场买点小菜拎回家。不管是乡村，还是工厂，人们对于说男女之事，都是夸大其词、乐此不疲的。有人还说是男人自己说出来的，九姑娘在床上的欢叫声像喜鹊，高亢无比。

另一种传言是九姑娘又跟瘸腿的哥哥续上前缘了，他们在隔壁工厂上班，男的做保全工，九姑娘做纺织女。他们见面也是靠上夜班，他们没有出租屋，他们是在后半夜里，当车间里的人一片昏昏欲睡的样子的时候，跑到河边，或者布堆里抱上一会儿。瘸腿的哥哥抱着九姑娘热辣辣的身体不停地唤着“亲妹妹，我的亲妹妹呀!”

传言或多或少传进了我的耳朵，每次听到，我都会拿眼去瞅九姑娘家的院子，那里，依旧是一片鲜花盛开的景象。九姑娘站在花丛中，美好而虚无。我不禁再次走了去，站在美人蕉面前跟九姑娘看了一会儿花后，开口说道：“嗨，问你一个问题啊好?”

九姑娘警觉地看我一眼，继而笑道：“你说吧。”

我的面前除了美人蕉还有一条河，一座小石桥，我说：“要是你姆妈和男人掉进河里你会先救谁?”

九姑娘回答：“我一个都不会救。”

九姑娘怨恨姆妈将自己拴给瘸腿一辈子，她怨她是对的，可这也不是瘸腿的错，瘸腿不是也活得不容易么，我压低声音问道：“为什么?”

我不会游泳，我谁都救不起来，我只能跳下去，跟他们死在一起。

死是另一种活。说完，九姑娘甩了甩头发，这使我又一次闻到了一股奇异的花香，同时，我还发现她的头发已经染过，酒红的颜色，迷离又美艳，像美人蕉一样，在春风里尽情地燃烧着。此时的九姑娘完全是一个风情的、有智慧的小少妇了，娇羞不复存在。之后，我就用手机给她拍了一张照。看着自己的样子，九姑娘满意地问我："我真的有这么好看吗？"

于是，只要在家，在那个鲜花盛开的院子里，我们依旧能够看到九姑娘坐在院子里洗衣裳的场景，瘸腿在一边帮她拎井水；她做饭，瘸腿帮着理菜……他们依旧没有过多交流，却像亲人相互依靠。不得不让人怀疑，九姑娘对瘸腿还是有感情的，即使不是爱情，至少他们是一起长大的，他们亲热着呢！

就像有很多人，一辈子没有过多的惊喜，可他们过得平淡从容，没有山盟海誓，却将日子过出了行云流水一般的韵律。

只是，染了发的九姑娘总让我感觉陌生，不是那个味。

好像是在二零一二年吧，九姑娘的儿子出了车祸。这是我认识九姑娘以后，他们家发生的有史以来最惨痛的一件事情。儿子差点也失去了一条腿。那段时间，九姑娘是如何熬过来的，她还会去照顾美人蕉吗？我却不得而知——因为在二零一零年年底，我们的村庄被拆迁了，我们都被四分五裂到外面租房子住着。我还记得搬家那天，我站在院子里跟九姑娘道别，却只看到她的姆妈一头白发地站在美人蕉前面发呆。她将头低着，貌似在跟小花狗说着什么，她的周围依旧蝴蝶飞舞，喜鹊在香椿树上欢叫，河水潺潺，愣是让我以为时光一下子走到了尽头，九姑娘就这样成了一个心中充满着慈祥和宽宥的老太太。她对着小狗在说："你看，这花开得多好啊！她叫美人蕉。这种花嘛，很好养，一种就是一大片……"

之后，她的姆妈在街上遇到我，抓住我的手就说："我告诉你啊，我孙子出车祸手术，都是我那瘸腿小儿子献的血，一袋一袋，都献了好几袋呢……"

据说她是逢人就说，一遍一遍地重复着。

秘 密

罗莉眯着细长的眼睛，扫一眼面前的夏天民和夏夜，这两个人正低着头沉浸在美食里大肆饕餮——这让罗莉很嫉妒，都辛苦了一天，他们因为歪斜在沙发上看了一会儿电视，就很有精力用餐，而刚从厨房间里走出来的自己，一点胃口也没有；当然，罗莉也是高兴的，说明自己的手艺好，最心爱的两个人正在分享自己的劳动果实，这很好。可是，罗莉又觉得屋子里太静了，整个屋子里只有咀嚼的声音，这是不够的，罗莉突发奇想，眯着细长的眼睛对夏天民说道："过两天就是咱们结婚十五周年的纪念日了，到那天我告诉你一个秘密啊。"

罗莉轻描淡写，突然地，又忍不住用牙齿咬住筷子，轻轻地眨巴了一下细长的眼睛，跟夏天民暗示道："到时候看你啊能有这么好的胃口只顾吃。"

夏天民正端着酒杯喝酒，他有晚餐喝一小杯的习惯，有应酬在外面喝，没有应酬在家里喝，他手中的酒杯是罗莉特意去大润发超市选购的。用完晚餐，酒杯就倒扣在餐桌上。夏天民将手举在空中："你跟我还有什么秘密？"

"怎么没有呢？你不知道吧，世界上每个女人都是有秘密的——那些不可告人的小秘密才是一个女人的吸引力呢。"罗莉故弄玄虚地眨巴了一下眼睛。

夏天民皱紧着眉头喝尽了杯中酒，仿佛那酒有多难喝似的。对于罗莉跟他说的秘密不秘密，像是没有听进去。

罗莉生气地丢下筷子："唉，唉，你真不相信我有秘密？"罗莉有罗莉的尊严，没有秘密，是不是就被夏天民看透了，不具备任何神秘感和吸引力了呢？

夏天民不明白罗莉为什么要生气，看着罗莉，笑了："你有什么秘密，那你现在告诉我啊？不瞒你说，我也有个秘密要告诉你。"夏天民将酒盅朝边上一扣，起身盛饭去了。

"唉，你有什么秘密啊，你有秘密为什么不告诉我？"

"你有秘密，就不允许别人有秘密？你们女人真是的，成天搞得神秘兮兮的，一副让人捉摸不透的样子，我告诉你，你知道我有吃饭咬舌头的习惯吗？"

罗莉被夏天民的话逗笑了："就你咬舌头，都几岁的人了，吃饭还咬舌头！"

"看看，不信了吧，我告诉你的话，你总是不信的，你就相信你的秘密是秘密，你这样是不对的。哪个人没有秘密？再说了，你的秘密未必就是秘密吧？”

“是的，谁都有秘密，凳子有凳子的秘密，冰箱有冰箱的秘密，沙发有沙发的秘密……”罗莉一一看着说道。

“包括我也有秘密……”默默吃饭的夏夜突然插话，他仿佛已经嗅到了弥漫在父母之间的战火气息，赶紧出来化解。

“是呵，你怎么没有秘密呢？你常常瞒着妈妈打游戏，你告诉语文老师不喜欢几何课。”

罗莉爱昵地抚摸了一下儿子夏夜的头顶，再次愣愣地看着夏天民想他到底有什么秘密没有告诉自己？这究竟是些什么秘密呢？对了，他刚才说他知道自己的秘密，他都知道了些什么？

罗莉不禁惊出一身冷汗。愣了愣，忽然又眯上细长的眼睛，极其妩媚地笑了。脸色黯然地盯着夏天民想他的秘密是否跟自己的一样：他在跟自己做爱的时候也同自己一样走神？还将自己想象成白天见到过的一个陌生的但很妖娆的女子？有时候还要对着一个漂亮的女人想象她的裸体？没事了呢，就偷偷跑到郊区走在乡村小路上寻找一朵属于少年时期的紫云英？然后想象着要是在路上再能够遇到一个很想见到的人说会话？喝醉了就一个人躲在卫生间里哭泣，其实也没有什么伤心事，泪水啊，就是流也流不完……他一定有很多不为人知的秘密藏在心中吧？这太可怕了——一个人原来是这么坏的，内心里隐藏着一箩筐的秘密！

而且，这些秘密都不会让别人轻易知道。

秘密，秘密，想着自己要讲给夏天民的秘密，罗莉一阵悲凉，含着泪说道："我知道的，你一直怀揣着秘密不肯告诉我。你欺骗人!"

罗莉沮丧地低下头，扒拉着饭粒朝嘴巴里塞，一阵心酸。头顶上的吊灯灯光打在餐桌的玫瑰花上，落下一圈暗影在花瓶周围。同样被灯光打着的夏天民，脸色惨白，虚拟，像被扣在一个玻璃罩里，恍若隔世。只见嘴唇在动，却没有任何声音传来。一种无法表达的遥远感和陌生感强烈地占据着罗莉渐渐冷却下来的身体，紧随而来的还有一种无法释怀的欺骗感。

罗莉吃力地摇头道："夏天民，你不是人，你太可恶了!"

转眼，罗莉又噗嗤一声笑了，泪花在眼睛里直打转。

罗莉跟夏天民的结婚纪念日是在本周星期五。周末了，倒是有时间可以好好过一过。为此，罗莉连过纪念日的玫瑰、蛋糕、巧克力，以及在哪里过都准备好了。就等着星期五的到来。但看着日历，罗莉禁不住要感叹了，一晃，两人在一起生活都十五年了啊。这日子过得真是快呀！不长不短的日子，总将人改变了一些。罗莉就想起了十五年前跟夏天民在街上遇见的情景来。是的，夏天民对罗莉一见钟情。尽管这个话是夏天民后来讲出来的，但罗莉当时就感觉到了。女人天生敏感，谁对你眼神异样那真是最明了的，像一只豹子看见了猎物一样内心就欢快地跳了起来。也只能说明，罗莉被夏天民也电到了。

夏天民对罗莉的这双细长的眼睛感觉最好，总觉得当她朝你笑的时候，眼睛细细地拉长，再眯起来，仿佛一口井就要被人盖上盖子了，可盖子又不能完全缝合，留下一条浅浅的缝隙，任凭一泓清亮在罅隙间跳跃、闪烁，仿佛落在井里的星星，调皮、顽劣，探头探脑地。于是，夏天民就决定要认识这个女孩子，便假装踢了右脚，狠狠地碰了一下罗莉的肩膀……认识后，夏天民就采取了一套连续作战、穷追猛打的方式来追求罗莉。迫使罗莉不得不在一种心跳加速下仓皇做出决定。当然，罗莉做决定的时候，其实是有一种视死如归的感觉的。

于是，第二年春天他们结婚了。这是一个百花盛开、春意盎然的季节，很适合结婚。夏天民所居住的郊区的院子里有三棵桃树，罗莉穿着挂满大荷叶边的婚纱，站在桃树下看了很久。两颊跟桃花一样红，一脸的多情和羞涩。桃花灼灼，佳人双目含情……待到青桃挂满枝头，罗莉的身子里也有了喜。

两人是六年前搬到市里来居住的。这个时候，夏天民的生意终于做出了样子，买了汽车，又在市里买了房子。夏夜也转到市里读书。罗莉进了一家集团公司上班。罗莉人长得很有神韵，再加上集团总经理跟夏天民是高中同学，而罗莉本身又聪明好学，善解人意，总归会得到一些照顾。罗莉忙了家里，又忙公司里的事情，可谓是春风得意马蹄疾。细长的眼睛每天拉长了笑。罗莉知道了，美好的生活就是这个样子的：温馨、富足、纯净、安然。

为此，罗莉不允许自己空虚。从不！日子不能再好了，想那么多虚幻的东西干吗呢！一忽儿，罗莉又很看不起自己，责怪自己原来也是一个贪图现实的人！

唯有夏天民，不管生活变得怎样，都改变不掉他早晨吃一碗热粥的习惯。他吃粥，只求罗莉煎两个荷包蛋放在面前即可。煎得两面泛黄的荷包蛋，再在上面滴上几滴鲜酱油，坐在舒适宽敞的餐厅里享受，人间美味啊。但夏天民不吃蛋黄，因为血压偏高，因为蛋黄里的胆固醇，夏天民只吃蛋白。而他用筷子扒拉剩下来的惨不忍睹的蛋黄，都是罗莉闭着眼睛吃掉的。罗莉吃好，就会去卫生间重新刷牙。

所以，罗莉要告诉夏天民的秘密便是与蛋黄有关系。

正想着，罗莉听得夏天民捅了一下她的胳膊，说晚饭没吃好，饿了。显然，他要吃荷包蛋了。罗莉便披衣去了厨房。一边煎蛋，一边告诫自己不要跟夏天民生气。细细思量下来，夏天民说得也对，谁没有秘密呢？没有秘密的日子还是日子吗？没有秘密的人还是人吗？……

罗莉就这样站在灶前眯上眼睛走神了，觉得自己已经穿越窗户走远了。

“蛋焦了！你在干什么啊，痴痴呆呆的！”

夏天民猛然从后面跳出来，伸出长而粗的胳膊，噗嗤一下关闭掉煤气灶的开关。因为心急而引起的怒火，在他每一根头发丝里冒。罗莉看着，继而看了一眼他的后背，不禁一悸，发现他的责备是彻头彻尾的，冷漠从背部线条里一丝一缕地流露。

罗莉默默退后一步，离开夏天民两步的距离，身体冰凉地靠在门框上，像个做了错事的孩子，局促地交叉着手指扭。

很快，罗莉就无比灰心地笑了笑，自言自语道："天真！都十五年了，还能指望什么啊！"

"你在嘀咕什么？"夏天民突然转身问道。

"没什么。"看着夏天民疑惑的眼神，罗莉摇着头离开了。

罗莉径直走到客厅的沙发上坐下，看着乱七八糟摊开散在茶几上的糖果和纸张，心烦意乱。有用没用，一股脑全都扫进垃圾桶里，起身去了卧房。

锅碗瓢盆触碰在一起发出的金属音乒乒乓乓地传来，夏天民开始自己煎蛋了。

罗莉沮丧地靠在柔软的枕垫上昏昏欲睡。但她此刻的嗅觉却异常灵敏，鼻子里很快就钻进了一股有巴掌厚的蛋香。罗莉再也睡不着了。咂巴出这是一种很沉实的香气。远比百合玫瑰好闻，且令人沉静。只奇怪以前自己在煎蛋的时候怎么没有留意到，如今调换一下位置，嗅着这股香味，罗莉又将眼睛拉长，嘴角微微地翘了起来——一种真实可靠的妥帖感覆盖而来，罗莉又将眼睛闭上，裹紧丝棉被，隔着紧闭的房门，想象夏天民站在煤气灶前煎蛋的样子……

罗莉不由得快乐了起来，甚至都有点心花怒放了。

于是，当夏天民端着碟子进来，罗莉便精神十足地将身子歪了过去，眼睛眯成一条线，笑眯眯道："蛋黄给我吃啊！"

心里边，也有一个声音在强烈阻止："罗莉，你又在犯傻了，逼迫自己吃蛋了！"

原来，罗莉是不喜欢吃蛋类的，荷包蛋、酱煨蛋、茶叶蛋、蒸蛋，各种做法都不要吃。

第二天下午，接到夏天民约晚上到彼岸咖啡店一起用餐的电话，罗莉有种说不出的不安。当然，这种不安是建立在惊喜之上的，就显得更加难以揣测！夏天民是一个秉性豪爽喜欢吃大餐的人，叫他坐在咖啡厅里慢悠悠地搅拌着半杯咖啡消磨半天的时光对他来说会很难受，如同遭罪。就这点，夏天民就永远无法与罗莉走在一起。罗莉没事就喜欢到咖啡店里去坐坐，故作优雅地托着腮帮子一个一个去看边上的人。而夏天民呢，他毕竟只是一个从乡镇上走出来的个体经营户，虽然读过书，那也只是皮毛，像他那样的一批人能发，全部是靠大胆、敢拼的精神与坚定的毅力，以及与生俱来的赚钱机智，再就是运气。所以，他不喜欢故意抻着脖子、直着腰身装绅士。他的消费观很直接，上高档饭店吃豪华大餐，有钱就买豪车开，是那种卷着袖管大碗喝酒大块吃肉的人。他生性豪迈、不受约束，主观意识强，高调，时不时还会吹点小牛，唱几句童安格的《耶利亚女郎》。

可他却偏偏选择在咖啡店单独约见自己，这是一种什么行为呢……

是因为他知道自己喜欢泡咖啡店吗？还是他做了什么虚心事要如此费尽心思讨好自己呢？或许，是来摊牌的吧？

于是，罗莉又听得夏天民用低沉的声音在电话里强调道："夏夜我送他去奶奶家了。今晚就我俩吃饭。"

这是要享受浪漫的二人世界吗？不，罗莉握着手机再次肯定道。

眼睛扫到办公桌上的日历，距离画着红圈圈的星期五还有三天，这时候，夏天民干吗要突然约自己吃饭呢？有什么重要事情商量么？这可不是年轻那会儿，男人为了追求自己心动的女生，会千方百计讨好对方，自己都这个年纪了，一起过了这些年了，他怎么会将就自己从而迁就别人呢？即使有事商量那也可以回家说啊！难道他要提前过结婚纪念日？怎么可能呢，他连一点暗示都没有啊！罗莉摇摇头，觉得想多了，不就是夫妻俩吃顿饭而已，用得着如此费心猜想么？是自己神经质了！

可是，一忽儿的时间，罗莉又想起晚上的约会再也无心工作。罗莉不明白夏天民怎么会连夏夜都不带上？夏夜自从出生以来，一直跟随在父母身边生活。夏天民头上有两个哥哥，一个姐姐，等到夏天民结婚生子，父母都是六十几岁的老人了。夏夜都是罗莉亲手带大的。也就是说，自从有了夏夜，两个人就没有单独好好待过。

那么，今晚夏天民要避开夏夜是有什么重要的话要说吗？

比如，他有秘密要告诉自己？对，他一定有秘密告诉才这样做的。

证实到这一点，眼梢处忽然就一亮，罗莉拎起话筒拨打了凌总的电话。凌总本来已经邀请罗莉今晚一起出席宴请政府领导吃饭的。但想到夏天民的反常行为，欲言又止的口吻，罗莉深感还是去跟夏天民见面重要。凌总跟夏天民是同学，应该也会理解的。果真，待罗莉跟凌总一说，凌总就爽快地答应了，并嘱托罗莉要好好享受二人世界！

抛开是老同学的妻子，罗莉跟凌总的交往已经不是上下属关系，他们已经是很好的朋友。一直以来，凌总对罗莉都另眼相看，是打内心欣赏和肯定一个女人的态度。这种交往简直是极致的，两个人在一起工作会十分愉悦。于是，他一直在默默地帮助着罗莉，极力引见各个部门的领导给罗莉熟识，分摊适合罗莉发挥特长的工作。再加上，罗莉的善解人意和天资聪慧，总能适时地给人留下深刻的印象，不管是面对凌总还是出去办事，都显得如鱼得水、心有灵犀。好比凌总的妻子对他管得很严，每次吃饭都要打很多电话询问，凌总就将电话交给罗莉，由罗莉去处理。罗莉就必须在两边周转，避免了一场场家庭战争大爆发。如此，凌总在深表感谢的同时对罗莉总是赞不绝口，看到夏天民便夸奖，说夏天民找了一个好老婆！但是，几次之后，罗莉发现，凌总说这话时夏天民的眼神就变得异样，忧郁地看着凌总，仿佛在揣测：你也想有这样一位贤妻吧？或许是，自己的妻子要是这样有多好！

给脸补妆的时候，罗莉却有了年少赴约的感觉，便想爱情难道真的会在天长日久的富裕的生活中产生隐形的扩展？让你不由自主地要去依恋这个男人，仿佛一只瘫软在脚踝上的袜子，轻轻一提，就上来了，服服帖帖地捆绑在小腿上。你的心里顿时会被某种舒坦感征服，甚至怀有一种感激流涕的感觉？

总之，咖啡店的晚餐，突然让罗莉这个纠缠于工作和家务之中的中年女人受宠若惊。那种惊喜、忐忑和紧张感，丝毫不比去跟一个充满魅力的男士约会少。

而站在路边等出租车，罗莉就显得很是焦急。于是，就在街头出现了这样一个景象：罗莉款款地站在路边，不时地要拉拉裙子，理理头发，摸出手机看时间。而她的脖子总是长长地抻着的，需要不停地伸长脖子去瞅前方，嫌弃车子来得太慢，还要对着从面前疾驶而过的“有人”的出租车狠狠地责怪城市里怎么会有那么多的人！好不容易，等到一辆出租车停在面前，罗莉刚坐上去，就忍不住欠起身子朝前张望，暗自估摸到咖啡店还有几站路。车子停下等红灯，罗莉就担心堵车，生怕到不了彼岸咖啡店。眼见着彼岸咖啡玻璃大门了，罗莉这才舒出一口气。下车来对着玻璃大门又一次整理了一下发丝，实在看不出什么破绽了，这才抬起脖子，优雅地走了进去。经过大厅上楼梯，罗莉感觉到有好多目光投射到身上，脸上居然有点发烫了，脑子里则循环播放着夏天民近期的样子。一想到“秘密”

两个字，罗莉顿感脚步越来越沉，仿佛崴了脚踝，捆绑在小腿上的袜子再次掉下去，小腿上猛地一凉，肉光秃秃地裸露了出来。罗莉便又一次将眉头蹙起，故作镇定地走完楼梯上了二楼。

夏天民坐在靠里的一个角落里，身体背影的右侧面对着楼梯口。罗莉站定看着夏天民的侧影，责怪他为什么不要一间包厢的时候，豁然想起第一次在街上撞见他的样子。那个时候的他，清瘦、睿智，双手插在风衣口袋里，也算是一个风流倜傥的人。如今坐在面前的侧影，尽管隔着短短的距离，罗莉依旧能感觉到他肩膀上的热度，这明显比以前厚实多了，他发福了。精神状态也并不是很好，正将双手捏在眉心，揆度着什么，排忧解难着什么——他莫非真想找一个安静的地方告诉自己爱上了另外一个女人？

天啊，他怎么可以这样！

罗莉收敛住心中的温情，正色走过去，不声不响地在夏天民的对面坐下。然后用一种等待着解释的眼神盯着夏天民看。夏天民被看得异常不安，便伸手示意她喝茶。罗莉这才发现夏天民已经替自己斟上了一小杯乌龙茶端放在面前。罗莉很喜欢此茶留在唇齿间的那丝回甘。好像这就是婚姻生活，貌似平淡无奇，其实是蕴含了各种情愫和温厚的力量的……罗莉不由自主地跟夏天民说了一声谢谢。一口饮掉了杯中茶。豪迈的气势不比赌气喝掉一杯高度酒般决绝。

“跟我还客气?！谢什么?”

“哦，习惯了说。”罗莉看着夏天民拎起茶壶又在给自己的茶杯里续水。细细的涓流，从白瓷的壶嘴里吐出来，再落进杯子里，杯沿处立刻涌起一阵热气袅袅着，飘逸、多情，且温暖。

但是，罗莉却很紧张，哪个地方不对呢？搓一下手心，手心湿了，全是汗水。干吗要紧张呢？都一起生活十五年了，如此待在一起的时间还少吗？还陌生吗？

“夏夜，吃了吗？”

“哦，应该吃了吧。都六点了。他奶奶今天杀了鸭子给他。”

都六点了？罗莉没想到会迟到这么久。都怪补妆浪费了很多时间，慌忙解释：“刚堵车……”

“哦，没事，你点餐吧！”

夏天民将放在桌子上的单子推给罗莉。罗莉接过单子，看一眼夏天民，不可思议地摇了摇头：“今天干吗请我吃饭啊？”

“请老婆吃饭还要理由吗？”夏天民的眼神咄咄逼人。

“我吃黑椒牛柳饭，你呢，要什么？”

“跟你一样吧。随便。”说完，夏天民兀自呷了一口茶，眼睛望向窗外沉默着。

罗莉觉得也没什么话可说，也跟着看了一眼窗外。正好看到一对年轻情侣搂着过马路。女孩子的头发染得黄黄的，被路灯打着，像一片金黄的叶子紧紧地贴在男孩子的胸口上。本来显得很羸弱的男孩子，顿时如一棵参天大树，遒劲的胳膊将女孩子搂在胸口里。原来，一个男人的伟岸是靠一个女人的依靠所衬托的。罗莉忽然望向夏天民，温柔地一笑：“要不给你加一个荷包蛋？”

夏天民摇头道：“荷包蛋还是你煎的好，再说了，也不可以顿顿吃吧。”

“那你知道我其实……”罗莉高兴地眨巴着细长的眼睛，小脸红扑扑的，全身放松下来，犹如回到了多少年前。

“饭来了，吃饭吧。吃好饭，我告诉你一个秘密。”

“秘密？你有秘密？”罗莉睁大细长的眼睛，感到十分无力，有一种天就要塌下来的感觉。

“怎么不可以？你有秘密，就不允许我也有？”夏天民点上烟，抿嘴一笑。突然，他又哈哈一笑，道：“当然，是骗你的。看你吓的！”

罗莉看出来了，夏天民的微笑实在是情非得已，是一种常在饭桌上看见的狡猾和老练的笑。罗莉就很悲伤，他看自己完全是当桌面上的商人看待了。时不时地玩一些小手段调戏一下你，或者微笑着却带着某种坚定的语气恐吓你一下。让你对他无比的崇拜和惧怕，完全依附在他的手段里无处可逃。多么可怕的男人，他对你还有什么可以谈的呢？罗莉苦笑一下，豁然想起昨晚两人开开心心吃好荷包蛋后在床上就想温存一下的事来。罗莉不明白夏天民为什么会失败了？

夏天民为什么会失败呢？

罗莉在公司里有一个闺蜜，叫唐贾。此女长得瘦瘦长长，与罗莉同龄。只是罗莉温和，谦让，喜欢虚无缥缈的东西；唐贾则相反，她聪明、机智，个性强，敢作敢当，好比她的眼睛就要比罗莉的大两倍，怒目圆睁的时候，可以让很多人望而却步，当然，在她多情的时候，扑闪扑闪地眨巴着，亦显得十分动人。

隔日午后，罗莉便约唐贾到咖啡店来吃下午茶。其实，罗莉是想跟她聊一聊。她觉得自己的心里堵得慌。唐贾在外面办事，问罗莉在哪儿，罗莉脱口而出："彼岸咖啡。"

为什么要叫彼岸咖啡？罗莉苦笑一下，这个名字在脑海里一闪，就给认定了。像是把玩在手中的玩物，已经被罗莉的手心把玩出了几分热度和会心。夫妻过到后来，不就是一个在此岸，一个在彼岸？罗莉当然知道夏天民根本就不是约自己吃一顿饭那么简单，他一定有什么话跟自己说，只是没有说出来。没有说出来可能因为时间不对，可能因为还没有找到合适的表达的方式。或者，面对自己他还说不出口。总之，他不会就这么干巴巴请自己面对面坐两个小时的。

所谓闺蜜，当然有许多秘密要谈。将你的心事跟我说，将我的心事跟你说。相互探讨，鼓励，即使在一起发发牢骚也蛮好的。唐贾是独生女，丈夫是经人介绍入赘她家的。入赘女婿越来越难找，别说如意，就是滥竽充数都难。因为在很多方面都被禁锢了，首先男方要肯出来，再是要那边父母肯放，最好是家有弟兄两个的。有这个主观条件，其他的，只要人不残缺，具有生育能力，基本上就可以凑合着过日子了。好比唐贾，对这个丈夫就有很多这不是那不是。总的来说，唐贾对现实生活是相当不满的，满意的话，她就不会心甘情愿地跟着凌总了！而这件事的知情人，也只有罗莉，罗莉之所以愿意守口如瓶，倒并不是因为跟唐贾是闺蜜，或者要保护凌总什么。罗莉只是觉得他们相爱，一个有才，一个有貌，在一起是理所当然的。为此，罗莉便抛弃了道德伦理，认同了这段隐形的婚外恋而不顾自己内心的谴责为两人保守着这个秘密。

那么，该怎么跟唐贾说说夏天民呢？罗莉很恍然。夏天民怎么了？罗莉拼命地回想着过去的夏天民，又琢磨着如今的夏天民，想着夏天民最近说话的神神秘秘，脑子里就很糊涂——他变了吗？变在哪里呢？还是自己变了？

于是，去见唐贾前，罗莉去了吴市最大的最有名的私人侦探所门口逛了几圈，想要不要请人去调查一下夏天民呢？最近私人侦探在吴市很火，有好几个集团老总都被查出了艳照门。一想到赤身裸体的照片，罗莉就浑身一颤！她害怕看到它，害怕事情的真相被揭穿。如同是秘密就必须秘密起来，一旦被揭穿就好比剑被抽出了剑鞘，锋芒毕露中会两败俱伤的！

生活是经不起各种真相的！罗莉面容憔悴地看着唐贾落座于对面。与唐贾的目光一对接，唐贾就吓得跳将起来：“姐们，你最近怎么了？咋憔悴到这个样子了啊！”

罗莉要了一杯卡布其诺，低头搅拌了一下，抬头对唐贾道：“我可能要离婚了……”

“什么？”

“他有人了……”

“啊？就这个老家伙！”唐贾的嗓门一下子提得很高，就在他们不远处，一个戴着墨镜、身穿蓝色西装的男人，正假模假样地拿着手中的杂志，朝这边打量着。

唐贾压低声音问道：“你请私人侦探了？”

罗莉跟随着唐贾的眼神看了一眼，摇头。安静地坐着，不再开口说话。

时间独自在安静地行走着。一分一秒过去得很快。眨眼间，一辈子也快完了。

罗莉低头看着咖啡杯突然说道：“离了，也好，总这样怀揣着秘密一辈子也不好吧。”

然后就朝唐贾笑了，问唐贾跟凌总最近怎么样？有没有考虑在一起？

唐贾嗤了一声，说：“罗莉，你大概气糊涂了，什么时候我要和他在一起啊？”

唐贾继续说：“好了，不说我的事了，还是说你今后怎么办吧？”

“我，我独居还是可以养活自己的吧！其实，我也有错，我的秘密太多了。”

唐贾惊愕："什么你的秘密？你有什么秘密？"

"是的，你知道吗，我也想过出轨的……"

河水一旦打开缺口，就会直接涌出来，罗莉没有理会唐贾的惊讶，兀自说道："四年前吧，我看中过一个男人，不知你还记得不，我去参加过诗词协会的一个会。那天，来了一位老师，是上海人，长得很帅，才华又好，应该是那种野性与温柔并存的。他对我也好，我们在会场上总是四目相对，可惜时间太短了，我们无法直接交流。临别时，匆匆留了一个电话就各奔东西。但是，事后我们却一直在联系，都四年了。这四年我们时不时地就通一封信。早已成为灵魂上的朋友，好了，说亲密爱人也行。我们都没有说过要见面，仅把彼此刻录在心里，在每个无聊的日子里，寂寞的时候，就会绕过所有的山山水水回到角落里寻找。这时，我看见我的灵魂在飘……"

罗莉看一眼惊讶得张大眼睛的唐贾，继续说："有一次，我终于要去上海办事，我很高兴，知道终于可以见面了。我没有提前告诉他，我想给他一个惊喜，想到了上海再联系也不迟。我就这样洗了一个玫瑰精油澡，换上崭新的内衣去了上海。我满心要见到他。可是，当我办完事，一个人回到宾馆，想打电话给他的时候，望着窗外的灯火，却想着他此时应该正与家人在一起用晚餐，就觉得不能打扰他。于是，我发了一封电子邮件给他，告诉他我在上海。我等了一晚上也没有他的电话。直到第二天早晨，我在火车站，手上捏着动车车票，他才打来电话。看着熟悉的号码，我没有接，我们已经错过了……”

“你傻啊。哪有想一个人这样想的啊，你以为是在做梦啊?”唐贾第一次听罗莉说这个故事，“你真的爱他吗?”

“当然，爱!”

“比爱夏天民多?”

“当然。但我也没有想过要离开夏天民。毕竟，我们有孩子，我们在一起很多年了……”

“好，那你的意思是只想出轨，简单说吧，你现在很想跟他出轨?”

“是的，很想!”

“那你还离不开夏天民?”

“这是不同的，一个是生活，一个是感觉。”

“你离不开他是吗?”

“是的，离不开。”

“你这不是胡说么，等于白说!”唐贾终于无言以对，责怪罗莉，“你太不现实了!”

罗莉自然知道这都是白说。很无聊。说和不说有区别么，甚至都后悔跟唐贾说了这么多。搅拌了几下杯中的半杯咖啡，便起身走了。咖啡凉了，人也该走了。走在纷杂的街头，罗莉突然不知道该怎么走好，拽着唐贾的手问：“我们该怎么走?”

唐贾东看看，西看看，伸出手指朝前方指了指，又将手放在罗莉的额头上，问：“病了?”

罗莉茫然地摇着头，并通过唐贾的手肘下方，又看见了那个戴着墨镜、身穿蓝色西装的男子在一棵梧桐树后面一闪。

罗莉准备去一趟上海了。就在跟夏天民要过十五周年结婚纪念日的前一天去。罗莉只是在火车站入口处，淡而无味地打了一个电话给夏天民，说自己跟唐贾要去上海出个差，几时回来还不确定，但一定会赶得上回来过结婚纪念日的。打完电话，罗莉就捋一把额前的头发，咬了一下嘴唇，走了。是的，罗莉决心依靠自己的力量去解决这件事情。不管对与错，她都要自己去把这个事情解决掉。

动车于上午十点半到达到上海。因为罗莉在车上小寐了一会儿，走出车站门口，就打了一个半睡不醒的哈欠。近期，罗莉的睡眠出现了状况。不是失眠就是浅睡眠。或者多梦。梦境杂而乱。什么都有，动物、建筑、植物、裸体、呕吐物，简直是东拉西扯，没法没天。罗莉几次觉得自己完蛋了，世界全变样了。好在，跟夏天民的幸福生活仍旧在貌似平稳地持续着……

但睡觉的感觉还是改变了。两人再也不像过去那样说一番话再入睡。罗莉也不清楚从哪一天开始，两人没有话说了。夏天民看电视，罗莉背对夏天民侧卧着看书。几次醒来，罗莉伸长胳膊也没有摸到夏天民的身体。罗莉一悸，睁眼醒来，借着朦胧的月光，也许是路灯亮光，罗莉看到夏天民在距离自己很远的左边熟睡着。看来床还是以前的好，小小的，两人挤在一起，暖和，相亲相爱。如今的床越来越大，硬是将夫妻之间的情分拉远了。一旦生气，就各自缩回到自己的怀抱里，远远地离开着另一个矛盾体。

罗莉轻轻地将身体朝左边挪去，捉住夏天民的手握着。夏天民因为是家里的幺儿，招父母疼，从小什么活儿也不干，手一直保护得很好。冬天天气冷，罗莉就很喜欢将手塞进他的手掌里握着，温暖、厚实。有几次看着他的手在餐桌上夹菜，罗莉居然觉得它很性感，身体在瞬间流过一股热流。

可见多少年过去，温情已成往事。睡眠中夏天民的手，仿佛也睡着了，失去了知觉与鲜活，松松垮垮的，皱皮疙瘩的，罗莉十分忧伤地又将手缩回来，再次想到了上海的老师。

这位住在上海的老师当然是罗莉心中的另一个秘密。只是这个秘密在罗莉要告诉给夏天民的秘密里被放大了，被重视了。

这是醉人的秋季。满目凄惶，满目忧伤。罗莉想，一晃自己也是一个属于秋季的女人了。

罗莉坐在出租车上，想了很久，才对司机说去陕西路，去西藏路，绕了大半个上海，罗莉这才决定去外滩走走。有关住在上海的老师，罗莉其实是不知道他具体住在哪里的。罗莉坐了一个上午的出租车，都过了一点钟，这才准备下车吃午饭。罗莉随便找了一个小店，吃了一碗热腾腾的过桥米线就又走了出来。但这会儿，内心倒是稳妥多了。仿佛淡而无味的嘴唇，通过一番酸辣的刺激，罗莉的眼眶热了，嘴唇红了，嗅觉灵敏了，胃被感动了，身体暖和和的。

罗莉依靠在外滩栏杆上望着东方明珠塔，掏出手机，找到老师的名字，呆呆地看着。她居然没有打电话的冲动。这样看着，仿佛就足够了。

黄浦江江水在脚下晃荡，安静，挺复杂地倒映着两岸高耸入云的建筑群体。罗莉觉得自己离吴市已经很远了，这里都是陌生人，陌生的环境。一对对陌生的情侣相拥着。巴掌大的上海为什么能承载这么多的建筑？而外滩这个地方为什么又能容忍这么多人集合相爱？且这些男女从来不会顾及他人的打量，他们自然地手拉着手，肩搂着肩，亲昵无间。是情人，也是爱人，但绝对不是夫妻。

罗莉看着他们的背影想，除了夏天民，自己跟其他男人是做不到如此亲密的，亲密什么呢，就是熟悉到几乎是一个个体的夫妻，最终不是也会变得遥远，生活上出现裂痕，沟通上出现障碍？各自怀揣着秘密不肯说……对了，夏天民为什么现在不行了呢？他厌烦自己的身体了吗？还是他的身体出了状况？他有天大的秘密隐瞒着自己？就在昨晚，夏天民又要跟罗莉亲热，本来罗莉已经打算好来上海的，就有些不情愿，为什么呢？罗莉想保持一个洁净的自己来见老师。如果可以她也打算跟老师好好放纵一回，将韩国电影里的唯美镜头全都做出来，好好地珍惜住这个向往了四年的男人！于是，罗莉多么想拒绝夏天民一次，但是，当夏天民的手伸过来，在她胸口上揉，罗莉的身体就一紧，握住夏天民的手捏了捏。稍许，她又将手慢慢地松开，同时也将身体放平了……罗莉咬着嘴唇将眼睛闭上，想做就做吧，权当是温习功课！做完去洗澡！

可夏天民依旧失败了，本来是很好的，突然地，手捏在罗莉腰际上的肉，就泄气了，走神了！之后，他就疲软地匍匐在罗莉的身体上，自言自语道："大概酒喝多了！"

罗莉翻身起床，一头冲进卫生间，打开水龙头洗脸，眼泪混合在水流里从指缝中缓缓流下，罗莉也不知道自己是悲还是喜？她只是知道如果夏天民不想做倒也罢了，这样一来，夏天民就侮辱了她，令她很难受。事情怎么会变成这个样子呢？罗莉狠狠地冲洗着专门为老师保养得很好的身体，脸颊、脖子、小腹，罗莉一一搓洗着，仿佛很久没有洗澡了。

那么，现在，自己来上海又是来干什么的呢？罗莉感觉虚弱的身体被两岸的建筑群体压得连气都喘不过来。羞耻感莫名地令她脸红脖子粗，对呀，你真的是来见只见过一面的男人的吗？

荒唐啊！可笑啊！

罗莉开始拼命地回想跟老师四年前见面的每一个细节，以及他的长相。一切都是清晰、熟悉的，这个人仿佛一直驻扎在心底。他为什么会如此清晰呢？仿佛老师的出现，只是将一个人影子唤了出来，从井底浮到水面上，但仅一会儿，又被一种物体带着沉了下去，变得遥远和模糊，一切都隐匿在雾气里，不明所以。好似初遇的幸福感随之而来，之后，又是长久的沉寂与失落，等待与绝望。

嗯，是的，水面上的涟漪，最终仍旧消失在水里。

罗莉耷拉着一张苍白的脸挤在人群里，在外滩绕了一大圈，走来走去中，嗅了满肚子的香水味、汗水味，听到了满耳朵的嘈杂。罗莉一次次感觉到自己走失了，却又无所适从地走了回来——从遥远的梦境里走失，又从残酷的、乏善可陈的现实生活中返回。

临近下午时分，罗莉终于将老师的名字从手机里删除。相信没有奇迹可发生。老师不会在今天来电话，自己也不会跟他在上海邂逅，与之巧遇。即使遇见，罗莉也不能确定还能一眼认出他来。即使自己认识他，他又会认识自己吗？四年时间过去了，自己难道就没有变化吗？看来这次自己安排的巧遇是不能实现了。罗莉一脸忧戚地抬起眼睛，却看见前面人群里走着老师，挺拔的背影颀长而又温暖，罗莉就跟着他的背影走，走了一截，老师的背影不见了，罗莉又往回走。转眼，又看见了，他伟岸的身躯出现在另一堆人群里，忽隐忽现。只能是忽隐忽现。

走在前面的一位老太太晕倒了。罗莉本能地跨前一步，将老太太抱在怀里，阻止了老太太因摔在地上而摔坏哪里的可能性。老太太可能是发病了，此刻，正像一位乖巧的孩子依偎在罗莉怀里。罗莉看看老太太，又焦急地看着边上你来我往的人群，希望有人能来帮把手将老太太送往医院抢救。结果人们一个个都冷漠地从自己身边走了过去，跟没有看到一样。万般焦急中，罗莉又看见那位戴着墨镜、身穿蓝色西装的男子在人群里躲躲藏藏。

罗莉便用目光捉住他，唤他过来，罗莉看见他墨镜下的脸部肌肉分明抽搐了几下，这才迎面走来。

罗莉说："快搭把手将人送到医院去!"

"哦!"男子便弯下腰来抱老太太。

"我妈怎么了?"老太太的儿子突然从人群中冲过来，一把搂过老太太到他的怀里。奇怪的是，老太太就在这时候醒了。由惊转喜的儿子便连连跟罗莉道谢，并告诉自己是带母亲来看东方明珠塔的，却不幸走散了。可能因为又累又急，体力跟不上的原因，老太太血气上升，就晕倒了。儿子来到了身边的安稳感，让她很快苏醒了过来。罗莉也替他们母子高兴着，禁不住泪湿眼眶。待老太太被儿子搀扶着离开后，罗莉这才想起戴墨镜的男人，便捋着额前的散发，转动着脑袋四处寻找着。虽然不想见到这个男人，但他勇敢地帮助了自己，罗莉还是很感动。却不想前方人流拥挤着人流，罗莉再也找不到他了。

遗失在人流里的罗莉也在这时准备打道回府——回吴市去。就当是出来散了一趟心吧，什么也没有发生，什么也不可能发生，自己又该回去了。一切还是原来的样子，必定是原来的样子。一路上，罗莉什么也没有想，她想哭，却哭不出来，只好吃了一粒晕车药让自己酣睡。一觉醒来，动车正好到达吴市。罗莉听着“本次列车即将到达吴市，请到吴市的旅客做好下车准备”的播音，竟不知吴市是一个什么东西，不知身在何处！

罗莉就这样迷迷糊糊地一脸若有所思又怅然若失地出现在吴市的火车站里，随着电梯上了一层又一层，随着人流转了一个弯又一道弯，最后怎么就剩下自己一个人，她也不知道是怎么一回事。然后，罗莉就一个人傻傻地站在了一堵墙壁前。她居然忘记了吴市的火车站正在扩建，出口早已改变了方向，一个走神，罗莉没有看到新出租车出口的标示。就这样依旧寻找到老出口处站着，看到的是一面冰冷的墙。四周黑灯瞎火，一个人影也没有。风声打在围困于四周的彩钢板围挡上，发出一种凄厉的叫声。恐慌，凄凉，如藤蔓纠缠着罗莉。转身间，罗莉的脚尖碰到一个软体，原来一个拖着残腿的乞丐蜷缩在地上睡觉。梦呓声断断续续。像一片落叶在半空中荡秋千。他是在想时光、岁月，欲望，就这么让人如此断肠吗？

罗莉害怕地摸出手机，拨打给夏天民，未开口，泪先流，罗莉低低地哀泣道：“黑，这里好黑……”

“夏天民，你这个混蛋，你在哪里，你来接我，我害怕黑，你知道一个人在火车站有多孤独吗？”

“你说什么？你怎么会是一个人在火车站呢，你不是和唐贾一起去的吗？你为什么要骗我呢？你骗我有什么意思呢？我知道你有秘密，你是不是跟凌春明在一起？我早知道你们在乱七八糟地胡来……”夏天民在对面咆哮着。

“啊！你在说什么，什么叫作我骗你？”罗莉摸着急速跳动的胸口，力求自己稳定下来，镇定下来，不要怕，你什么都没做，就是骗他自己跟唐贾出差了，又能怎样？罗莉就这样自欺欺人着，自圆其说着。突然，她冷笑了，不管怎么说，夏天民你不应该怀疑自己与凌总啊，他可是你的老同学。罗莉愤愤道：“我骗你又怎么了，你请一个戴眼镜的男人跟着我干吗？你要跟我就可以骗你对不，是你教我这样的，你都不信任我，还亏得我想告诉你一个秘密，你知道吗？我从来都不喜欢吃蛋，那些蛋黄真是难吃死了，可为了你我硬是吃了那么多……”

罢了，罢了，不说也罢，这还有意思么，到现在为止，罗莉觉得这个秘密的价值一点也没有，它只不过是安慰自己和原谅自己的一个借口罢了，如此，夏天民一定也是这样，我们都在爱自己，都在背叛对方，没有一个人是甘愿为另一个人牺牲一辈子的。

这有什么意思呢？好比，你跑到上海去干什么呢？不，现在这是哪里呀，是上海吗？为什么这么黑呢？这是哪里，身边的人呢，都去了哪里？罗莉就一个人傻傻地握着手机站在走错的且没有前路的转折处，不知此时此刻置身何方。

“夏天民，你这个混蛋！你要是个男人马上来把我扛回去！”手机却偏偏在这时候没有电了，屏幕上出现了电量不够将自动关闭的字样。罗莉就这么对着马上要自动关闭的手机，再也说不出一句话来。突然抬高的声音再次低沉下去，落到井水里，仿佛是随着收回的胳膊一起松懈下来的，远处的亮光处，罗莉再次看见戴着墨镜的男人像幽灵一闪而过，但此刻，他就是一个保护神突然降临，罗莉抱着空空如也的肚子半蹲在地上，泣不成声地对着这个从来没有看见过脸的男人身影求救道：“我要回家！你出来带我回家。”

肉肉在新街口赶羊

1

新街口在哪里，离庙儿湾有多远，肉肉统统不知道。但是，肉肉知道新街口有羊，还有他的娘。肉肉到达新街口，是在一个暗沉沉的天气里，到处是一片铅灰色的绽放与盛开。

肉肉是和刘安一起来到新街口的，他们并肩站在一座蓝色的、直插云霄的高楼前。肉肉对面前通体为蓝色玻璃幕墙且没有门和窗的楼感足了兴趣，映在里面一高一矮两尊蓝汪汪的身影，犹如置身海底。在海水里，肉肉变得异常细小和畸形，像极了一条小鲫鱼——尽管肉肉并没有实质性地看到过鲫鱼，但肉肉看到玻璃幕墙里的影子，肯定自己就是一条鲫鱼了：尖头，身体庞大，双腿纤细而飘摇，随时准备顺水逃窜的样子；刘安一身黑衣装束的高大个头，则是一条大鲨鱼了，黝黑得气势磅礴，且显得光滑无比——由于他皮肤比衣裳还要黑，是很难让人从那一身茂密的黑里区分出一张脸膛来的。

肉肉看了半天，也没有找到刘安的五官，肉肉觉得奇怪极了：怎么一到新街口，刘叔叔的脸就没了？肉肉又想到刚刚暗自送他的鲨鱼的比喻，不禁吐着舌头呲呲地笑了。刘安的板寸头脑袋被无邪的笑声勾了来，一副宽大的墨镜冲玻璃幕墙里的肉肉亮了亮："要见到娘了，开心吧?"刘安的话语里带着水质的冰冷和柔软，从肉肉的脸庞上淌过。虽然声音像是来自远方，是冷冷的，肉肉的双腿还是跟随笑声浮了起来，轻盈地弹跳了一下，嘴巴里发出了快乐的声音。那露在胶鞋头上的大脚趾，如刚刚破壳而出的小鸡头，调皮地拱了拱……肉肉突然做出了一个惊人的动作：他立马用一只脚踩在另一只脚后跟上，将胶鞋脱掉，光着脚丫对刘安恳求："叔叔，见到我娘，你能让娘给我买一双鞋子吗，我要穿着它去赶羊……"

肉肉已经有好几年没有见到他的娘了，生疏感令他没有胆量跟自己的娘要求什么了。胆怯的目光再次穿过刘安的双腿夹缝，落在前面不远处鞋店的橱窗里，再也离不开了。这是肉肉第一次看到如此之多的白色运动鞋，只觉它们像极了一艘艘小船，随时能从店里奔腾起飞，特别地吸人眼球。这是肉肉第一次出远门，在未来到新街口之前，他已经无数次听到刘安描绘过新街口。在刘安的描述里，新街口如天堂般令人向往，当然，他向往的是那里有他的娘，还有他喜欢的羊。这让肉肉想起就会无边地快乐起来，忘记光脚板踩在滚烫路面上的疼痛，小手紧紧地拽着刘安的衣角，转动着圆溜溜的脑袋好奇地东张西望个不停。所以刘安的回答是特别悦耳的："好，你娘不买，叔叔给你买，我们要赶很多的羊！"

这时，一位穿着时尚的阿姨与肉肉擦肩而过，肉肉赶紧耸了耸鼻子，无限欢喜，他闻到了一股羊膻气。不是很文雅的气味，带领着肉肉开始广泛寻找起羊只来。眼睛转了一大圈，结果肉肉连根羊毛也没看见。只见新街口到处都是人流，肯德基门口站立的大胡子爷爷慈祥微笑着的脸庞也跟真人一样，胡须和气息是温暖鲜活的……肉肉又想到玻璃幕墙里的"海水"，街上涌动的都是鱼呵，好多的鱼……肉肉挠着脑袋，无比地纳闷。未待肉肉纳闷出个头绪，思绪就被迎面撞来的人打断了，黑乎乎的人影将肉肉撞了个眼冒金星，眼前顿时一片漆黑。而就在这时，肉肉的耳朵上一热，刘安的嘴巴伸了过来，用特意压低的声音催促道："快跑，赶羊去——"顺势扯掉肉肉紧紧拉住衣角的手，推肉肉快跑。

一抹红色一晃，肉肉的脚步，不自觉地抬了起来，它像是被刘安手中的一股力推动的。眨眼间，肉肉娇小的身影便在人流里灵活地钻来钻去，跑远了。肉肉越跑越快，越跑越想跑，一跑起来就有些停不住的样子，小嘴巴大口大口地呼吸着，吸了一肚子的羊膻味与青草气息。肉肉喜欢这些气味，它们让肉肉不再饥饿，不再相信新街口上流动的是鱼，那确确实实奔跑着一群群的羊——刘安叔叔说得没错，新街口有很多很多的羊群可以给你赶、任你赶……肉肉回一下头，对着身后密集的“抓小偷！快抓小偷！”的声音茫然一愣，嘴巴张开，喊出一声“驾”，返身继续奔跑而去了……

2

肉肉提着一口气也不知跑了多远，奔跑了多久，只要奔跑起来他就会犯忘我的毛病。他会不停地奔跑，额上的头发哗啦哗啦朝后倒去，像一片麦浪，直向头顶上爬。眼前是一只白色的羊，羊带领着肉肉越过小溪（人流），绿意盎然的青草（路面），低飞的鸟影与连绵的山峦（斑马线）……短小的尾巴卷成一个句号挂在屁股上，从绿草深处朝爹和娘出发，想怎么跑就怎么跑。

肉肉十分迷恋这样的奔跑。这让肉肉无限地快乐、兴奋与完全地放纵。他甚至是撒野的、骄傲的——这可是世界上独一无二的羊！

肉肉一直记得，他抱羊回家的情景。受伤的羊可是将庙儿湾闹沸腾、搞轰动了。人们呼啸而来，特别是跟肉肉差不多大小的娃儿们，他们像是看见了一片从天而落的洁白云朵，不停地问询：“那是啥子？好白啊，好乖啊！”山里娃不认识羊，真是有点让人说不过去。几声破裂的咳嗽声响起，一位老人突然发出了一声苍老的惊呼——“啊，羊!”

羊字一出口，肉肉看见羊突然睁开了眼睛，四处看了一圈。它仿佛在寻找认识它的人。肉肉激动极了，赶快说道：“它能听懂咱们说话啊!”羊的腿受伤了，肉肉将它放在院坝边苹果树下的阴凉处。羊一直无法站起来。人们望着羊，羊也可怜巴巴地、极其感激和乖顺地回望着大家，眼睛里有礼貌，也有深深地哀求——“救救我吧，救救我的腿吧！我的好人们，我想站起来，我走失了，我的爹娘不见了，我要回到羊圈去……”

肉肉眨巴着眼睛，仔细听羊说话。从那天起，肉肉开始与羊为伍。不管肉肉走到哪里，他都抱着羊。他的身后紧跟着一群小伙伴。为了能多跟羊待一会儿，哪怕只是看见羊，他们都满足了，他们不停地哀求肉肉说：“给我摸一下吧！让我抱一下吧!”羊将娃儿们的童心升华点燃了，虽然谁也没有听到过羊的叫唤。虽然它成天病歪歪的，人们还是为它这位天外来客的到来激奋不已。肉肉最开心了，有了羊他就可以不用天天对着哑巴奶奶的叹气而无所适从了……轮到小丫摸了，小丫是一个善良的女娃，她看着羊的伤腿，眼圈红了，仿佛伤的是她的腿。肉肉多给小丫摸了一会儿。小丫细细翻着羊的伤腿看，她到底比肉肉大一些，建议肉肉快点为羊治疗腿伤要紧。说完，并亲自陪着肉肉去求张大伯。张大伯是村子里的“活神仙”。但凡有人牙齿疼了，手割开了，都习惯去他那里要一副草药吃吃或敷敷。说来真是奇怪，张大伯出去一圈，就会带回来一大把草叶子。病人吃了，即使不会立即好，也会减轻很多疼，一袋烟的工夫，差不多就好了；要是敷在镰刀割开的伤口上，也会立即止血，更奇妙的是，好了后连疤痕也不会留下——真是活神仙啊！“活神仙”的由来则还因为张大伯的草药不换钱，他说你们看得起我才来找我的，乡里乡亲的，不就是些野草，不值钱的！但是，就是这样的“活神仙”，肉肉和小丫却求了整整一天。张大伯才勉强拉开一道门缝，露出一把雪白的胡须：“娃们，进来吧！现在也只有你们这些傻娃还相信这个了！”

肉肉抱着羊赶紧和小丫一起进屋，求张大伯医治羊的伤腿。哪料，未等肉肉开口，他的眼睛先看到了张大伯放在墙角篮子里的药盒子。肉肉立马断定那是张大伯新进的西药。而张大伯确实有很久都没有上山拔草药了。肉肉的眼泪吧嗒一下落在羊背上，滚了下去：“张爷爷，您帮我们扯点草药吧，我，我没有钱……”肉肉的话使张大伯愣了一下，接着张大伯哈哈大笑了，拂一把雪白的胡子，踱了出去：“好！好！”仅一忽儿，他洪亮的笑声飘远了，幻化为一缕云丝儿在时空萦绕。肉肉捏住羊下颌上的胡须，跟着笑了，抚摸着羊背唤：“好羊乖乖……”

张大伯花了很长时间，才从外面捏着一把草药回来。也许真是老了，出去找草药已让他感到费力，他的样子像是战败而归的将军，狼狈极了：脸上横七竖八划满了血道子，胡须乱糟糟的，裤腿边也被刮破了一条。他进屋就将草药清洗好，一把塞进嘴巴里嚼：“如今这到处都是比人深的荒草，药难找了啊！”

随着说话，他的嘴巴里喷出了一股股清凉且清新的草药味道。奇怪的事就在这刻发生了，一直哑巴的羊，仿佛被草药清凉的气息唤醒了，对着张大伯咩咩地叫了两声，叫声孱弱而无力，戚艾艾的，眼角湿润。张大伯将羊从肉肉手里接过，放在自己的膝盖上敷药，一脸疼惜："想不到你还这么有人情味啊！"手顺便伸到羊的肚皮上摸了一把，"可惜了啊，是只公羊，生不了崽！"一口吐出嚼烂的草药，朝羊腿上敷："你们不知道吧，在你们还没有出生前，这山上到处都是牛羊……"

张大伯的话一出，肉肉像是听到了一个神话故事，兴趣盎然地跳起来追问："张爷爷，这是真的吗？满山满坡的羊？"肉肉表现出惊喜无比的样子，恨不得怀里的羊是孙悟空，拔一根羊毛就会变出一只羊来，变出成千上万只羊来。肉肉太爱羊了，从路边见到它起，肉肉就有了抱回家的打算。其实，谁也说不清这只羊的来龙去脉，它是肉肉偷的，还是捡的？肉肉又是从哪里捡来的？肉肉自己说不清，村子里的人更不晓得：如今还有哪家养羊啊！不待张大伯应，肉肉继续问道："张爷爷，那羊呢，都去了哪里？"张大伯看一眼肉肉，反问道："你爹你娘去了哪里？"肉肉答："他们说到外面赚大钱去了！"张大伯说："那羊自然也去外面了喽！"然后，他一指墙角里的篮子："那些，拿去折东西玩吧！"肉肉不明白张大伯的话，所以没有贸然动脚——张大伯为啥不要药了呢？继而，肉肉听见张大伯的叹气，"去吧，都是空盒子，是我在村里捡来的！"

肉肉抱着敷了草药的羊，小丫拎着装了空药盒子的篮子，一前一后走在小路上。走一段，肉肉就回头问小丫两句：“小丫，你说咱爹咱娘咋那么傻啊，干吗要把羊带走呢？……咱爹跟娘去了哪里呢？那里有很多羊吗？”肉肉的问题将小丫问蒙了，小丫只是不停地摇头，大眼睛里亮晶晶的，像是起满了泪。肉肉摸着羊自言自语嘟哝：“娘也真是的，干吗要把羊都带走呢？”肉肉忽然渴望能拥有一大群羊来赶，做一个放羊郎的想法就那么幼稚地在脑际里成型了，看怀里的羊的眼神更是疼爱有加，注满了长兄的情怀。

溪边的小山坡，是一块好草地，肉肉带着小丫走上去，将羊放在草坡上吃草。羊的白色经过青草衬托，显得更加洁白与柔顺，如娘温暖的怀抱。羊尖尖的嘴巴在草叶子上不停地嵌着，肉肉眼睛一眨不眨地看着，喊小丫又问：“小丫，你真相信张爷爷说这满山坡都是羊的话么？”小丫正在用手指理头上乱了章法的辫子，她的父母也在外面打工，小丫不会梳头，奶奶经常生病也无力为她梳头，她的头发已经有一个星期没有梳理和清洗，早已乱糟糟纠结成一块大饼了。小丫对着扯下来的一缕断发，不知道怎么办了：“死头发！”

肉肉没有听明白，抬起头来看着小丫，问：“小丫，你说啥子死了？”

小丫抱紧膝盖，摇了摇头，也望着肉肉问：“肉肉，你想娘吗？”

小丫的话定住了肉肉的目光，肉肉第一次听到这个问题，被问住了。虽然平时肉肉也一直想到这个问题，可是，一旦被人问起，肉肉还是被问愣住了，他甚至有些回想不起娘的模样，肉肉有多少年没有见过娘了呢，肉肉低下脑袋，想了很久才说："小丫你梦见过娘吗？"

小丫看了看肉肉，没有回答，仰天平躺了下去。在记忆里，有天半夜醒来，她的爹就是这样爬在娘身上的，他们悄悄说要一辈子好，好一辈子！躺好，小丫唤肉肉过去，要求肉肉扒在她的身上，双手搂紧肉肉的脚丫子，流泪了："他们只顾自己好，会不会不要我们了？"

肉肉的整张脸匍匐在小丫头顶上的草丛里，一张口，牙齿咬断了一根蒿子，一阵极其苦涩的味道从舌尖上传来，直朝喉咙里钻。"好苦啊！"肉肉吐掉一口口水，坚持着爬了起来。直接走到羊身边，一把将羊抱进怀里，满山坡飞快地奔跑着，童稚的"驾驾"声在草尖上奔跑，随着风奔跑："赶羊喽，赶羊喽！我要赶羊喽——"

3

除了想娘，肉肉来到新街口，还有一个重要的因素，肉肉很渴望在新街口寻找到他的羊。这之间，肉肉又没有羊了。突然出现在他怀抱里的羊，一夜之间，像是被风吹走的奶香，让他再也抓不住丝毫，消失得无影无踪了。他的羊突然失踪了。可怜的肉肉翻遍所有山体的缝隙和草坡，也没有找到一根羊毛！肉肉边找边哭：“羊，我的羊，你去了哪儿，你会长上翅膀飞走吗?”肉肉看着紧紧关闭的羊圈门，怅惘极了。那样子真不知道是肉肉弄丢了羊，还是羊弄丢了肉肉。肉肉一把一把地抹眼泪，他是多么想尽快找到他的羊啊！

为了找羊，肉肉成天满山跑，嗓子都唤沙哑了！他是那么渴望奇迹出现，如同捡到羊的时刻，一瞥目，就在一个岔路口上看见了一朵“白云”，羊受伤的眼睛无辜地看着他……直到薄暮时分，肉肉才会耷拉着一张沮丧的脸回家。肉肉又一次在屋后的岔路口遇到了刘安。其实是肉肉自个撞进了刘安的怀抱。肉肉满脑子想的是羊，几次将路边的树当成羊叫了。当看见前面的黑影，肉肉一头扑了上去，肉肉太需要人安慰，也太需要有人告诉他羊怎么就不见了？它去了哪里？为什么不要肉肉了呢？不管三七二十一，肉肉连连摇着刘安的膀子哭着央求：“叔叔，我的羊不见了，我要去新街口……叔叔，求求你带我走吧，我要找我的羊……”

肉肉边说边用他的小脑袋在刘安的小腹上蹭个不停，像一只发脾气的小山羊，试图顶出头上的角好好撒野一番，坚持地，决绝地。肉肉的央求，刘安自己知道他不是无理取闹。这些话刘安早已拦住赶羊的肉肉说了无数遍：“肉肉，看你稀奇的，这是我见到最丑的羊了，你一定没有见过好羊?”刘安的口气不屑极了，他是唯一否认带给庙儿湾村大大震惊的羊的人。肉肉为此瞪了刘安一个大白眼。在肉肉的眼里，羊已经不是一般的羊。自从羊的腿伤养好之后，肉肉每天都要去山坡上赶羊。刚开始，肉肉与羊一前一后慢慢地走，嘴巴里逍遥地哼两句小调，或者用一枚竹叶吹着玩。吹完了，肉肉就问羊听到了没有？喜欢听吗？我娘能听见吗？肉肉私自认定，羊是听得懂他的话的，不信，你看它点头了——它是一只通人性的羊，是肉肉的好伙伴，好兄弟！渐渐地，羊越长越大，毛皮光滑水泽，身架子也大了。而肉肉赶羊的速度也加快了，这是无形中发生的。羊的脚劲极好，屁股一撅，尾巴一卷，四肢腾飞了。肉肉发现，羊有一次都跃过了开满淡黄色天花的玉米林。肉肉兴奋极了，也将双腿弹起，跟着羊跑，满山遍野跑，速度惊人。羊跑累了，肉肉也累了，羊停止下来低头吃草，肉肉则躺在草丛里看羊吃草。偶尔，肉肉还会打一个小瞌睡。等他醒来，羊也吃饱了，乖乖地蹲伏在他身边，用毛茸茸的肚皮蹭住肉肉的肩膀相互取暖……

这样的好羊，肉肉怎么允许它不见了呢？亦如他怎么能允许刘安说它丑呢？丑，丑怎么啦，你有羊吗？肉肉的问话惹笑了刘安："我就是放牛娃出生的，怎么会没见过好羊？你小子懂个屁！"刘安的样子有点骄傲了，他说他小时候可没少放羊，一丢下书包就得去羊圈，一定要把羊养肥养大，这才好卖钱……说到此处，刘安停下改了话题："不说了，反正你也不懂！反正那时候没地方赚钱，人只能指望几只羊了，现在谁还放羊？"刘安说肉肉的羊丑是事实，但也是为了刺激肉肉。刘安特别喜欢肉肉赶羊时的奔跑，那速度太好了！刘安一看见就欢喜得不行，眼前出现了自己在新街口奔跑的样子，可是自己个子大啊，怎么奔跑得快呢？所以刘安就会经常被写着“公安”的车子带走，然后再回来再出去……刘安这次回来就是刚出来，他好几次对着山坡上的肉肉如风掠过的身影夸赞：“狗日的小毛崽，跑得真他妈的快！”他无比欢喜地捶一下自己的大腿，为找到一条飞毛腿而兴奋不已……

刘安的家住在肉肉家坎上，与肉肉同饮一口井。他也跟肉肉的爹和娘一样，常年在外面打工，满世界漂。只是他比肉肉的爹和娘要好，他一年中都会回来好几次，歇上一个星期或者半个月再走。他总是一身黑衣，如影子一般飘进飘出，头发时长时短，从容、潇洒。这让肉肉羡慕不已，因此觉得他比自己的爹和娘好多了。肉肉曾经无数次对着刘安的背影想问问娘，娘为什么就不回来看看自己呢？可是，肉肉终究害怕刘安那身黑，从而没有问出口。

但这阻止不了刘安开口，刘安要带肉肉到新街口看娘去。刘安主动说了：“肉肉，跟我去新街口吧，你娘在新街口，她关照我的，假如看见你就将你带过去，你娘想你了！”谁也不知道，在刘安的概念里，新街口是不固定的，它可以代表任何城市，任何地方。新街口成了他讨生活的暗号，也是对外面归纳的暗号。什么上海、天津、深圳，哪个路，哪条街，你咋能都记得住呢？外面毕竟太大了啊！在刘安的眼里，能代表新街口的地方是最大最好的地方，像烧饼又大又香，吃不尽。任他的黑影如芝麻粒儿在人流里钻来钻去，蹦来蹦去……

见肉肉睁大着眼睛，一副茫然无知。刘安温和一笑，变魔术似的，从黑衣口袋里神奇地摸出一根棒棒糖，递到肉肉手里："肉肉啊，到了新街口，让你娘带你去吃棒棒糖，坐过山车！"为了引起肉肉的兴趣，刘安还做了一个坐过山车飞起来的姿势。

肉肉才不稀奇这些呢，肉肉眨巴一下眼睛，问："叔叔，新街口有羊吗？张大伯说羊都会去那里，被咱的爹娘带走了……"

"羊？"刘安一愣，随即意会了，"肉肉，你还在想念那只失踪的羊啊？这个你真是白操心，新街口多得是！"刘安的脸隐在暮色里，显得特别黑暗。可是，肉肉却看见一束白光自他口中飞奔而出，一只羊迎面跑来了，肉肉赶紧对着羊伸出了双手。只听刘安的声音继续从梦中传来："新街口的羊最多了，到处都是，到了新街口，叔叔就教你做赶羊的游戏啊……"刘安的大墨镜近距离挡在了肉肉面前，他在等肉肉的反应。只一下，墨镜就得意地缩了回去，荡出了一阵满意十足的冷笑——肉肉放光的眼睛简直能擦亮暮色了——有羊，又有娘的地方对于肉肉来说无疑是天堂。肉肉的眼睛开始对新街口充满了好奇和幻想，恨不得一步抵达新街口去。肉肉禁不住哇啦又哭了："叔叔，我要赶羊……"

肉肉来到新街口的前夜，梦见了羊。在梦里，肉肉找到了羊，肉肉将它紧紧抱在怀里，将脸蹭在它的脸上。肉肉开心极了，与羊蹲在草坡上说话：“羊啊，你有娘吗，我是不是不该把你抱回来，你是不是很孤单？你去找娘了吗？”肉肉认识到自己错了，为自作主张将羊抱回来的行为感到内疚。一滴泪落在羊背上，打下了一个小毛坑。泪眼迷离中，肉肉恍惚发现那坑突然变大，成为了一个没有底的深渊，黑暗大面积涌来，只朝下沉。一点一点，肉肉再也看不见羊的白色了，羊又飞走了……梦，醒了……

第二天蒙蒙亮，肉肉就与刘安悄悄上路了。肉肉不知道，他的羊为什么也要去新街口？为什么要丢下他？不知不觉中，有关外面的世界，肉肉跟刘安一样，都用新街口代替了。肉肉好几次在火车上问刘安：“羊是不是不喜欢和我做伙伴了？”

刘安懒洋洋地叼着香烟，话说得却是格外铿锵有力与斩钉截铁：“那是肯定的啦，羊跟你有啥子好，你能给他啥子，外面的狗啊，猫啊，就拿你说的羊来说吧，可都是过的皇帝的生活，锦衣玉食！它们都是睡在美女的怀里的，谁要稀奇你个脏娃子？它们都是美女的宝贝和宠物，晚上跟美女一个房间，一张床铺……”

“哦！”肉肉望着窗外，对一闪而过的景色，似懂非懂地哦了一声。忽然，他将身子跳将起来，扑在窗户上喊：“羊，我看见羊了……”

4

羊，羊，我的羊……求求你不要跑了，你快给我停下……

在新街口亮闪闪的红灯前，肉肉停止了奔跑。亮闪闪的红灯令肉肉一震，他再也跑不动了，羊群刹那间一哄而散。肉肉扭着脑袋茫然四顾，他的背后安静极了，只有一排长长的车队。肉肉被这静吓坏了，舌头在张开的嘴巴里一顶，一声超级响亮的“娘——”从他的嘴巴里飞了出来，肉肉又哭了。

肉肉本想呼喊的人是刘安叔叔。肉肉害怕跟刘安走散，肉肉也怕找不到娘，找不到羊。好在惊愕间，泪眼滂沱中，肉肉看见刘安从对面的街上朝自己走来了，他的手上拎着一双白色小运动鞋。肉肉看到鞋子，这才感到一阵刺痛自脚底传来。肉肉赶紧低下头看向自己的双脚。这一看，肉肉吓坏了，他的两只光脚丫怎么都变成了红色的？像是一脚踩翻过颜料桶，一串歪歪扭扭的红脚丫在身后延伸……

“叔叔——”肉肉脸颊上挂着两行泪，连连朝刘安挥手。待刘安穿越红灯走近，肉肉猛然扎进刘安的怀里，无比亲昵，生怕他再走了，“叔叔，我好害怕，我要娘，我要我的羊……”

刘安疼爱地抚一把肉肉的头，将肉肉抱起退到街边，嘴巴一动不动地说：“不要哭了，明天就给你赶羊！”

“赶羊？新街口真的有羊吗？”

“当然有，不信，你穿上鞋子看看，这满大街都是羊！我们还会去所有的新街口赶羊！”

肉肉听话地穿上鞋子，他好喜欢那双鞋子，它令他的脚舒服极了，它洁白极了。肉肉手拉住刘安的黑衣裳，乖巧地站在刘安身边，眼睛在人来人往中穿梭，寻找刘安所说的羊。肉肉吃力地寻找着，眼睛睁得又酸又胀。肉肉往回缩手，他想揉揉眼睛再看，奇怪的是，他的手上却多了一只鲜红的女式皮夹子。鲜艳的桃红刺得肉肉又想起突然亮起的红灯，肉肉不禁浑身一抖，乖乖，刚才差点没命了啊！皮夹子曝光了，显得特别招人，刘安一把抢回，藏进黑衣硕大的内袋里去了：“肉肉啊，这新街口的羊是很不一般的，好比这皮夹子，它会是红色的；好比我的衣裳，还有黑的；再看你的新鞋子，自然也有白的……”

肉肉的眼珠子跟着刘安的话，在皮夹子、黑衣裳，和脚上的新鞋之间滚动。好一副纳闷劲：新街口的羊是彩色的吗？脚跟随着刘安走，花了很久时间，他们又回到了刚开始来到新街口看到的蓝色大楼前，双双又落进蓝汪汪的玻璃幕墙海水里了。肉肉对着海水，顽皮心突起，只见他调皮地将双手合起来，伸起食指和中指，肩膀耸起来，身子匍匐了下去……这次，肉肉确确实实看见羊了，羊在海水里，它是黑色的，它头上的角一点一点地点着，下颌上的长须飘拂着……肉肉乐了，咧开嘴巴呲呲地笑了。小嘴唇一启一合跟随刘安哼：“两只小山羊在爬山的呢，两个小姑娘在招手的呢 ……两只小山羊在吃草的呢……”

又要走了。刘安又要带肉肉走了。肉肉从海水里站直身体，重新拉住刘安的衣角，紧紧拽上，边走边望着大街上的人流寻找。他是在寻找羊群，还是他的娘呢？他的眼睛穿过各式各样的腿，落到一名跪在地上画画要饭的小女孩身上，肉肉突然想起了小丫。肉肉不知道小丫的娘几时会回去看她？而当肉肉看到她面前的粉笔画，肉肉禁不住拉刘安快看："叔叔，我看见羊了，真的，好多的羊，它们是彩色的，会飞……它们正被一双手赶着……"

迷人的药香

每一个自闭的孩子，对于气息的捕捉总是很敏锐的。仿佛心尖尖上长着一对触须。而早儿迷恋的却不是娘身上的乳香，也不是爹身上的烟草味，它是一股来自神秘屋子里的药香。那是中药房的味道。它从一件旧时长布衫的袖管里飘洒出来，它是一个男人的魅力所在。

一股中药味道，你怎么可以拿来与娘和爹身上的味道相提并论呢！这多不吉利呀，再说，你又不是一个身体不好需要常年吃药活下来的病崽子。早儿是很健康的，但她又确实需要经常生病。这自然是为了去嗅药香，每次去，她都会像只小狗伸着鼻子在福临伯伯白皙的手上嗅着，直至他的发顶——她的眼睛看着背后那道神秘的漆黑门洞里，小胸脯欢腾腾地跳着，她多想拥抱住药香呀！这能拥抱住吗？——早儿拎着书包，失落地、抑郁地倚靠在大门口背着太阳光发呆。高考结束了，可她的紧张感却没有因此而结束——你能考上医科大学吗？在一种药香的催化下，早儿总有些不自信。

突然，她落在火笼房门口的视线里出现了娘瘦巴巴的小脸。那张脸被一蓬从柴堆里钻出来的乱糟糟的头发覆盖着，像泥土里豁然冒出来的一截石块，上面有一层灰扑扑的泥巴灰糊着。眼神像被石块上的尖利处戳到，早儿的眉头骤然凝聚起来，冷冷地飞快地掠开了去。她的娘本来就准备出去看她回来没有，当然这天她已经无数次去菜园边眺望，等早儿熟悉的小身影出现在曲里拐弯的小路上——在这关乎个人前途命运的一天，她跟所有家长一样变得无比急迫。她希望早儿依靠书包从此翻身。可待她看到早儿已站在门口，反而慌了神，挤出一个干巴巴的笑容，十指捏在围裙的角边擦拭着，跨前一步道："早儿……"

"我没有考试！"早儿没有允许娘将话说完，就将眼睛收回来挂在书包上，"我根本不会去考试的，我在街上逛了两天。"

"你怎能这样，你——啊你！"娘的脚步停止在早儿的脚尖前，好是一副气不打一处来的样子，干伤心着走了。须臾，早儿到灶屋去盛饭，蓦然看见娘独自坐在黑乎乎的灶口抹泪。矮小的身影镶嵌在幽暗里，如一堆带着湿气的柴火。

次日一早，早儿还在熟睡中，娘就急急地过来了。她身上依旧穿着昨天穿的衬衫，袖口和领口略有破损。她站在早儿的床铺边，故作镇静道："既然这样，那你就跟福临伯伯去学中医吧！”出奇平静的声音，打在铺盖上令早儿一颤。

早儿懒洋洋地坐起来找《本草纲目》翻阅时，才发现书包不见了。只有娘来过房间，早儿赶紧跳下床寻到灶屋来。娘果然在翻阅她的书包，在拿书包撒气：“谁叫你不考的，谁说的？”早儿根本不可能了解，她的娘昨晚一夜未眠。她为她不参加考试悲伤不已，万般无奈下，才听从了男人的话，让早儿去跟福临伯伯学学再说。男人认为早儿有高中文化，打小就喜欢满山满坡找中草药认，且又精读了《本草纲目》，让她去跟福临伯伯学中医是目前最好的权宜之计。虽说现在赤脚医生不吃香，可福临伯伯手里捏着祖传的方子，把他这点绝活学到手也是好的。而于早儿娘来说，心思就显得复杂多了，她承认了男人的话，更在乎的是说不定早儿去陪陪他，两人的关系从此会亲密起来。意思统一之后，夫妻两人各自掖了掖被角，睡觉了。天一亮，她就急匆匆爬起来找早儿，只是，她的谈话方式很突兀，完全是自作主张的，命令式的。早儿一百个不情愿，跟娘在灶屋里拽着书包扯：“要去你去！”眼泪含在眼睛里，满是委屈和伤心——“原来，你早就看穿了，又要利用我去看他！”

早儿终究没有抢过娘，站在边上默默地看着娘将书包扣解开，朝自己扔来一把草药：“这就是你读的书，你早就没有读书的心思了！”顺着书包口汆出来的草药气味浓厚如丝……书包里居然没有一本书，就连《本草纲目》也不在！娘哗啦一下将书包倒拎起，将早儿翻山越岭找来的草药全部倒在猪草里剁给猪吃了。早儿斜睨着娘，不动声色地笑了。

而就在这时，村子里确实降临了一场猪瘟，谁也没有料到从早儿书包里倒出来的草药居然救了家里的猪。村子里的猪都在那场猪瘟里丧了命，只有早儿家的猪没有事，这令娘再次确定应该带早儿去福临伯伯家学医的决心——“这孩子就是这块料!”所以，喂好猪，她就去了一趟福临伯伯家。在说服早儿之前，她还是决定先去跟他打个招呼。

福临伯伯住在绣花沟后湾里。虽然只是一个赤脚医生，但大家都尊重他，口口声声叫他董医生。孩子们叫他福临伯伯。尊重的口气丝毫不比见到街上正宗医院里身穿白大褂的医生少多少。大家一直认为，他本领大呀，他是柳树村的活神仙，这大人小孩，谁伤风抽筋了，谁被马蜂蜇了，或是被镰刀割了腿，他都能一一解决！还有，他做人也好，温和、谦让、待人客气，从不与别人红脸，眼神里充满了悲伤的柔情。

娘是在后晌回来的。早儿从窗口里看见了，却假装没有看见，将头低下仍旧看着《本草纲目》翻。凭良心说，她也感觉到娘看了自己一眼，但她没有说什么，娘也没有说什么，兀自坐在门槛上皱紧了眉头。早儿自然不知她此时的心境，因为她不太了解福临伯伯目前的生活处境。也就是说，虽然娘得到了福临伯伯的同意，但她却为没有见到他人，却为他凄凉的晚景难受不已。她去的时候正直晌午，可他家依旧是冷锅冰灶，大门紧闭，窗户紧锁，石板屋顶上没有一丝儿炊烟的影子，家里也没有鸡群、狗吠、猪叫。她的脚步一踏上院子，心口就生生地疼。手指落在大门上叩着，可他没有理会。但她知道他在家，自从新凤姨离世，他就是这样子的，故意折磨着自己。不再愿意开门见人，也不怎么上山找草药配。难得有人见到他出来倒夜壶，看到的也是一个蓬头垢面、形容枯槁的老头儿。他的吃食，都是她悄悄放在门口的，今天是一袋子大米，明天是一袋子洋芋，还有白菜、萝卜、腊肉……

她默默地照顾他的这事，他从来没有问过。只见米来了，就去拎进来；洋芋来了，再拎进来。偶尔他还会在一个纸包里、塑料袋子里，收到她亲自包好的一条崭新的长布衫。但她从来没有见他穿过，他不忍穿它们呀，这是一个很复杂的心思：你穿那么新，这对得起新凤姨吗！可她却依旧乐此不疲地做着。仿佛做归做，穿归穿。这是不搭界的。

心口一沉，早儿娘只好又走到窗口敲，这扇窗户正对着中药房，也是早儿心中神秘的屋子。福临伯伯经常一个人坐在里面撵药。假咳一声，早儿娘开口说道："早儿她没有参加考试，我来跟你说声，让她来跟你学医吧——她喜欢这个，那本《本草纲目》她一直替我保存着，还有……那天我从她的书包里翻出了很多草药。"

窗户里静寂无声。

微风吹起脸上的发丝，吹湿了眼睛，缓一口气，她合拢双手捋了捋头发，又去拉了拉糊着猪食的皱巴巴的衣角，继续道：

"我知道你在，要她来还是不来，你说句话呀?"

屋子里的灯亮了，但依旧没有回应。

"她就是恨你，你也不要怪她，她本来就是你亲……闺……女……呀……"

窗外的人抽泣了。为了让窗户里的人接受早儿，她只能道出藏匿在心中多年的秘密——她真没有想到，是在这样一种情况下令真相大白的。她用衣袖擦干眼泪，又将右手搭在窗棂上，哽噎着："你不说话就是答应了，我明儿带她来。"说完微笑着离开了，像吐掉了滞留在喉咙里的一口浓痰，喉咙里终于通畅了——哎，反正那点破事也够人说一辈子了。咱不在乎了，不就是在新婚之夜，住在绣花沟的秀芝，乘着男人酩酊大醉之际跑出去会了窗子里的那个人——可谁能知道，这个秀芝压根就不后悔！她就是想嫁他……

种瓜得瓜种豆得豆。两人躲在草垛里的一阵慌乱纠缠，便种下了早儿。娘再次看向早儿，默默地叹了一口气，知道她跟自己合不来，她恨他也是因为自己，是娘不够检点……可作为娘的她却不知道，早儿朝山上跑，是为了依靠寻找草药的过程而沉迷在药香里，为了找树叶子说上一阵悄悄话，说一个女孩儿的小秘密，唱那只有她自己听得懂的歌儿！所以，至于早儿到底去还是不去，娘心里其实一点底也没有。

早儿娘起身离开前，又重重地叹了一口气。

早儿蓦然发现她的衬衫边都散开了，拖出一条挂在屁股上……

早儿跟着娘的脚步也走了，跟娘背道而驰去了山梁梁上。她忽然很烦躁，她已经不是那个在乎打扮的年轻的娘了。早儿安静地坐在草地上对着后湾瞅，福临伯伯那间矮小的石板屋像一个气泡浓缩在山脚上。多年来，早儿一直习惯来这里默默看上一眼。当然，这样做并不代表她会同意娘的说法去跟他学医。倘若要去也只是自己想去，跟谁都无关。早儿一直这么倔强。可是，这次坐下来，她却从娘苍老的背影里忽然想起了新凤姨。新凤姨是福临伯伯的媳妇。她于五年前冒雪上山给福临伯伯烧焦炭，一不留神摔下山崖给生生地摔死了。那场面谁都说凄惨：头破血流！福临伯伯抱着遗体却突然想起了她以前的好，认为她的死都是自己害的——你说你烤什么炭火呀！新凤姨去世了，活着的人基本上也跟着去了，福临伯伯无法原谅自己，无法不去怀念她。他在梦里都看见她头破血流地躺在自己怀里微笑……

当然，早儿并不喜欢新凤姨。她怎么能跟娘比呢，你看她跟英俊挺拔的福临伯伯站在一起，哪里配呢！打心里说，早儿还是觉得福临伯伯跟娘相配的，她可是绣花沟远近闻名、出落得最出众的姑娘啊。还在很小的时候，早儿就偷了娘留下来的唯一一张2寸黑白照片收藏着——十八九岁的娘站在公社门前，两把粗辫子一左一右甩在胸前，上身穿格子小西装，里面的碎花衬衫领子翻得整整齐齐；下身是一条偏腰黑裤，裤脚管正好盖住脚踝，穿着白袜的脚背自精致的布鞋里裸露着，干净、小巧，却又不乏圆润，很是引人注目。可见她还是一个心灵手巧的姑娘，针线活好，大家都知道呀，那时候姑娘脚上的鞋子都是自己做的。

而长相俊朗又懂医术的福临伯伯的媳妇新凤姨呢？按照绣花沟人的说法是：这就是一个假爷们么！她长得太男人腔了——跟秀芝没法比呀，可秀芝命苦……在绣花沟，人们有时会将娘拿来和她比较。在他们口中新凤姨就是一只丑陋的黑乌鸦。她不仅长得不好看，性格粗枝大叶，还不善于做缝缝补补的细活，她做得鞋子粗针大脚，更别说绣花了。最让福临伯伯头疼的是，她吃饭的声音和惊人的饭量都让人不舒服。每次见她吃饭，福临伯伯都要说："你嚼的声音能否轻一点？"好在她能干活，只要一下地，大屁股就总是滚在人前的。只招惹得人们朝她的大屁股喊："新凤啊，你这屁股不会将董医生压扁吧？"

所以，福临伯伯家的粗活都是她做的，上山打柴，下田挖地，就连磨坊里，她都不让他去，她说："这些地方你不适合，你进去，进去！"推福临伯伯走的手会顺势在他手上掐一下，然后半忧半喜地靠在门框上目送那道飘逸的长布衫离自己而去。似乎她也觉得福临伯伯更适合药房，福临伯伯倒也听话，除非上山采药，他一般都在药房待着——传说，他睡觉都在药房里。屋子虽小，但新凤姨硬是将那间干燥的、宽敞的大房间给了他做药房。而她自己则临时安置在火笼房后面的仓房里，每天晚上陪伴她的是叽叽喳喳的老鼠声音。

但大家都知道，新凤姨爱福临伯伯，甘愿为他做牛做马。绣花沟的人都知道，她在悄悄宠自己的男人——貌似都宠坏他了！除了长相不好改变，饭量不好改变，能做到早儿娘样子的，她都尽量悄悄模仿着学。因此闹出了不少洋相。比如吃饭吧，早儿娘吃饭是端着碗，并着腿，一口一口谨慎地喂进嘴巴里的。吃好饭，嘴巴边还是干干净净的。而她也学着这般吃，可不到三口，又恢复原状，嫌弃这太慢，抓住大海碗蹲在门槛上猛吃，一边吃，饭粒一边从下巴漏到地上，嘴角油光光的……她只学了个夹生子。只有早儿知道她惧娘，所以永远学不会。那时候，早儿经常“生病”，今天头疼，明天却是吃坏了肚子，每个器官都痛遍没得痛了，她就故意弄镰刀划破手指，举着血淋淋的手指喊娘。一路上，她的小身体都匍匐在心急如焚的娘的背上，深一脚浅一脚赶去。风声合在娘的喘息里拍打着……基本上每次来瞧病，新凤姨都在院子里劈柴，或是筛豆子、垒猪粪。见到早儿和娘，她惊诧地“咦”一声，又嘿嘿地干笑几声，这才局促地拍打着身上的灰尘迎早儿母女进屋。娘也赶紧关照早儿叫新凤姨。早儿自然不愿意叫，她讨厌新凤姨高大的背影和大麻子脸。这种讨厌是建立在对福临伯伯的可惜上的，她不止一次地在新凤姨的背影里掐自己的胳膊：“新凤姨，丑八怪！丑八怪，新凤姨！”

但新凤姨也有比娘要知道轻重的时候——基于这点，早儿是感激她的，她能大方地将福临伯伯身上的药香送给她享受一会儿！因为，只要早儿跟娘进入火笼房，当早儿从娘背上被福临伯伯接过去，她都会涨红着脸端来一碗热腾腾的糖茶递过来叫喂给早儿喝，而那笨拙的身子很快就不动声色地退了出去。早儿蜷缩在福临伯伯的怀里，一边嗅着他袖管里飘出来的药香，一边慢慢地吮着碗沿喝糖茶水。边上是娘一脸端庄的微笑。早儿发现了，不管是真病，还是假病，只要来这里，娘都会整理清爽了来。头发用手沾着井水抹过，纹丝不乱；衣裳也换过，将落着柴火灰、沾着猪食味道的衣裳迅速地换掉了——真让人怀疑，她一直在准备着干净的衣裳来这里，随时等待着自己生病！听着屋外响起的新凤姨重新劈柴的声音，早儿的眼睛落在娘光溜溜的发髻上，十分讨厌——你说，哪有娘总指望着女儿生病的？

“早儿，来张开嘴巴给伯伯看看……早儿，把手给伯伯……”世上如果没有福临伯伯，早儿真不知道这世界的美好。早儿听话地将手伸出来，等待着福临伯伯白皙的手捏住手腕号脉，只想久久地沉迷在迷人的药香里……不知为什么，那时候，早儿会忘记一切，像一个贪恋乳香的孩子，鼻子游走在他长布衫的线缝里嗅着，默默地张开嘴唇再将它们吸到肚子里来。她心里张着五彩的翅膀，恨不得将福临伯伯雪白的牙齿和迷人的药香全部拥抱住，她觉得他的怀抱好温暖，好香啊，而这股香味却深深地吸引着她……仿佛从来他在早儿眼里，都是村子里最优秀的男人，在他身边是一件无比骄傲的事情。

然而，好景不长。就是这样一个令人敬爱、骄傲的福临伯伯，他后来却被娘勾引走了，这真让人怨恨——你怎么可以去摸娘的手，亲她的嘴巴呢？你干吗要那么坏呢？你欺负人！这些问题一直伴随着早儿走进中学，直至高中毕业，到今天硬是被娘逼着去学什么中医的时候——早儿怨恨娘不检点，又责怪福临伯伯辜负了自己——眼睛愣愣地盯着冷寂在后湾的石板屋，胸口起起伏伏的，好似依旧在愤愤不平。忽然，她又将鼻子抵在《本草纲目》里，轻轻问道："你喜欢我来跟你学？——你可知道我总归会出去的，我要去读医科大学！"

等待是很煎熬人的。早儿在这个酷暑里就在经历这场煎熬。她悄悄地等待大学录取通知书的到来。其实，早儿一直在等待中，很小的时候，她在等待生病，等待被迷人的药香拥抱；后来，当自己被娘和福临伯伯无情地抛弃，她的等待就无比漫长了。于是，她选择拼命读书，发誓要一辈子都泡在药香里。所以，她的书包里一直放着那本《本草纲目》，放着几片大黄，抑或几支柴胡，她需要嗅着这些气味读书。而考上医科大学，这是她寻找到的重新获得福临伯伯的爱的赌注。尽管这个说法有点自欺欺人，但她禁不住痴迷在他要是知道自己考上医科大学的态度里——那样的话，他会来看自己吗？呵呵，这可是医科大学！中医系呀！

“你就死心吧，我不会去的！”早儿于几天后，跟娘终于表达了自己的态度。然后呢，除去睡觉时间，她就眼巴巴地坐在山梁上等待着。眼睛要么看着前面的小路寻找邮递员老周的身影，要么就飘到后湾里寻找药香，仔细地回味每一个被药香包裹的旧时光。早儿愈发觉得当自己真正拥有药香时，其实已经远离它了——事情的变化来得太快，它不是人所能想到的。

好像是九岁那年吧，早儿生了一场大病。这场大病让她从此远离了药香。那天晚上，她因突然发起高烧，又被娘急匆匆地背到了福临伯伯家里，尽管还在昏迷中，她照样能感觉到身体被那团浓稠的药香抱住了。在那厚厚酽酽的香味里，她的身体轻飘飘的，像长上翅膀飞了。可是，不一会儿，她又觉得吐不出气来，好比春蚕作茧，药香一丝一缕的，把她严实地包裹着，这令她害怕，她只想张开嘴巴喊救命，可她用足了劲也没有叫出声来，她的气息好微弱啊，她想：我快死了吗？不，我不能死，我要福临伯伯抱！也不知过了多久，她才慢慢醒来，看到一股蓝色的烟雾带着药香在眼前绕，像娘煮饭的锅盖上的蒸汽，热腾腾的，香喷喷的。福临伯伯隐藏在雾气里的焦虑、怜爱的眼神撬开了她的嘴巴，早儿就把那些香味全部喝到肚子里去了。闭上眼睛安安稳稳地睡了一个好觉。

早儿一觉睡到第二天下午方才醒来，转着眼珠看了好几圈，才模糊辨别出自己原来就睡在福临伯伯家神秘的里屋里的。早儿将被子拉到鼻子上嗅了嗅，白洋布里子洁白清香，上面沾着两根落发。落发很短，早儿将其拾捡起来，绕在手指上。就着屋面上落下来的一块方方正正的天窗亮光，在朝南的墙壁上，找到了一大排药柜。黑色的，一小格一小格分布着的药柜，泛着福临伯伯眼神中的柔情，早儿猛然听得药柜上的抽屉变成一张张嘴巴，在唤她过去。迷人的药香环抱而来……早儿欢喜地赤着脚丫子奔到药柜边抚摸着，心怦怦地跳，爱不释手地读着铜环下一个个金灿灿的正楷小字：苦豆草、苦楝叶、苘麻子、枇杷叶、板蓝根……

因为是看《本草纲目》长大的，早儿认识的药名就多。但不认识也不要紧呀，这并不影响阵阵药香袭来……待走到火笼屋门口，天色已经完全暗了下来。早儿一眼看见亮堂着炭火的火笼屋里坐着娘和福临伯伯。他们在耐心地等她醒来。屋子里没有开灯，但炭火明亮，大致可见娘背对着门口纳鞋底。一拉一提、一伸一缩的胳膊像水波浪晃荡着，有条有理地穿着针引着线。而福临伯伯则依旧坐在对面忙着捧药。他的两条大腿也在一拉一提、一伸一缩，眼睛落在两人中间燃烧着的一盆红汪汪的炭火上。早儿打一个寒战，没有跑过去挤在他们中间烤火。因为她对分布在娘胳膊上的紫花儿陌生——啊，她又去换了新衣裳！牙齿咬破嘴唇，早儿哭道：“娘，我恨你！”

早儿的声音太轻了，没有惊扰到任何人。丑陋的新凤姨也不知去了哪里。而就在这时，她又忽听见娘“哎哟”地叫了一声，估计是针尖戳了手指，一道黑影一晃，福临伯伯的身子就匍匐在娘的膝盖上，他将娘出血的手指含在嘴巴里吮吸着……慢慢地，他将娘整张脸吮吸住了，还有肩膀，白花花的胸部……

"不，不许欺负我娘！我恨你！"早儿十分嫉妒娘被药香笼罩住！伤心地飞奔过去，将嘴巴对准福临伯伯的胳膊狠狠咬了下去……待后来明白福临伯伯那时正想跟娘做亲密之事时，她已经读初中了，偶尔会听到绣花沟里的婶子们在背后数落娘作风不好的坏话。他们的话很难听，都是娘的不是，说她轻浮，不要脸，偷人，生野种……至于娘和福临伯伯以前究竟发生了什么，早儿却没法弄清楚。没有一个人肯跟她讲。早儿只知道他们抱在一起背叛了自己，娘怎么能跟自己抢福临伯伯呢？她也喜欢他身上的药香吗？

自此，早儿不再"生病"，她一下子健康了，成天抱着家里唯一一本书籍——《本草纲目》翻阅，发誓将来一定要穿上白大褂，拥有迷人的药香！一日，她便在《本草纲目》的夹缝里发现了藏匿着的两根落发。落发跟她从福临伯伯床上捡到的两根是一样的，短短的，深深地嵌在茯苓那页的夹缝里。早儿嗅着落发上的药香，豁然明白《本草纲目》一定来自福临伯伯那里！于是，在那个萌动的青春期里，她深深地迷恋着娘的这份礼物。起初她只陷于对药香的迷恋里，渐渐地，她发现只要一看见这两根落发，她就会想起很多怪异的东西来，身心异样，眼前、脑海里无限地回放着娘和福临伯伯抱在一起的镜头来。她想假如不被自己阻止，他会跟爹一样去霸占娘吗？那时候，早儿已经知道了一些男女之间的性事。迷人的药香幻化出瑰丽的色彩，将她笼罩着。于一个夜半时分，她终于忍不住将身子缩进被褥里，然后又将手伸进了自己的内裤……

“哦，不，不能再这样了!”早儿没有看见福临伯伯，可总有见了他一般，他站在她面前，俊朗的脸上泛着温和的微笑，从他身上散发出来的药香紧紧地将她搂抱着……“不，不可以!”早儿慢慢地将身子倒在青幽幽的茅草上，手里紧紧地抓着一把柴胡。此时，她的体内再一次流淌着燃烧的欲望，只想把手中的柴胡全部灌入到空洞的体内……太阳光在眼皮上泛着焦躁的白，人被晒得大汗淋漓，早儿将微微打开的嘴巴埋在草丛里不停地喘息着……耳朵里回旋着一团团模糊的知了叫声，以及娘千篇一律的数落和抱怨声。早儿就在这样一个焦躁的状态下夹紧了大腿，度过了有史以来最为漫长的暑假。她在这个暑假里频繁地自慰，直到终于用散发着腥味的手从邮递员老周手中拿到如火炭一样滚烫的大学录取通知书的那天!

早儿没有打算将收到录取通知书的事情马上告诉娘。即使要告诉，她想也得再过几天。接下来，她要亲自去一趟福临伯伯家。如果不这样做，她知道自己就会永远陷在一团迷雾里——娘和福临伯伯之间发生的事情她将永远不知道。绣花沟的人不跟她说，娘也不会说，爹就更别指望了，那个福临伯伯估计也不会说的。在去之前，早儿从《本草纲目》里取出一张泛黄的照片放在桌子上，还有四根落发。可见，《本草纲目》是娘的八宝箱，也是早儿的。早儿靠它辨别草药，也觊觎着娘的心声。她有时也会觉得这很无聊，特别在确定福临伯伯日渐苍老后，她真担心他会失去迷人的药香！深深呼吸一口，早儿去了娘的房间翻箱倒柜。一阵忙活，她才忐忑不安地站在镜子面前，看着镜子里出现的那个活脱脱的"娘"瞅——她装扮成功了！早儿第一次发觉自己长得真像娘，而后又忽见身着月白色长布衫的福临伯伯正站在背后，他的双肩比自己的肩膀高了好一截……

早儿又有了自慰的冲动，但她强制着忍住了。因为她发觉自慰后，身上的气息会将隐藏在鼻息里的药香赶走。这样的话，她就无法按照预想的步骤去操作了。她必须保证出现在福临伯伯面前的人是纯洁的，即使有香味也是头油的味道，清洗衣服的味道，那抹挥之不去却异常迷人的姑娘的体香……早儿再次深呼吸一口，将头轻轻朝后靠了去，就要靠近臆想中的福临伯伯的肩膀上时，敞开的衣柜里突然蹦出一个针线篮打在她头上。早儿生怕娘听见动静进来，忍着疼赶紧将针线篮捡起朝柜子里塞。但折叠在上面的还未做好的长布衫却让她改变了主意，她捧着针线篮回到自己的小房间里。这么说，娘还在为他缝制长布衫，我那可怜的娘呀。娘过早衰老的样子再次出现在早儿眼睛里，这令她豁然明白娘是为做这件长布衫做老的，它太折磨她的精力了。

早儿抖开长布衫来看，发现还有一只袖子边没有做好。抽出别在上面的针，早儿坐在床沿上学着娘的样子缝着。可她从来没有拿过针线呀，不管如何努力回忆娘缝制的样子，也缝不好一针。这令早儿非常气馁，气馁极了。论感情，这些年下来，她一直承认自己对福临伯伯的感情要比娘深刻。早儿抿着嘴唇努力试着又去缝上一针，再看一眼娘缝的，忽然一笑，悲哀了，到底是不会做这个的！刚想拆了重来，一不留心，手指又被针尖戳到，一丝血水染在布衫上，洇开弄脏了。早儿记起初潮时内裤上的血迹，火了，顺手抄起搁在窗台上的剪刀，将衣裳剪成了几大块——“我让你做，再给他做！”

这样一耽搁，早儿去福临伯伯家就有些晚了，慌慌张张地穿越在去后湾的小路上。格子西装搭在左手手肘上，由于紧张万分，她又在碎花衬衫外套了一件自己的衬衫。走了一身的香汗。快到福临伯伯家时，她将身子一侧，跑进小竹林里脱了面上的衣裳搭在竹枝上，又将搭在手肘上的小西装穿上了。跑到河边对着河水照，待理好刘海，洗好脸，她就绞着辫梢就着渐渐升起的月光走到了福临伯伯的家门口。巧的是，福临伯伯正好胡子拉碴地出来倒夜壶。早儿粗略地扫了一眼，差点不敢确定这个邋遢的糟老头儿就是他！待他挑开帘子进了厕所，早儿将身子一弯，跑进了屋子。这已经不是十年前跟娘来看病的屋子——它收拾得井然有序，迷人的药香从角角落落散发……早儿的脚步刚跨进门槛，就被倒在门口的锄柄绊了一个趔趄。屋子里弥散着一股难闻的霉味。

早儿凭着记忆摸进里屋，站在药柜前扫视着。凭感觉，福临伯伯仍旧睡在这里，床铺上的席子破了几个洞眼。但它被人体磨得很亮、很光，中间有一块汗印子。药柜和那口大箱子都被厚厚的灰尘覆盖着。几只洋芋从床底倒下的口袋里滚了出来。早儿刚想坐在床沿上，就听见大门吱嘎响了一声，福临伯伯倒好夜壶回来了。可他没有直接进房间，正在早儿手足无措不知道如何面对他时，又听得脚步声去了另一个屋子。一阵稀里哗啦刷锅声传来，想必他要做饭吃了。早儿吐出一口气，慢慢地在床沿上坐下，两眼迷茫，一时也不知道怎么去面对了。他真的会当自己是秀芝吗？面对晚景凄凉、曾经又让自己无限迷恋的福临伯伯，早儿看着天窗上的月光，心中难以平静。令她没有想到的是，天窗里还落有几颗星星在闪烁，它们亮晶晶的，像一只只闪烁的眼睛。熟悉，明亮，清澈。早儿想起来了，这就是娘闪烁在照片上的眼睛呀，它看着你时，你只有一种温暖的情意，因为它就是这么美丽多情的。

“秀芝……”

“真的是你？”

“哐啷”一声，早儿的屁股立即从床沿上弹起，并惊惶失措地朝门口看去。福临伯伯进来量米，从他手中落下来的铝盆正好滚到早儿脚尖前。而她整个人，却被他那双从乱糟糟的头发和胡须里露出来的眼睛射中了。多少年已过去，早儿没有想到看到年轻的“娘”他依旧是如此的欢喜，并飞快地触摸到了过去的温情，人整个精神焕发，神采奕奕。早儿只见迎面走来的是一个身穿月白色长布衫的俊美男子，由他身上散发出来的药香成团成团地涌来……

“福临……”早儿将头垂下，双手绞着辫梢，已然是那个多情美丽的秀芝了。几乎在很短的时间里，她的肩膀就被福临伯伯的大手嵌住，也不知是疼的，还是心酸，对视中，两行眼泪在各自的脸上缓慢而落。福临伯伯脸涨得通红，气喘吁吁的。早儿大着胆子去拉他的手朝自己胸口上放……“不，别这样，我不能再害你啊!”福临伯伯的手一触碰到早儿饱满的乳房，就像被烫着赶紧抽离开，并满脸愧疚地耷拉下了脑袋，精神失控地跪在地上，抱住早儿的膝盖泪流满面：“秀芝，对不起，我害了你一辈子……”

早儿俯视着绑在自己膝盖上的一堆乱糟糟的头发，心如乱麻，心如刀绞。这就是让娘一辈子为其缝制长布衫的男人吗?这就是浑身散发迷人的药香的男人吗?这就是那个留着四根落发令你朝思暮想，令你爱恨交加的男人吗?不，他不是的，他什么都不是，他只是一个糟老头儿，他只能跟新凤姨在一起……早儿怎么也不相信，那药柜上面居然挂着新凤姨的遗像——她温和的笑容里流溢着一股甜糖水的味道……

"不要这样，你给我站起来，看看我是谁，你给我看呀！看呀！"早儿忽然很讨厌来这里，更不知道来这里做什么！恨了这些年的男人，爱了这些年的男人，他只不过是一缕消失的药香！一把按住扒在膝盖上的头推开，早儿仰头看着天窗里的星星默默流泪。她怎么也没有想到，福临伯伯是那么不经推，他的身体是那么轻，像一张纸片。只轻轻一推，他整个人就倒在了床腿边。他的眼神无辜而又可怜，但可以确定，他此刻没有看早儿。谁也不知他在看什么，他的眼神太空洞，太遥远，太苍茫了。

而就在这时，一声嘶叫，娘的身影突然出现在门口："福临呀，你可不能跟你闺女胡来啊……"

"爹？"早儿惨淡地一笑，心头一疼，立马收回眼睛，目不斜视地走了出去。在经过娘的身边时，她对着娘脸颊上惊恐流淌着的泪水，下决心明天就离开绣花沟，永远离开这里！

早儿这一离开就是十年。

十年后，在一个暮春时节，她头顶一个高高的发髻携子带夫回来给娘过六十大寿。这是她离开绣花沟第一次回家。她一进村子，就看见娘和爹站在村口的白果树下等着。他们并肩站在一起，像两棵饱经沧桑的树木，虽然是两棵，却已经不能分离，他们的生命早已连接在一起，身上布满了岁月的皱纹。早儿含着泪，将孩子的手放进娘手心里，转头道："这是我娘，这是我爹——这是我丈夫，他叫林，跟我在一个医院工作；这是小外孙……”

清冽的山风从白果树浓密的树叶间穿过，摇出一串串欢声笑语。早儿抬头看了看，忽然想起《本草纲目》里的介绍，白果树其实就是银杏树，它分雌雄，药用价值主要体现在医药、农药和兽药三个方面。李时珍说它可入肺经、益脾气、定喘咳、缩小便……早儿看着娘，轻轻问道：“福临伯伯还好吗?”手搀扶着娘的胳膊朝回走。时不时地，她会回头看看爹，再是自己的丈夫和被丈夫牵着手的儿子，看着道路两旁的玉米地，并对着嫩黄的玉米苗跟儿子说道：“欢欢，你瞧这些玉米苗儿多水嫩，多孱弱呀!”

是呀，谁没有年轻过呢?谁不是这么成长、蜕变过来的呢?早儿将头抬起，跟随娘的目光朝一座山包包上巡视着，她在努力寻找哪一座坟茔是福临伯伯的。等到晚上，她就会亲自带着丈夫和孩子去看他的，给他送一些纸钱去。那萦绕在坟茔上的迷人的药香就是父爱的味道呀，这味道原来是可以穿透阴阳两界的。

两滴眼泪含在早儿的眼睛里，像她从福临伯伯药房天窗里看见的星星，晶亮、透明，忧伤地微笑着。

鸢尾花的春天

1

阳历六月，炽人的火焰像一根根烧烫的银针，一针一针地刺下来。叶子弓着脊背在工地上做小工，感觉背子上的衣裳都被刺穿了。

叶子刚满 15 岁，每天需要老早起来，跟在娘屁股后面去工地清理模板、上料和筛沙，是工地上的小不点。此时，她正伸着干干瘦瘦的胳膊清理废墟里的砖头，需要装进手推车推到前面去码起来。她的肩上拖着一束像黄牛尾巴般毛毛糙糙的辫子，可能头发落在头颈里很不舒服，叶子耸了耸肩膀，气喘吁吁着，又过了很长一会，或许累极了，或许为了更好擦汗，她将身子站直，眼睛随意地看着后面一幢幢被安全网包裹着的建筑群。胸口上凸起着两只如毛桃子似的小乳房，它们在汗湿的薄薄的衣裳里也是热乎乎的。

小工共分成三组，叶子跟娘一起清理拆迁房的废渣。叶子做得很吃力，两手捧着砖块朝车子里放，小肩膀耸着。有的砖被埋在坚硬的水泥块下，就要拼命搬掉水泥块把砖抠出来，用一把小钢刀削身上的陈沙浆。叶子正好来月经了，裤裆湿漉漉很难受，像她娘有痛经的毛病，娘从来不舍得休息，一休息几十块钱就没了。少赚几十块钱就等于剜了娘身上的一块肉。再加上娘也不喜欢叶子，嫌弃她是克人精，所以叶子再痛，只好忍着。

娘做惯了这种活，从不觉得这是很辛苦的事，一边干活还一边跟几个女人讲笑话。手不停嘴巴也不停。她在调戏一个小媳妇，说他们昨晚是不是那个了？工地上住房混乱，几对夫妻住在一起，当中仅隔一块模板，不管哪一方稍微有一点动静都会听得清清楚楚。因此大家平常尽量做到掩耳盗铃和心照不宣。但这天也不知娘哪根筋搭错了，忽然说起了昨天晚上听到的动静。这个小媳妇性格直爽，毫不含糊地反问道："你听到了啊？这种事你咋偷听啊，你干吗不睡觉啊？"

这一问就把女人们问笑了，叶子看见娘也笑了，边笑边抹汗，精神饱满似的。

叶子在她们欢畅、爽朗的笑声里，感觉肚子越来越疼，不禁捂着肚子蹲下，眉头皱成一个痛苦的"川"字。她和父母睡在一个屋子，床与父母的床当中隔着道帘子，所以叶子对这些话并不陌生，能够顺着她们的话回忆起那种急促的呼吸，那亲昵叫唤哥哥妹妹的声音，以及破床发出的叽叽喳喳好比在摇坏了的竹椅子发出的声音……她还知道，只有爹压在娘身上时他们才会发出这声音来。所以，叶子第一次来月经一点也不怕，想象娘是如何弯着头将卫生纸垫在裤衩上，然后照着做了。

“鸢尾花!”叶子突然看到娘铲除的废渣堆里露出了一片鸢尾花的叶子，她十分高兴地叫了起来。她怕娘再一铲子下去将它铲坏了，便不管肚子疼不疼，立即抢到娘面前，跪下，直接用手抠掉压在它身上的废渣，将鸢尾花一点一点地给刨了出来。这大概是人家以前种的花，搬迁时嫌弃累赘不要了。花种在一个破了的白色瓷盆里，现在瓷盆被压扁了，花的叶子大部分也被打碎压坏了，盆子里仅剩下珍贵的两片叶子。

此时，花季已过，这花在老家的山坡沟溪旁经常能见到，叫蝴蝶花。叶子知道叫鸢尾花是许久以后的事，听读书出去的村长的女儿说的，从而深深地记住了——鸢尾花。

下午，叶子就将花重新种好了，花盆是一只废旧的泥桶。浇好水，她将泥桶捧了到自己的房间里。她的房间在最里面，没有窗，白天走进来也伸手不见五指。在她家这间工棚后面，乃至右边、左边还有许多如火柴盒似的活动板房搭建着。里面跟他们一样住着三五家，或者搭了一排十几个汉子睡的通铺。一个工地上，别看民工多，实际也是各有圈子的，一个地方的，有亲戚关系的，就会住在一起。叶子所谓的房间也就是一块模板做的床铺那么大小的一个空间而已，她自己擅长叫它房间。床铺一边是工棚粗糙的墙壁，墙壁上挂着她唯一两件可怜的换洗衣裳；另一边就是一道条纹塑料纸做的帘子，像老家的房间，帘子后搭着娘跟爹的铺；他们对面，小过道的那边，也有一道帘子，那是叶子姨夫的床。他跟叶子一家吃也在一起，筷子和牙刷插在矿泉水瓶子剪掉一截所谓的筷笼里。吃饭、睡觉、起夜都在工棚里。所以工棚里不仅阴暗潮湿，还气味混杂。叶子很早就想有一盆花来摆摆，像小时候从山上采一把野花插在空酒瓶里一样，芳香四溢。

叶子的姨妈是得急症死的，她死后，姨夫没有再找女人，不是他不想找，而是找不到。姨夫四十挂零，体格健硕，在工地上做木匠。他一直说姑娘一出门都不见了，像被神奇的口袋藏匿了起来。女人在他心里早就是一个陌生的概念。他跟叶子爹一起出门打工多年，相互照应着帮衬着。那时他们睡单身汉的通铺。有时因生理机能也想过女人，可总是能控制的。然而最近他感觉奇怪了，他的控制力越来越差。每天见着叶子和她娘两个女人走来走去，女人的气息如蛇芯子直朝他鼻孔钻。

叶子来后他就将自己的床拖出来，让叶子睡里面。姑娘都是要睡里面的。床铺上面那根松垮的电线也是他接的，安装了一个灯头，挂着一个 15 瓦的灯泡。开关就在灯头上，平时叶子很少开灯，第一因为蚊子见灯就进来了，第二呢，她总觉得开灯不安全，姨夫那双贼溜溜的眼睛几次钻进帘子的破洞盯着她看。所以她宁愿黑暗，要是热了，或者实在需要开灯找裤衩换时，她就会将床头上堵破洞的烂布拉掉，靠碗口大的亮光来用。这里吹进来的风是野风，纳凉也好。叶子很喜欢这个洞口。

叶子一只手抱着花，另一只手摸索到灯头上，一按，灯亮了，灯光打在怀里的鸢尾花叶子上像是霎时涂抹上一层亮光，晶莹剔透的，漾了一泓碧绿的河水出来。叶子将心爱的花放在床头，即枕头边，狭小幽暗的“小房间”顿时春意融融，有点愉悦。

吃好晚饭，叶子按习惯坐在娘的床上看电视。电视放在娘跟爹的床脚头，小小的一台花三百元从收破烂的老头手里买来的黑白电视机，每天晚上吃好晚饭，叶子、姨夫，跟娘和爹就一起坐在床上看。都是自家人所以也不顾虑，叶子坐累了就将头枕在铺盖上躺着，她的大腿从姨夫屁股后面伸了过去。娘坐她前面。姨夫后面坐着爹。叶子跟爹并排。一张床上密密匝匝塞满了人。娘见她这样子，嘀咕了一句：“女娃子要有坐相!”可叶子太累了，再加上肚子又不舒服，靠了靠身子并没有坐起来。为了防止蚊子进来，电视一开，灯就关了。房间顿时幽暗一片。一个个眼睛睁得老大，津津有味地盯着电视里的女人男人谈情说爱，接吻拥抱，时而刀光剑影，时而温情绵绵。在那个大峡谷里，处于生死绝望的男人女人终于原始地狂野地焦渴地搂抱在一起在绿草上翻滚了起来……叶子看得心都吊了起来。娘在前面又嘀咕了一句：“现在的电视都是情情爱爱的。”这时叶子感觉到大腿上落下一只手，这手刚开始是试探性地、慢慢地、比较轻地，似有意似无意地在她膝盖边移动。叶子被挠得痒痒，腿自然朝里挪了挪。姨夫的手便像只跳蚤立马弹开了，缩了回去。大概见叶子没声张，等一下他的手又如蛇般游着找了来。先落在膝盖上摸，然后又慢慢地顺着大腿朝上摸，落到了大腿的内侧。叶子的身体突然一颤抖，但没敢把腿挪开。

奇怪的是，这微妙的新奇的感觉消除掉了她的痛经。叶子望着姨夫隐在电视光感里的黝黑脸盘，眼神带着一种诧异的、懵懂的谢意。但很快她就将眼神逃开了，姨夫用余光也在看她。他的眼光贪婪、大胆、亮晶晶的，又装作若无其事，丝毫不把坐在叶子边上的爹放在眼里。是啊，爹假酒喝多了，早就中毒失明了，他装模作样看电视其实只不过是听点声音。等于没有坐在那里。姨夫的手就没有顾及的理由了。停在叶子大腿内侧，用指头在她薄薄的裤子上磨蹭着。如果安静的话定能听到一种化纤布料摩擦的沙沙声。姨夫不怕叶子，只要娘不回头，他的手就不会缩回去，他似乎很明白叶子既喜欢又羞涩，但又害怕和恐惧的心似的。叶子低着头不敢看他，觉得他的眼睛如狼，亮幽幽地泛绿光……

两集连续剧看好了，娘催叶子去睡觉。叶子将大腿从姨夫的手下抽出，回到床上躺下。姨夫也跟着回到自己的床上去了。一泓如水的清凉的月光从破洞里钻了进来，没有施工的工地安静如处子，旁边桑树林里的青蛙欢快地鼓噪着。安谧的夜充满着静美的和谐。叶子看着被月光安抚到异常静谧的鸢尾花迷迷糊糊地睡着了，但很快又被吵醒了。模糊中她听到爹大概又爬到娘身上去了，娘压低声在骂他：“要死的，眼睛都瞎了，还知道摸！”爹的声音：“臭婆娘，我干死你！你再犟！我他妈就要干出个儿子来……”接着发出了叶子从记事起就熟悉的压抑的沉闷的呼吸声连绵起伏响起来……叶子看到自己枕头边鸢尾花的叶片也跟着在颤抖，像一阵微风吹过，一抖一抖的。叶子的床和整个工棚也跟着抖了起来，她不知道今夜的月光怎么了，怎么也是哆哆嗦嗦的，像悠悠飘荡的水波纹……叶子拉下裹在身上的毯子，揉成团，紧紧地抱在胸口，重新闭上眼睛憋着睡去。那刻，她似乎感觉姨夫的大手又落在大腿上了，水就在心口荡漾着……

“乖叶儿——”也就在这时，姨夫爬了上来。他将热气腾腾的臭嘴巴凑在叶子耳根上低低唤道。叶子吓了一跳，猛地睁开眼睛，一道黑影一晃，姨夫压到身上了。她不明白姨夫学爹的样子睡到自己身体上要干什么，但她看着姨夫如狼的眼睛绿幽幽地看着自己时，知道姨夫要干坏事了，那刻她居然想学娘的样子叫一声。她想，爹压在娘的床上，娘肯定很痛苦，很累，不然她是不会叫喊的。可是娘是爹的老婆他才压的，姨夫压自己干什么啊，叶子又想起了姨夫经常偷看自己换裤衩的眼睛，害怕地想用力推开他。可是，像中了魔似的，那手似乎不是她的，没有丝毫力气，推不动姨夫庞大的身躯。叶子像压在大象脚下的蚂蚁，眼睛一眨不眨地瞪着，看姨夫的手伸过来，剥她的衣裳，又是亲又是摸。当姨夫粗粝的大手紧紧握在她坚硬如毛桃子似的乳房上时，她惊悸了一下，接着，刚才被姨夫抚摸大腿的感觉又来了……片刻后，叶子感觉下体传来一阵锥心的痛楚……

叶子“哎哟”地叫了一声，流泪了。

“叶子，你咋了?”娘在隔壁问她。她的声音气喘吁吁的，似乎是将头从爹胸膛下狠命抻出来抽空问的。

叶子看着姨夫，半晌，吞吞吐吐回答：“我，我翻身头碰到墙了。”

“半夜翻什么身?快睡！死妮子!”娘发脾气吼她。娘一直以这种厌烦的语调同叶子说话，似乎叶子天生是来跟她讨债的，她从来就看她不顺眼。叶子突然将头抵在姨夫结实的胸膛上依偎着，眼睛潮湿，卷着舌头默默数着他的心跳，一，二，三，四……

是天快要麻麻亮的时候，姨夫离开了叶子的床。叶子蜷在毯子里，像只小龙虾，眼睛呆呆地看着鸢尾花没有作声。

2

叶子害怕见到姨夫了。

第二天吃中饭，她就尽量不朝姨夫看。端着碗将头低在桌子下，额前的头发掉在碗里。娘推了她头一把，想推她起来，可是隔一会儿她又低了下去。姨夫端着碗坐在她身边，那所谓的桌子其实就是一块棋盘大小的模板，下面垫着砖。姨夫一坐下来叶子就感觉到他的大腿碰到了自己。叶子朝边上缩了缩，姨夫没事样地饿极了似的砸巴着嘴巴哐叽哐叽嚼菜，声音像一头猪在吃食，腿又挨了过来。他大概见叶子都没夹一下菜，就夹起一块肉放到了叶子的碗里。叶子眼睛盯着肉看，仿佛肉会吃她。“姨夫疼你，也不谢谢一声！没大没小!”娘看到她神志呆呆的样子很是来气。叶子便嗫嚅两下嘴皮子跟姨夫说了声谢谢，继而又低头呼啦呼啦扒饭。恨不得一口气吃完。现在她觉得吃饭真是罪过。她是那么怕娘看出什么。最好离姨夫越远越好。最终她也没有吃那块肉，将肉剩在碗里，起身进房了。娘将肉夹出来送到嘴里说：“要死的，浪费食粮遭天打!”一滴油顺着她嘴角淌了下来，她吃得津津有味。叶子在里面听得清楚，突然鼻子一酸，差点哭了。她的肚子还疼，包括下体，横起衣袖抹一下眼睛，这才咬着牙齿弯腰去拖今早被她藏到床铺下的毯子。毯子上面糊了很多血，根本不知道哪块是经血哪块是处女血，直觉毯子像是刚刚包过一些猪肉条子，血水一块一块的。大小不一，形状不一，凌乱，已经呈紫黑色。叶子怕娘看见，就在起来时将它揉成团藏到床底下去了。跟每次藏来月经弄脏的短裤一样。然后抿着嘴，又将席子一把拉下，卡在腰上到外面水龙头上去洗。

水龙头是公用的，安在围墙边。晚上这里经常站有一排排脱得赤溜溜的男民工洗澡。而女人就到厕所里洗。所以厕所总是湿漉漉的，尿一摊来水一摊。叶子将盆子放在水龙头下，拧开水龙头接水，眼睛习惯性地瞅向围墙。围墙是临时的，等到小区全部造好就会拆除，也就是说这堵围墙是专门来堵他们这些民工的，怕他们进去偷窃。砌围墙的砖有一半是叶子推着手推车送来的。那时她刚来不久，手心磨满了血泡。但她没有叫一声苦，她喜欢在这里做。她推车子的眼睛总是看着前方，落在那已经成型的第一期小区错落有致的楼群上，或路牙里的花圃间。她发现那里好似一个大花园，那里的花也好漂亮，好大，叶子很想跑过去闻一闻，摸一摸。她想，住在里面的人真幸福啊，做梦都有花儿开哩！围墙造好那天，一个戴眼镜的男人拿着毛笔和洋漆来写了一行字：严禁翻越围墙，见者重罚！几个字将那边和这边隔开了，形成了两个世界。叶子没有理由跑到那边的世界去看。去了就是小偷，要挨打和罚款。她灰心地看着，闹不明白这里为啥没有鸢尾花？

“死妮子你还不快洗，马上开工了，就知道偷懒!”娘过来洗碗，正好见她站在那儿看一眼，很是来气。一把拖开盆子。哪知盆子一动，浮在水面上的毯子也动了动，娘看到毯子上大片大片的血迹，责怪道：“怎么弄的，都糊在毯子上了!”叶子吓了一跳，立马捉住盆沿端开，蹲在边上洗了起来。

叶子只有一条毯子，如娘所说她是要快点洗，就着中午太阳好晒干。不然晚上就没的盖了。这么大热天，晚上不盖是不冷的，但她怕……叶子又想到了姨夫，姨夫的眼睛令她心里一悸。她抬起瘦干干的胳膊擦拭掉额头上的汗水，眼睛木木地望着前面扔满蛋壳、酒瓶、香烟壳子和烂袜子及一些馓子包装袋的臭水坑。水坑是以前挖的化石灰的坑，现在坑里装满了垃圾臭气熏人，成团的苍蝇绕着飞个不停，叶子的心就被它们飞得发慌，姨夫的眼睛也混在里面飞舞着，还有昨夜的痛和娘尖利的问话……

“叶子!”娘不知什么时候走的，姨夫握着榔头过来叫她。他这是要去出工，他停在叶子面前，似乎有话要说。但他心里虚，想想故意将榔头夹在腋下，眼睛盯着叶子的屁股，假装洗手问：“叶子，那个几天了？什么时候好?”

叶子将眼珠子转向他，懵懵懂懂地，没有说话。

“小妮子你咋不说话哩？姨夫喜欢你呀!”姨夫急了，关了水龙头，准备走了，“好了告诉我一声，床上我给你买了几块糖。”说着，他就甩开大阔步一个箭步跳过水坑要去前面楼群装模板了。叶子发觉他今天好像很开心，他的步子走得铿锵有力的。

“我痛——”叶子突然对着他背影艾艾地说道。明亮的大眼睛装满疼痛和恐惧。

姨夫停下脚步，回头看她一眼，又跳回来，温柔地拍了一下她的头顶：“下次就不痛了，乖。”

叶子还是懵懂地看着他，好似明白了。等姨夫一走，她立马站起来换水清毯子。眼睛又习惯地瞥了一眼围墙，正好看到围墙上的小铁门边站着一个女子，女子正朝这边瞅着，像是找什么东西似的。一身白裙子的女子像是突然飘落下来的一朵白云，长发黑黝黝地垂在脸颊上。女子也看到了叶子，她将散落在脸颊上的头发分开，朝她甜美地笑笑。见她朝自己笑，叶子感觉很突然，张着大嘴也恨恨地笑了一下。嘴巴里发出一阵咝咝的声音。女子招手叫叶子过去，叶子还是把手接在水里冲了一下才小跑过去。女子问她："你看到一只白猫了吗?"她在铁门那边还做了一个手势，"喏，这么大，毛长长的，白白的，眼睛蓝蓝的，很漂亮。那天我忘记关门了，它跑了。"

叶子盯着她白白嫩嫩、笔直如葱的手指，摇头。一会儿后，她又回答道："不好意思，我没看见。"那口气好像跟女子现学的，礼貌，语速缓慢。叶子看到女子的脸色一点一点暗了下去，这时正好一道铁柱子的影儿落在她脸上，使她阴郁失落极了。她对叶子说了声"谢谢"，转身走了，叶子听到她还在嘀咕着："我的猫，你跑哪儿去了？我的猫，你快回来呀!"叶子看着她的背影不是很明白，一只猫不见了又不是人要急成这样吗？她忽然想到自己，要是自己不见了，娘会像她那样急吗？"叶子，叶子——"这头娘果真在那边撕破喉咙叫了："你还杵在哪里干吗？快过来上料!"娘已经指望她挣工钱了，她跟爹还要生一个儿子呢。自从爹眼睛瞎了后，要维持这个家只有靠叶子和娘。

叶子赶忙朝工地赶去，娇小的影子横在不平整的工地上，一飞一跃，歪歪扭扭的，像棵小树苗被风儿吹歪了。

又是晚上。叶子突然觉得晚上来得特别快。为了躲避姨夫，她借口不看电视。她说肚子疼，不想看。躲在床铺上又有点不甘心，她喜欢电视里的大世界，黑白电视在她眼里也是彩色的——教会她认识许多她没见过的东西，而凡是没见过的东西都是令人遐想无限的，凝聚着梦幻的色彩。姨夫果真给她买了两块酥糖和两块桂花糕藏在枕头下。叶子拿在手里看了又看，没有舍得吃。她想起娘从来不买糖给自己吃，小时候见别的小伙伴吃，她也想吃，跑回来拉着娘的围裙边围着锅台要。不料娘不仅不给买还用锅铲柄打她的手背，吼道："你个克人精，就知道吃！打猪草去!"叶子不敢再要，默默背起背篓上山了。她的眼睛里含着一圈眼泪，像堵着两块晶莹剔透的水壳，只要眼睛一眨水壳就会碎掉，变成渣子落下来，叶子不要哭，拼命不让自己眨眼睛。后来，叶子在院坝边看到一张糖纸，刚下过雨，糖纸被一团泥巴裹住粘在地上，叶子背着猪草蹲下，用小手一点点地抠糖纸，像抠鸢尾花那样。可是刚蹲下，手还没碰到糖纸，就一个趔趄摔倒了，猪草倒了一地。她不甘地爬起来，将糖纸抠出来，放到额头上对着阳光照，她喜欢那透明的粉紫色，阳光暖化了糖纸上的糖液，叶子将眼睛紧紧闭上，深呼吸了一口，残留在糖纸上的香甜味儿便一点点朝她涌来，嘴巴里涌起一口口水……

叶子眼睛酸酸地将糖捧在鼻子前深深地嗅着，嘴巴跟着咂巴了两下，然后将糖放下。她不舍得吃，爬起来将糖和糕放到一个捡来的月饼盒子里藏好，想躺下睡觉了。她的嘴里像含着一块糖，口水很丰沛。后又欠起身子，看看藏糖的地方，咬咬牙忍了。

刚躺下不久，叶子听到一阵窸窸窣窣的声音响了起来，刚开始她还以为姨夫又来了，身体不禁一缩。可一细听不是，声音是从泡沫水泥板墙壁上的破洞里传来的，借着月光，她看见一团白色跃到洞口，闪着绿油油的眼睛，"喵喵"地朝她叫。猫，那是只猫，叶子欢喜地欠起身子将猫抱下来，搂在怀里，手抚着它头上的毛想，这是女子要找的猫吗？她决定明天一早就抱去给她看。叶子一下子喜欢上了这只干净的白猫。

猫温顺地蜷缩在她怀里一晚上都睡得很香。尽管不舍得，她还是一大早抱着它站在围墙边等女子来，她有点矛盾，既希望是女子的，又希望不是。经过一夜的相处，她看着乖乖伏在怀里的猫，难舍难分。奇怪的是，一连几天，叶子都没见到女子。女子好像突然消失了。叶子抱着猫回去，转身的时候，猫突然"喵喵"地对着围墙那边叫了两声。叶子对它说："别急，你会回去的。"可是，在路上她遇到工头铁蛋。铁蛋看着她怀里的猫说："叶子，你娘说你捡了只猫，就这只？"叶子点头。铁蛋一把将猫从它怀里拎出来："咱这样的人哪是养猫的呢？你娘把它卖给我了。"他拎着猫在手里抖抖，说："还真重，能烧两盆子呢！”

“什么？你要杀它吃？”叶子吃惊地叫嚷着，欲上去夺。这时她娘来了，老远吼道：“叶子，你干吗？”

叶子急哭了，赶忙告诉：“娘，你救救它，铁蛋叔要杀它吃！”

“回去，一只野猫谁要杀就杀好了！”娘拉着叶子的耳朵将叶子拽了回去。叶子犟：“它不是野猫，不是的。”娘说：“不是又咋了？你有闲工夫服侍它？”叶子被娘死命地拽了回去，伤心地坐在床沿上抽抽搭搭地哭。姨夫瞅她两眼，问：“咋的了？”叶子突然像遇到救兵，告诉姨夫：“铁蛋把猫杀了。”姨夫一听就出去了，脚步走到啪嗒啪嗒响，等一下又回来了。他是肿着眼睛回来的，铁蛋是工地上有名的小霸头，肯定姨夫跟他要猫被他打了。姨夫靠着门说：“铁蛋说猫跑了。”“跑了？”叶子看着他青肿的眼睛勉强露出一个微笑：“跑了好，跑了好。”姨夫叹了口气，对她说：“想吃糖吗？姨夫带你去买。”叶子甩着干瘦的胳膊屁颠屁颠地跟着他走了。

姨夫上街给叶子买了六块糖和一朵头花。街上人来人往，花花绿绿的，叶子心情好多了，跟在姨夫后面像只小鸟，叽叽喳喳指东点西要姨夫看，问姨夫那是什么？这是什么？姨夫有的也回答不出但他穷尽想象力一一告诉了叶子。叶子满足地笑了，觉得姨夫好了不起，什么都知道。她头上那朵就着店里的镜子扎上去的紫红色的新头花，映得她脸色红润多了。叶子欢喜不已地用手摸摸，对姨夫说：“姨夫，今天花了很多钱吧？你对叶子真好！”

姨夫告诉她：“一共十八块钱。”叶子拉他赶紧走，她觉得这是很大一笔，娘带自己上街都没花过。姨夫将头撇开，似乎不忍看她纯净如水的目光，催叶子快吃糖。他终究将那句“那个好了没”的问话咽了下去。

叶子听他的，剥了一块奶糖放进嘴巴吃了。她卷着舌头不敢碰牙齿，怕尖利的牙齿把它很快咬完了。姨夫问她：“好吃吗?”叶子连连点头，问姨夫：“你吃过吗?”姨夫摇头。叶子看到姨夫眼睛潮了，想他肯定为这把岁数竟然都没吃到奶糖而伤心，她看着手中的糖，数了一遍，还剩五颗，咬着牙拿出一颗，剥了递给姨夫：“你吃，姨夫。”姨夫将头撇开，说：“叶子吃，姨夫不吃。”叶子硬是踮起脚后跟将糖朝他嘴巴里塞，姨夫让着。这一让，让到一辆车子前了，好在开车子的人机灵，一个急刹车把他性命保了下来，白衣女子惊魂未定地骂他：“你会不会走路啊?”

叶子和姨夫都吓呆了，站在车窗前毕恭毕敬地对着车子道歉：“对不起！对不起!”

叶子认出开车的女子就是找猫的女子，她想问她，猫是不是回去了？可女子见他们没事一踩油门又走了。叶子看她依旧白衣飘飘，脸色沉郁，真美，对着远去的车子不禁多望了一会儿。回过来才发现事情坏了，不想女子的车轮胎正好压在刚才从她手中掉下去的糖上，糖被碾碎了，叶子心疼地蹲下，捡着糖屑埋怨姨夫："都是你，不吃不吃，你看都碎了……"

3

一股暖气流使得天空黑了好一阵，又吹了一阵大风。最后风终于把乌云掀开一角，兜在乌云怀里的雨豆子洒了下来。只见黑暗的天空突然拉破一道白口子，雨点就从口子里噼里啪啦地落了下来。雨滴打在石棉瓦上像敲在破板上，乓乓地响。工地上不好干活了，民工们开始三五一聚打牌，有的在聊天，有的趴在床上写信。叶子的爹以前下雨就喜欢买碟猪头肉喝酒，他认为这东西解乏。可是哪知把眼睛给喝瞎了，他现在见酒就恨。娘说最近身子不舒服，将就下雨天她跟几个女人上街看看去了。她走时给叶子吩咐了很多活儿，最要紧的就是缝补爹破了无数大洞的汗衫。

叶子"哦哦"地应道。她先进房间把鸢尾花搬出来吃雨水。鸢尾花生命力比较强，长势已经很好了。中间已有新芽冒了出来。几滴雨浇上去，仿佛给它洗了一个脸，绿到发亮。叶子看着欣慰地笑了。

"嗨，嗨，你过来一下。"白衣女子打着红伞站在铁门边叫她。叶子赶忙跑过去，她想知道猫是不是跑回去了。

女子说："你把猫还我吧，我昨天梦见猫跑到你们这边来了。是你抱着的。”

叶子听得直打哆嗦，难道猫真被杀了，它投梦给主人了？

女子又说：“你要猫干什么呢，你养不起的，那是布偶猫，很贵的。”

叶子摇头：“不，我没有，我不知道。”她知道事情严重了，如果她要自己赔那可完蛋了，猫确实从她怀里跑掉的，叶子不知为什么突然哭了起来，咽咽分辨：“我真的不知道，不知道……”泪水和在雨水里一起淌。

女子苍白着脸，跟叶子一起掉泪：“你知道吗？它是我的伴，我好想它。”可能她发觉她的话叶子听不懂，就不说了，抱着铁门哀哀地直落泪。叶子感觉她哭都那么好看，优雅得一点声音也没有。她白色裙裾被风飘到铁门上，粘了几道锈斑。裙子脏了。女子摸了裙子一把，她身体好像不大好，干呕了一阵。没理会叶子的问话，哭好就走了。叶子也顶着湿衣裳回来了。她的小胸脯在湿衣裳里高傲地挺了起来，仿佛被风吹着的两个小桃子就要掉下来了。叶子非常懊恼，该早点给女子把猫送去的，这样就不会被铁蛋知道，女子就不会那样伤心了。她很喜欢女子，她美丽善良。可是她为什么老不开心呢，她住大房子，四处开满鲜花……哪像自己，连娘也不喜欢，看着一天到晚坐在床上的爹，又想哭了。爹岁数跟姨夫差不多，也是一个吃苦耐劳的壮汉子。可前年，他买工地上的散酒喝中毒了。医生说那是一种含有甲醇的工业酒精勾兑的酒，人喝了就会中毒，轻者头晕、乏力、步态蹒跚；严重者则会昏迷、脑水肿、失明和死亡。医生的话他们没有听懂。只知道爹眼睛是喝酒喝瞎的。爹虽然没死，可失明了，这跟死又有多大的区别呢？爹是夜里被姨夫送回家的，娘看着双眼失明的爹一下子跪在长满野草的堂屋里痛哭："老天呀，我还活着干啥呀？老天你睁睁眼啊——"叶子缩在墙角看着娘哭天喊地，也跟着哭，姨夫见了，走过去拍了一下她的头，算是安慰了。

爹的失明使娘更加看不得叶子，自从她出世以来，家里死人不断，先是怀胎十月的两个弟弟，再是家畜，然后是庄稼，接着爹又失明了。娘恨不得将她扔了。说再过两年就要把她嫁掉！叶子天天闷头干活，大气都不敢出，就这样也经常被娘扯着耳朵打。晚上听娘跟爹疯狂地做爱，爹压着娘说："我就要给你搞个儿子，这次咱到医院去生！"

两年来，娘没有怀孕。她说自己老了，于是跟姨夫联系，带着男人和叶子也出来打工了，她说靠这两亩田是活不下去的，还不如出来呢。外面总比家里好挣钱！

"叶子，你衣裳咋弄到这样湿？"姨夫上完厕所回来，看着叶子问道。他的眼睛看到叶子挺起的小胸脯，挪不开了，叶子顺着他的目光也看了自己胸脯一眼，脸一红，捂着胸口进去换衣裳了。姨夫将电视拧开，关照叶子爹说："老哥，下雨呢，你看电视吧。"爹"唉唉"地应着。姨夫将音量开得很大，然后一掀帘子也进叶子房间了……

那刻，天上突然电闪雷鸣，狂风怒吼。风雨更大了。

娘回来快近黄昏了，她洋溢着满脸喜气回来的，进门就喊：“老头子，我有了，刚去查过了——”爹激动得嘴唇都在颤抖，眨巴着瞎眼望着门口说：“老天有眼啊，咱金家不会断后了。我老头子死也瞑目了啊——”

直到晚上他们才想到生个儿子怎么办呀？家不像家，这个工地做好不知又要到哪儿去做……最后，他们就说到了叶子的岁数，一个争好像十五，一个说大月生，十六了。叶子听着听着便睡着了。她的眼角渐渐滑下一串泪水来，唇角朝两边拉了拉，笑了，似很欣慰，自己马上要有小弟弟了！

4

白衣女子很喜欢叶子，这已经是事实。她现在每次散步到围墙边就会叫叶子过来，她说：“我们说说话吧。”黄昏没事，叶子就跟她隔着铁门说话。叶子终于知道女子叫阿玉，四川人，还是大学生呢。她怀孕了，老公是做大生意的，经常不在家，她很无聊。住联排别墅十八号。叶子乖巧地叫她阿玉姐。阿玉姐热心地点着园子里的花逐一告诉了叶子它们的花名，比如，紫薇、樱花、垂丝海棠、紫荆、丝兰、腊梅，等等。叶子跟着她念，像读书，极其认真。叶子问：“有鸢尾花吗？”阿玉摇头：“鸢尾花？没有。”阿玉还告诉她，“鸢尾花不名贵，跟不上园子的品位，所以没种。”叶子似懂非懂地“哦”的一声，低下了头，脸也跟着红了。

叶子跟阿玉在铁门边聊天时，姨夫就在边上转悠。不放心地朝这边看。他已经几次阻止叶子少跟她接触，她说别看她长得好穿得好，一看就是做小蜜的。叶子问他：“小蜜是什么?”姨夫说：“就是像蜂糖甜男人心的。”叶子还是不懂，但她不问了。也不管姨夫的警告，阿玉一来她就跑了过去。一天阿玉问叶子：“那男人是谁呀，老在看?”叶子回头看姨夫说：“我姨夫。”阿玉又问：“他喜欢你吧?”叶子脸一红，点头。阿玉说：“姨夫喜欢你很正常啊，你红啥脸呢?”

阿玉看着叶子起满老茧的手，很不忍，她请叶子去她家做保姆，她说她怀孕了，反应大，需要找个人料理家务。再说也可以陪陪自己。叶子做不了主，她将她带到娘那里，阿玉说：“八百块一个月，总比叫她做小工轻松多了。”娘一听八百块，还管吃管住，满口答应了。阿玉来的时候还带了两包闲趣饼干和两包高级奶粉过来，她对叶子娘说：“知道你岁数大了怀孕不容易，这奶粉给你补补。”娘连连夸她是个好姑娘，叶子给你添麻烦了。阿玉淡淡笑笑，领着叶子走了。

叶子刚跟女子走到小区门口，突然被一个胖女人拦住，胖女人举着瓶子朝阿玉浇了满身的尿水。张牙舞爪还要拉阿玉的头发，幸好被保安抓住了。叶子听到被保安死死捉住的胖女人骂阿玉是小偷，“你偷我的男人，你不得好死，我不会让你们好过的……”阿玉抖抖裙子，关照保安：“你们千万不要让她进来，出了事你们负责!”然后领着叶子进去了。叶子回头看胖女人还在那里又是跳又是骂，誓不罢休的样子。于是她问阿玉：“那人是谁，干吗那么凶?”阿玉板着脸叫她不要管闲事。

阿玉回家一头冲进卫生间，叶子站在客厅里等她出来。叶子像置身于童话世界。贪婪地看着自己没见过的油画、罗马柱、水晶灯、大沙发。她更好奇的是靠里的那个柜子，柜子里摆满了酒。有的是英文，有的是中文，可叶子没有读过书，一个字也不认识，不管中文还是英文，只感觉那些瓶子形状好怪，有琥珀色的、白色的、紫葡萄色的液体在各种瓶子里若隐若现。阿玉出来告诉她：“林是做酒生意的，特喜欢买酒。”叶子才知道那都是酒。林是阿玉的老公。她一直叫他林。然后她找出自己的一件睡衣，和一些旧衣服递给叶子说：“你也去洗个澡。”然后她就回自己房间了。叶子知道她心情不好，她的眼睛红红的，大概哭过了。

叶子摸摸不锈钢的水龙头不敢动，准确地说，怕弄坏了。她喊阿玉：“阿玉姐，阿玉姐。”阿玉重新开门，不耐烦地问：“什么事，大呼小叫的，以后说话轻点，啊?”叶子“哦哦”地应着。她真恨自己，明明知道她心情不好还要打扰她。阿玉帮她调好水温，说：“好了，洗吧。没事别叫我了我想休息一下。”

叶子洗好澡，对着卫生间镜子一一试穿阿玉给她的衣裳。阿玉好喜欢白色，所有的衣裳几乎都是白的，料子也柔软，捏在手心里绵软绵软的。阿玉身材高挑，衣裳都较大，一大堆衣裳，叶子最后稍微能穿的只有三件。两件针织短袖，一件镶满蕾丝花边的睡衣。这件带点粉，跟阿玉刚才出来穿的有点像，叶子学她样套在光溜溜的身体上。可叶子发觉一点也不好看，自己又瘦又黄，不像阿玉。然后她看见自己的小胸脯在蕾丝花边里露出了小半个，一阵难为情，不想穿了。而正在这时门铃响了。阿玉在房间里叫她快开门去，林回来了。叶子一刻也不敢怠慢，趿拉着绣花拖鞋踢踏踢踏去开门了。

林从头到脚打量了一番陌生的叶子，看得叶子直朝后缩。她忽然想起自己还穿着睡衣，手赶紧地胡乱地捂住胸口。林儒雅地朝她笑："你是刚来的保姆吧?"

叶子连连点头。林吩咐她关好门，上楼去看阿玉了。叶子跟着上去，赶忙锁进卫生间换衣裳。隐隐听到阿玉在房间里哭。叶子又重新回到卫生间，为阿玉洗那套衣裳。

如阿玉所说，林一个星期才回来一次，住一晚上就走了。他来阿玉就不在家吃饭，跟他出去吃。他们回来差不多半夜时分。叶子坐在大沙发上等他们。有一天，阿玉身体不舒服，一回来就回房睡了，她吩咐叶子帮林沏杯咖啡来。叶子煮咖啡的手艺还不熟稔，一般都是阿玉自己煮的。林等久了便来看看。这时他已经洗好澡，穿着格子睡衣站在叶子后面。他忽然搂住叶子说："喜欢这里吗?"叶子一惊，咖啡杯子掉在地上打碎了，阿玉听见声音站在楼梯口问："叶子，怎么回事?"

叶子支吾着不知如何回答。林出去说了声，阿玉就不问了，两人挽着手回房。

这夜，叶子失眠了。她不明白林那么爱阿玉为什么要抱自己？她想阿玉对自己那么好，可不能做对不起她的事啊。叶子要报答阿玉，如果不是她，自己还在工地上晒太阳呢，娘养胎哪有这么好的补品和点心吃啊。说起点心，叶子觉得阿玉真怪，她经常带叶子在厨房做点心。她做得是那么认真，那么快乐，可是一旦做好了，她心情就不好了，蔫蔫地指使叶子拿回去给她娘吃。娘三十六岁怀孕，加上还要做工，身体有些吃不消，全靠叶子搬来的汤和点心支撑着才没有垮下来。娘有时还嫌弃叶子拿少了，她怂恿叶子以后买菜可以多买点，像他们那样的人家又不在乎的，做好了拿点过来。叶子偶尔这样做，拿点心的时候就一起拿过来了，然后坐在边上看娘大口大口地吃。

叶子已经很少去看房间里的鸢尾花了，以前在她眼里那么漂亮的花不知为什么再也引不起她兴趣了，阿玉园子里的花都要比它漂亮。叶子经常帮阿玉处理她园子里的花。叶子回去的时候，姨夫跟了出来，从荷包里掏出几块糖给她："叶子，这次多给你买了几块。"

叶子看着他手里的糖摇摇头，没拿："姨夫，你知道巧克力吗？阿玉姐家经常有。包在金色的彩纸里，很漂亮的。"

"巧克力？很贵的！"姨夫说。然后他又瞪着亮幽幽的眼睛要求叶子，"前面有片桑树林，跟姨夫去捉青蛙好吗？"

叶子低下头，说："不！阿玉姐在等我呢。"

姨夫问："你不喜欢我了？"

叶子回答："姨夫你对我好，我知道。可阿玉姐说两个相爱的人才可以那样的，不然就是犯错。"

姨夫啪地甩一巴掌给她："狗日的！"硬是拖叶子朝桑树林走。叶子哭着不肯去。

"干什么？"一辆车停下来，雪亮的光束照了过来，姨夫松开拉叶子的手。叶子看到车里坐着林，就赶忙跑上去，打开车门钻了进去，告诉林快开，那人耍流氓。林呼啦一下将车子开走了。叶子回头看了一眼，她看见姨夫十分恼怒地在踢着路边的一株桑树。

阿玉看到林回来，总会欣喜若狂地扑上来，搂着他脖子亲一下。可这次当她看到后面的叶子，脸一板，厉声问道："你们怎么在一起？"叶子第一次看到她凌厉的眼光，吓得不敢说。这就是叶子，她在她面前总是卑微的。阿玉对她好，给她衣裳穿，给他们家好吃的，她感激阿玉。她的卑微在阿玉俯瞰的眼光里无限放大，阿玉对她越是好，叶子更加卑微了。林说："我在路上遇到她，一个民工要调戏她。"

阿玉将信将疑地问了句："真的？"叶子看到阿玉不信任的眼光，一阵快感，好似找到了她为什么老是不快乐的原因，她总在担心林变心。包括对自己也是这样。阿玉虽然住这么好的房子，可她是孤独的，不快乐的，除了叶子她几乎没有一个朋友。好几次叶子陪她散步时都听到小区里的人们对她背影指指戳戳，窃窃私语她是骚货。叶子有次听不过，告诉阿玉，阿玉回头看着叶子半晌，惨淡地笑笑，没有理会。叶子知道女人们的话她也是听到了的。而她只想装作没听到罢了。叶子就是从那个时候起看阿玉的眼光异样了起来，偶尔还会对她白如云朵的后背撇嘴。总之，阿玉不再令叶子相信她是一朵洁白无瑕的云朵了。硬说云也是有一半乌云的不清白的云。所以阿玉只能在她这里获取那星点的可怜的骄傲了，她一不快乐就施舍东西给叶子。

叶子从床头柜里拿出一个袋子，掏出自己的那套衣裳看着。这套衣裳曾被阿玉扔进垃圾箱里，她说难看死了。叶子等阿玉走后又悄悄捡起来，装在尼龙袋里放好。扔掉太可惜了。今天，她觉得这件衣裳留有自己的气息。而现在穿的衣裳上都是阿玉的气息。虽然香香的，感觉软软的，可叶子总觉得不真实，走路是飘的。好比每天悬在半空里。但是，在空中的叶子长势却好了，她渐渐丰满白皙了起来。好似一张伸展挺括的树叶子，或是一棵搬掉巨石的嫩芽，身体完全舒展开了，发展迅速，浑身饱满温润，泛着少女独有的美好的细腻的光泽，一捏就要出水的感觉。少女初长成了。她身体的线条开始凹凸分明，穿上阿玉买的胸罩，她走起路来也是婀娜极了，可能跟她故意模仿阿玉走路有关吧，她越来越像小阿玉了，白衣服，长头发，说话轻柔。只是阿玉比较忧郁，常常眉头郁结着。叶子好吃好睡，阿玉又疼自己，眉宇间常常飞扬着快乐。阿玉好几次说道：“叶子真是越来越漂亮了。”

林在边上朝她看一眼，也承认道。

林回来得勤了，他说阿玉肚子越来越大，自己要回来多陪陪她。阿玉冷笑：“不是吧，你另有目的吧？”

林没理她，自顾打开酒柜取出一瓶百威啤酒喝了起来。

叶子看着林喝酒的样子突然想起爹，她对阿玉说：“我爹以前也喜欢喝酒的。”阿玉问：“听你口气他现在好像不喝了？”“嗯。”叶子回答，“他前年喝假酒眼睛失明了，现在见酒就恨。”林、阿玉没有再接话，你看看我我看看你，眼神异样。叶子看着酒柜喃喃自语：“不知道他要是看到这么多酒会怎样想？”记忆里，娘经常为他喝酒花钱吵架，娘杵着酒壶骂：“总归一天要喝死的。”爹说：“喝死了关你屁事！”

5

叶子突然做了一个怪梦。她梦见自己被林抱着。林身上有股淡淡的烟草味，但很香，很诱惑人，像藿香。林的手肉肉的，滑滑的，很轻，很柔地抚摸着她的脸，温柔地说：“你跟我吧，你跟了我就会像阿玉那样，住好的，用好的，吃好的，我会好好疼你的……”

叶子扑闪着水灵灵的眼睛望着他，像是在思考该怎样回答他。而就在这时楼下传来喊抓小偷的声音，叶子的美梦被打断了。

叶子一下跳起来拉亮电灯。这喊声就在别墅下，林也出来了。他们一起下楼，打开大门，站在门口廊檐上看发生了什么事。小区的路灯全部打开了，齐刷刷地照着门口一堆人。保安好像捉住小偷了，正把他摁在地上拳打脚踢。小偷不停地挣扎着，不承认自己是小偷，他看到叶子出来了，仰着头朝叶子喊："叶子，姨夫来看你了。你快告诉他们，姨夫不是小偷——"叶子呆呆看着他，她没想到姨夫会翻越围墙来找自己，身体朝后缩去，缩到林的面前，林抱着她瑟瑟发抖的肩膀，叫她别怕，问她："真是你姨夫？"叶子不敢看他的眼睛，哭着摇头。林举起手机报警了。

姨夫还在喊："叶子，你说呀，我不是小偷，我是你姨夫，我来看你——"叶子瑟缩着肩膀蜷在林怀里直哭。不一会儿，警车呼啸而至又呼啸走了。姨夫被带走了。叶子被林搂着回到屋子。

阿玉躲在楼梯口听林安抚叶子，禁不住冷笑了一下。她看到林的手在叶子的胸口拍了又拍……一个可恶的念头忽然闪起，冷笑一下，回房休息去了。

事情发生得就是这么突然，阿玉那天晚上心情不错，她说好久没煮咖啡了，要煮咖啡给林。她一共煮了两杯，给林一杯，叶子一杯。她怀孕喝牛奶。叶子喝着陡然觉得脸烫了起来，身体流动着姨夫抚摸大腿的感觉，感觉像洪水猛兽越来越凶猛地在她体内涌动着，吞噬着，撕咬着……她凭最大的理智回到房间，摸到床躺下，接着她就醉眼朦胧地看着林出现在亮着灯光的门口，他白色衬衫泛着透明的金色，像英俊飒爽的王子来了……梦境中的感觉出现了……叶子紧紧搂着林说："我愿意。我愿意。"然后，灯亮了，阿玉出现在门口，冷冷地笑着。叶子瑟缩着肩膀从林怀里爬起来，她突然感觉阿玉的白色裙子是那么恐怖，像一个幽魂慢条斯理地飘了来，悠然地坐在床沿上，举起一张纸对林说："签字吧。"林恼怒地抢过纸张看，这是一份协议，阿玉要求他同妻子立即离婚，跟她结婚，不然她要告他强奸了叶子，叶子才十五岁。十五岁的少女，还有，"相信叶子知道如果是你公司生产的假酒喝瞎了她爹的眼睛，你就等着她告你坐牢吧……"

"可恶!"林骂了阿玉一句，愤愤地签字了。等他一走，阿玉一把眼泪一把鼻涕哭着问叶子："叶子，你说，姐姐待你是不是不好？你要这样对待姐姐，欺负姐姐？叶子，你怎么能这样做啊?"

叶子默默起身，找出自己那身衣裳，穿上，对她鞠躬道："阿玉姐，叶子对不起你!"说完，打开门走了出去……

夜漆黑一团。阿玉站在窗前看着她娇小的身影走出庭院大门，又返身帮她把门关好，这才一步一步走远了。消失在厚厚的黑暗里了。她的脸颊上慢慢滑下一条水蚯蚓，嘴唇翕动着：

“叶子，别怪我，我也不容易啊！”

6

一个月后，小镇玲珑湾浴室包厢里，叶子抱着一个男人的大腿按摩着，男人的手从她胸口伸进去，捏着她的小乳房问：“你叫什么名字？”

“鸢尾花。”

“几岁了？”男人又问。

“十八。”叶子妖娆地朝他笑了一下，回答得很清脆。可她感觉那声音飘忽得不像是自己的。如同一块烂木头掉下来，发着木木的声音。

叶子打心底算计着，这是她来这里第十九次回答陌生男人的问题。她想小弟弟也会在明年的春天出生了。在那鸢尾花开的五月。那肯定是一个可爱的小家伙！

向北的惆怅心境

1

他的手很有力。像是裸露在大地之上的老榆树树根。自草地深处，黑夜的深处，突然伸出来把我缠绕住，将我每一根毛发、每一个皮肤的褶皱都深深地圈进去了……盛大的口腔气息痛快淋漓地在我额上气焰嚣张，使我随即眩晕了……

这是一个故事的开头。是长着水蛇腰的官太太——周躺在手术台上跟向北讲的故事。那时，向北手中的手术刀正在她的体内工作着，帮她清除“眩晕的后果”。周叉着大腿，看着手术室空白的天花板，一字一句地讲述着。口气里没有一丝疼痛，倒是回味无穷的。向北边埋头工作边竖着耳朵倾听，除了感到新鲜外，内心还悄然萌生了一种激情与狂野。

这个故事情节其实十分简单：周在旅游途中不幸掉队，迷路在荒无人烟的旷野处遭人强奸并怀上了孩子。发现怀孕后，她来找向北堕胎。堕胎不是因为周已经有了孩子，而是这个孩子不能要。周是一个爽快人，当向北还在她遭受强奸的恐怖故事里转不过弯来，周已经自我调整好了，平静地给予了故事一个稳妥的结论。她说自己根本不后悔，也不害怕，即使身体里现在被向北手中的手术刀捣鼓得难以忍受，她也没有去责怪那男人（强奸者）恶劣的品行。就好比当时，据说当意识到抱住自己的那个人只想睡觉时，她不仅没有反抗，而且还十分大胆地“野”了一次，仿佛为了这一时刻她等待了很久。总之，她已经说不清那晚与男人究竟做了几次爱，她最后提上裤子是这样跟向北表白的：“那是怎样的新鲜和刺激啊，真令人难以忘怀，就是今后两年时间内不再做一次爱都使得!”

向北被她的满足劲深深地击伤了，像是当头被泼了冷水，猛地打了一个冷噤。曾被故事引诱得欢畅的血液顿时凝固，形成了一坨僵硬的猪血，内心世界里则成了一个波澜壮阔的海。向北能准确地看到周的痛苦和欢喜，伤感和不堪，忘情和疯狂……说来说去，周就是一块干旱已久的土地，一见到雨水便尽情地畅饮了一回。像尝试新鲜甜品一般，滋润了肉体的田地一番。周的口吻也会伤感，它低沉了，像是一汪水哗啦落在地面上，渗开了许多没有着落的灵魂和心语。这种感觉一下子钻进了向北的心灵深处，它并不亚于“故事的快感”深深地刺疼了某个部位……于是，当听见周茫然地问“上了环的，怎么说有就有了呢?”向北赶紧发表了解释：“这有什么稀奇呢，激情可以将人造的“环”毁灭，冲刷，乃至侵占、生吞活剥掉。像洪水冲掉人为的堤坝一样，是轻而易举的……再说了，你说那么个“环”环得住什么呢，就算结扎吧，还是有人会怀孕，毕竟割不断的东西太多，而“环”住的东西也很多呵。”

向北的话像手术刀一样弯曲有形，极富哲理般，能拉能抻，亦能回弹和具有揣摩的余地，隐隐带着一股血光的冷漠与融洽，一下子把周说定住了。向北自己也定住了，她确实迷恋那些注定了爱恨情仇的故事，迷恋手术台。然而，向北不知道自己还有多少时间来应付手术台，以及手术台上的故事了。她恍惚意识到，五年前吧，也是在这个手术台上，她给周装了环，那时，她刚刚拥有一个漂亮的千金，丈夫抱着女儿在外面着急地等……不想五年后，还是在这个手术台上，向北给周刮宫了，刮周与另一个陌生男人激情后的种子。向北蔫了，完全没了精神气，她想到过些天天还是要跟周装上一个环的，这是她对每一个女人要履行的程序……向北伤感的原因正是在此，自己还能装这个环吗？环一下子将向北“环”住了，无形中成了一个生命期待的符号。向北梦想着穿越它，却深感迷茫，仿佛被“环”禁锢住了似的。

向北转动一下眼珠，盯着提桶里的一团血块，知道他（她）就是周的骨肉，不禁心疼地想去将他（她）搂抱进怀里，好好地疼爱一番。想到做到，向北将手伸进提桶里捞了一手的血迹，血迹很烫，像是火炉，像是强烈的太阳光。向北眼睛一眨不眨地看着，也许是惊喜，也许是被“火炉或者太阳光”给灼伤了，泪开始在眼睛里打滚。惹得正要离去的周苍白着脸反过来安慰了向北几句，意思是向医生的心肠真好啊！向北故意低下头开始收拾手术现场，别开了周的安慰之手。加上又正好来了电话，向北接好电话之后，一屁股杵在椅子上，将脖子抻了抻，看着挂历上的星期五，眼睛失神地黯淡了下去。星期五上的圆珠笔圈，是由向北亲手画上去的。那天拿到确诊书，向北一抬头就看见了星期五。想也没有想，就将星期五给圈上了。此时，它多像是一个死亡符号，使向北只感到窒息，圆珠笔线条变成一条大绳索挪在了脖子上！越挪越紧！

向北摸着脖子，预感到生命剩下得不多了。对于经常迎接新生命的她来说，是更懂得死亡的含义的，于是更无力面对。向北默默地看一眼确诊书，又默默地关紧抽屉，一时不想去触碰这件事。她一直都怕触碰这件事。好似一个道法高明的法师，知道这事一旦说出来，必定将导致一个家庭的惨剧——家，乱了。向北甚至想到，到那时不管谁对自己都会是一种怜悯的目光和态度——这个即将要死的人，为什么不能都依着她呢？满足她吧！可怜啊！向北害怕这样的目光，特别对于刘成栋来说，向北更怕他的怜悯，那会伤害到她的，会使她渴望的拥抱变了味儿。现在，经过了周的故事，向北依旧决心在说出病情前，最好能再次感受到刘成栋的爱。那种纯粹的、不带任何敷衍和怜悯的、全心全意的、注满了爱的拥抱……当然，这究竟是怎样一种爱，向北又说不清，她的脑子突然间空了。

对于引诱病人说故事，就从那个黑色的星期五开始了。向北终于对病房里发出的撕心裂肺的哭骂声和默默流泪的哀怨声无从忍受了，她在办公室里转了无数个圈，冲进去对着病人吼道：“你说，你哭闹什么呢？不就是流产嘛!”哪知，女病人一听，仿佛抓到了一个说话的引子，就成串成串吐出了很多话，那些后来被向北称作故事的话，说到了她的恋爱，以及与恋人之间的误会和欺骗，对身体的温存和侵占，当然包括所有欢愉的时光和背叛后的痛苦。最终的结论是，不管怎么样的结果，他们的拥抱是热乎的，温情款款的，让她的身体无法控制……向北默默地听着，一时沉浸在对方的故事里浮想联翩，身体跟着故事在游走，跟着女子的舌头翻越在人体的山山水水之间了。这意外地让向北找到了忘却病魔的最佳办法。笼统地说吧，这些故事真的好啊，它们秘密地将手术台弄成了一个社会的缩影，向北看见一个个女人的生命轨迹在这里开花和凋落，延伸和萎缩，恋爱史，情欲过程，堕胎心情，包括生产时家长里短的家事，初为人父人母的欣喜……向北专心地听着，尽情地放飞思想活跃着病体，活跃“病体”一般的生活。在向北眼里，故事是盛开在手术台上的妖娆的红花，时而呈笑靥妖娆地绽放，生命力旺盛；时而呈泪滴冰凉地伤感着，脆弱无比。也许这就是一缕激活生命的盐水，向北光彩照人了。那时的向北，能随手抓到一朵臆想的凌霄花别在胸口“孤芳自赏”，好比周和男人在旷野上达到高潮时，向北的身体里也会开出涟漪的花朵，充分地盛开。而在换衣服间，她又惊奇地发现身体已恢复了滋润和丰腴，长出了肉肉，像小石榴，即将饱满开裂了。向北慢慢地抚摸着，从额头到嘴唇，再由胸脯到大腿，眼睛呢，一直望出了很远……

向北不得不感叹：周的故事真是一个动人的故事啊，加上她的口才又好，简直将一个简单的故事讲述得充满了尽情的放纵，是最好的一个故事了，被爱的感觉如一团团棉花柔软地打开或铺陈……

下班的时间早已过去，向北仍旧坐在办公室里。因动人的故事，向北给周在手术室的时间拖延了足足有一个半小时。待她们出来，办公室早已空空如也了。这一个半小时按照以前的话说，向北完全能做掉三个流产手术，或一个接生手术。向北舍不得周的故事就这样离开，她怕一动弹，就把故事“动”走了。向北大口呼吸一下，将手掌按在胸脯上站起，两只手掌紧紧地按着。手掌下热乎乎的，鼓胀胀的。仿佛一动，刚刚隆起的胸脯又会跑气恢复了原有的平塌。渐渐微红的脸出卖了向北的惊喜，惊喜她的胸脯现在是罐满水的塑料袋，它们饱满而充盈，像隆胸广告里说的，挺起来了，从而跟随着周灌输进脑海里和血液里的故事，正努力地在生长，在起伏，在蔓延，在活跃，在向高度隆起。一阵震颤，向北只觉手掌都快压不住它们了，只得赶紧松开来，快速地脱下白大褂，决定赶在值班医生到来之前，离开医院回到家里温习去……

2

好一个人间四月天啊。晚风像一双小手，幽幽地拂过，将一缕发丝拂过肩头，贴在嘴唇上。暧昧地、酥痒地摩挲着嘴唇上的敏感神经。室外的空气虽然拥挤，但没有了消毒水、血腥气，以及血淋淋的伤口，向北禁不住深呼吸一口。之后，又大大地吐了出去。

向北站在医院大门口，手伸进包里又迅速抽出，放弃了给刘成栋打电话的最初想法。因为此时，她看见了挂在广场高楼上的钟正对着六点，饭局哪能这么早结束呢。孩子在学校读夜书，向北决定先在街上随便吃点东西。在这个世上，有种省心其实就是被放大的孤寂，这并不是一件好事。如果孩子在家吃饭，向北无论如何是要赶回去的；而刘成栋至少也不会无所顾忌地去“逍遥自在”……如此一想，向北赶紧将手抽了出来，像是拔掉一株刚刚栽种下田的秧苗，没有扎根的感觉经不起轻轻一提。手从包里落到脸颊上，指望将那缕散发拂到耳后，不想竟然捋下了一缕落发，落发死缠滥打地纠结在手指上不肯离去，如病魔，厚颜无耻。向北的脸被落发刮得惨白，不知道疼痛的落发，分明掌握着人的健康状况、生死命运。向北不停地划拉着胳膊，力求赶快甩掉它——求你了，请你随风而去吧！

刘成栋在小学做教师，这个家便是一名小学教师与一名医生的有机结合。这种家庭结合在城市里，已是公认的和谐窗口。像绿化带里的冬青，常年青葱着，不高挑也不会庞大，被一个院子围绕着保护着，但谁也体会不到它们的孤独和青葱。以前，刘成栋一下班就会到医院门口，来接向北出去参加饭局。刘成栋这回又来电话了，她看出了他的假心假意，所以没有去。因为刘成栋一来就打电话催向北，显得很没耐心，催得向北不得不拒绝。向北望着周留在手上的血迹，犹豫了一下，然后对着手机不耐烦地说："我马上还有一个手术……"

向北其实没有手术要做，妇产科每天都安排医生值班。向北拎着包，一脚迈进城市的灯火里，沿街寻找吃店填充肚子。右边正好是一条美食街，向北每到一个店门口都要犹豫地站一下，揣摩着要不要进去。流光溢彩的店窗口太热闹了，它挤满了人。向北一间间走过，很想找到曾经与刘成栋在一个大冬天哆嗦在一起吃过的老面店。它很小，很旧，隐没在菜市场后面的巷子里。刘成栋的身体总是挤在向北的身边，面前清淡的阳春面上如星子布满的葱花，不管是闻着还是看上去都特别的开胃，幽香扑鼻，吃下好几碗都行。这么一想，向北的唇舌间不觉涌出一股涎水，口腔湿润了，心也随之微微一动。过去的日子，如陈年的墙面，手一摸就能摸到满手烟火的黑，很像在睡梦里满手抓住了刘成栋浓密的黑发。

向北兜了好几条街，也没有找到那条巷子，沮丧感如庞大的夜幕向她袭来。向北默默推测面店也许早已拆迁，做面的阿婆大概也成古了。向北蓦地提起胸脯，打起精神继续朝前寻找。她走得一步一回头，仿佛掉了东西般。当看见灯光中的影子，她似乎明白，遗失就像鱼鳞，在她记忆中正成片成片地掉落，掉落的不仅有青春，还有健康，她仿佛就要成为一具斑驳的鱼骨架了，直到被病魔的洪水淹没、消失……向北倒吸了一口冷气，忽然担忧起来，到那时，恐怕再也没有人还会记得曾经有个叫向北的女子了。要知道，她可是一名顶尖的妇科医生，且有一个貌似幸福的家，她的丈夫叫刘成栋，他们在22岁的花样年华里相爱……那时，他们真像两片云啊，在浩瀚的天空上转悠着就转悠到一块了。于是，在电影院，在路上，在同学和朋友的聚会上，随时随地都能见到他们的影子。但两人究竟是怎么恋爱的，却很模糊。只记得有一搭没一搭说过几次话，不过是你家住哪里，离某某同学家有多远。然后就在一个夜色迷离里，在无任何思想准备的情况下，像两块磁铁那样抱住亲吻了。促成抱在一起的是青春的身体还是美好的夜色，向北至今也没有搞清楚，她只知道在那弥漫着丁香气息的幽静巷子里，他站在她身边，将呼吸直接灌入她的口腔，如毛毛虫，使她很是渴望与他靠近。她年轻的身体，已完全陶醉不已。他一搂她的腰肢，她的脚跟便会轻轻一抬，于是，感情的虚线就在彼此的唇舌间画下了。之后，他们携手走进了婚姻大门……这一路可算是走得顺其自然、水到渠成，是按步骤一步一个脚印走过来的。接下来是生育，赡养老人、抚育子女。近几年，夫妻俩又买了房和车，虽然还有一屁股房贷，但日子却过得红红火火。

找不到面店的向北环抱着胸依偎在街头夜色里，她感到了冷，特别的冷。那一刻，刘成栋诸多的不是便如繁星一般布满了心空。当然，向北没有刻意要去怨他什么。所以，当那些错综复杂的念头像蜈蚣的脚乱糟糟地爬上心时，她就想阻止，可偏偏感到了意志与身心的无力和虚弱，也许蜈蚣们来势太猛，不容抵挡，她只好随它们来欺凌，来抓挠。

向北开始回想，开始追根溯源。奇怪的是，她首先想到的竟是刘成栋并非看中她家的钱才娶自己的。向北跟他站在巷子里的那天，刘成栋刚好失恋不久，在极度寂寞与虚乏的心境下，他赢得了向北的初吻——刘成栋自私啊！再说婚后，刘成栋居然会婉转地怂恿向北去跟娘家要钱，先是买车，再是买房。房子还好说，两个人住，而车子呢，刘成栋独自霸占着，虽然保证过接送向北上下班，但谁也不能保证里面有没有坐过别的女人。刘成栋还常常拎着单位小领导的头衔，抛下家人不停地出去应酬，一会是家长宴请，一会是官方的，再是同事之间的聚会。虽然偶尔也带向北一起参加，可他没有照顾好向北，每次任由向北坐在美女堆里受气。比如，明明知道向北最近瘦得厉害，成了“排骨精”，浑身就一个干巴巴平铺直叙的骨架子，他不仅像是没有看见，还任由那些女人见一次向北，就张口跟她要一次减肥的秘诀，看似虔诚地讨教——“哎哟，向医生，你是怎么保持的，身材怎么会这么好?”

聋子也会听出话里的奚落。向北拿出漂亮的手就着路灯看，这是向北最骄傲的，也是再也不想参加刘成栋应酬的祸根。此时，向北终于明白是刘成栋不要她去了。向北习惯任何时候拿出手来看看，每次看都会有不同的感受，这次让她明白刘成栋是要她自觉地知难而退——他为什么不去阻止她们的询问呢，为什么不主动说说自己的好呢?说学历，家庭背景，业务成绩，最起码，还有这双手啊!向北的手后来终于被拿上台面了，拿上台面的不是手的柔软白皙、纤纤如葱，更不是它曾经迎接过多少新生命，漂亮的手该有多么伟大和倍受尊敬。事实却是因为它没有一枚钻戒的佩戴。相信每个女人都会喜欢钻戒吧，钻戒身上所具有的花纹和光泽对一个女人来说显得十分重要，因为贵与贱，爱与不爱似乎在那上面被写得一清二楚。这就是钻戒的独特魅力。向北是一名妇科医生，当然不适合戴着它手术，可向北在那个时候想到的却是另一种感受，她不喜欢用自己的手来表达钻戒这个庸俗的东西：“戴它，俗!”向北的话虽轻，如蚊蝇，哪料想，话一出口，简直就是惊天动地。向北为此便得罪了许多人，还有刘成栋。刘成栋实在不理解，有钻戒为什么不戴呢?一定要落个奚落才甘心!在他眼里，向北本很美丽伟大的手一下子变得不够含蓄，不够包容，缺乏爱，是很极端的小人行为。于是，杯光烛影交错的热闹场面迅速地冷了，从滚滚沸腾到波澜不惊，最终成了一潭冷冰冰的死水和淤泥。淤泥是被向北“自以为是”堆积而起的，隔在淤泥那边的人们再也看不见向北了——她们真狠啊，集体冷落人了。

这样的场合还去干吗呢？向北回绝刘成栋的理由只有一个：“你去吧，我还有一个手术……”向北的婉拒正好应和了一个说法：一个女人在得不到容貌姿色时，就会在学习和工作上特别卖力。刘成栋会意地点点头，没有再强求的态度是锋利的刃，直接戳进了她的心口——我放纵你，只是为了……向北含着泪欲言又止，每次都会站在窗口目送车子离开小区大门。刘成栋要做的便是安排他的一个要好的瘦高个男同事送饭菜过来。瘦高个男同事真的瘦弱啊，尖嘴猴腮，像极了一只瘦弱的猴子，他跟向北一样戴着一副死板极了的黑框眼镜。他经常开着面包车来，从门缝里递进一份份牛肉面和盖浇饭泡沫盒子，有时还有一盆酸菜鱼。除此之外，他还会送来一张笑脸和一个迷惑——这男人真爱笑啊，只是笑，笑完就走，虽然笑得很难看，速度快到令向北连一个谢字都来不及说。来不及说是向北自身的原因，他的难看的笑使向北迟疑，从而默默计算刘成栋有多久没有如此“没心没肺”地笑了。

一辆车子从向北的身边疾驰而过，刮过一阵风，更像一尾黑色的鲨鱼从水里游过。被路灯打亮的柏油路闪烁着水的荡漾，光的浮动。向北似乎模糊看见里面坐有两个人。副驾驶室里女人的长发从摇下的窗口里飘了出来，像是延伸的树枝，直接指问着向北的感受。向北眼巴巴地目送着，摸出手机想打电话给刘成栋。最终，向北还是放弃了。打什么呢，车子里绝对坐过跟刘成栋同一个办公室的教音乐的梅老师。那个皮肤雪白、身材火辣的年轻老师，每次参加刘成栋聚餐，向北都能看见她，她不近不远地坐在刘成栋身边，目光不时地穿透美味佳肴妩媚大方地赠送过来，又如雾一般轻舞着飘去。她的目光一走，向北就感觉心里特空，像是她的目光早已带走了刘成栋脸颊上的体温和手指上的烟雾。刘成栋当时很怪的神情，让向北捕捉不透，想不明白梅老师带走的是手指上的烟雾，还是刘成栋的心。

向北将双手环抱在胸前，犹犹豫豫地走进了右手边新装修的一家大红店门。吃点吧，吃饱了就丰满了……向北要了一碗牛肉面。待面端上来，她举着筷子却没有了吃的欲望——刘成栋真的有那么多的不是么？为什么单单如今才发觉？难道生活真是从水里打捞起来的筛子，打捞起来的总是一筛子洞洞眼眼……向北以最快的速度一边扒拉着面条，一边计算出与刘成栋结婚已整整有十五年，两人睡在床上跟兄妹一样纯洁，又跟仇人一样相对无言。爱情，婚姻，还是书里说得好，关系到头都是亲情……左手握右手。向北叹息一声，不禁再次想起了周，周叉着大腿在手术台上喋喋不休的甜蜜故事——

……他的胳膊上都是汗水，酣畅淋漓地顺着毛层底部欢快地流淌而出，像一条小河流过草丛。覆盖下的涌动把一切安抚，宁静得如同大海的蔚蓝。当我抵达到蔚蓝的深邃里变得沉迷，他终于像一头饿狼从我的乳房上抬起头来长啸一声，脸上的表情显得满足、沉淀、激昂。我的眼前顿时一片光芒四射，并随着这声长啸，感到曾经无限活泛的四周开始静止，我闭紧双目期待着就这样死去……多好的人间天堂啊……

死亡。复活。新生。向北痴迷迷地看着面碗，面碗此时一下子变成了旷野草地，露出水面的面峰成了女人的臀，男人的腿。水一漾，粼粼水光被舌头搅动，鱼水之欢便开始了。向北急促地呼吸一口，刘成栋跟梅老师抱在一起的样子竟一下子出现在了面碗里。他们颠覆了水面的色泽，酱油汤汁里是毛发的黝黑在泼洒而起，一波压过一波……向北的心被重重地刺了一下，发出了尖利的疼痛。道不明的泪，顺着脸颊、下巴，像一条钻进皮肤的蚂蝗，扭着尾巴在胸膛作怪。

向北终于流泪了，泪珠滴进面碗，打起一个个小圈圈，一道人影走过，帮助送饭菜来的瘦高个男同事温和的笑容便从阴影中荡了出来。向北轻轻地问他为什么那么喜欢笑，你看着我笑好吗？好好地看看……向北随即抓住男同事的手抵在面颊上，细细地感受美好的时光和感觉……一阵阴森森的冰凉自脸颊传来，向北惊悸地觉察到贴上来的竟像是一副棺材，红漆黑底的面碗成了一副黝黑的棺木，上头烫金的图案十分冷艳，跟儿时在祖母的堂屋里所看见的一模一样，只是此时它被人掀掉了盖子，黑洞洞地敞开着，像是在极力呼唤着她的名字："向北，快来……抱抱……"

向北赶紧捂住胸口，吓得面如土色。好不容易找到一股力，拖着向北的脚步仓皇逃进了洗手间。她双手扶在盥洗盆子上，一阵反胃，呕吐不止，眼泪也随之奔涌而来。拼命积压在喉咙里的绝望的啜泣，被一阵天旋地转淹没了。她轻轻地呻吟一声，便毫无声息地昏厥在了洗手间里。昏厥之前，她好似下了一个狠心，决意当晚就告诉刘成栋病情的真相！

3

鲜花倒开在空中，使天空像一个倒悬着的湖。湖里开满莲花，蓝色是水光。向北着一件羽毛制作的华丽彩服，以一只蜻蜓的姿态蹁跹在空中，提着足尖轻轻跳起了世界上最美的华尔兹。轻盈、舒展，花粉簌簌而落……一种叫忘情的高潮不约而至——“我们躺在摇椅上，一起慢慢变老”的歌声是向北献给刘成栋的，他此时正被一块厚实的草色覆盖着下半身，专注地观看向北跳舞。他的眼睛贼亮，鼻子挺拔，双唇丰厚，渐渐绽放的亲和笑容，敞开了他宽厚的怀抱：“向北，哦，宝贝儿……”

“色……魔！”向北故意嗔着生气的嘴唇立即朝刘成栋的怀抱飞翔而去……那是多么叫人迷恋的怀抱啊，心扑棱扑棱直跳……大概是动作过于迅速，向北没有扑进温暖的怀抱，而是摔在地上啃了一嘴巴的草。与此同时，鲜花不见了，围绕在身边的是一条条大蟒蛇，软体的冰凉带来阵阵阴风。刘成栋微笑着一步步退走了……

向北惊醒了，身子惊悚而起，将头靠在现实的皮质床头上，脖子抻得老长，左右环顾在叫——“成栋！成栋！”

原来竟是一场梦。向北连叫两声，均没有得到任何回应。身边，人体的余温和气息还在游弋，而人却已经离开。向北的手指收缩着，抓了一把床单的褶皱。接着她耸了耸鼻子，一股隔夜的酸腐的酒味，张着大口气势磅礴地弥漫而来，熟悉、浓厚的味道似乎在告诉她：刘成栋昨夜又喝高了。向北飘着宽大的睡衣走到窗口，看一下外面的白亮，又将窗帘拉上了——他一定是见自己睡得沉就自个走了——这么说他还是爱惜自己的……这体谅是好，可向北因为现在要的似乎不是这个，于是体谅就成了遗弃。他为什么不叫醒我让我看一眼再走呢？向北走进卫生间，坐在淋浴房边的凳子上，查看昨夜留在凳子上的毛巾和内裤还在不在，只见它们一点也没有悬念地放在凳子上。向北将面上的毛巾抓在手中回到房间，似有淡薄的记忆在提醒她刘成栋昨夜很晚才回，并且一回来就倒在床上呼呼大睡。向北一把将毛巾捂在脸上，又抱起留有刘成栋气味的枕头，将脸埋了进去。枕头上很快湿了一块，像是刘成栋留下的一摊汗渍。床头柜上的合影照被哭声震得倒扣了下来。向北抱紧枕头上的湿印子屏息聆听，幻觉中，她好似听到了无数怪异的声音在催她该上路了。于是，她慌乱站起，草草梳洗了一把后，快速地逃出了家门。那架势，似乎只想赶快回到办公室，尽量多站上几次手术台，再多听些动人的故事。

在医院停车场上，向北碰到了周。向北惦念着给她装环的事，便有心叫周约时间。哪知周立即将脸撇开，因为她的身边还走着一个肥头大耳的男人，大概是她的丈夫。向北看出了周的窘迫，便断想她此时可能已经后悔将故事讲给她听了，而此时，周已把脸朝脖子里一缩，匆匆钻进了一辆车上。

向北瘦纤纤的两腿一插进医院大厅，眼睛就被巨大显示屏幕上的红光射了一下。那上面一拨拨不断翻滚着的红色文字，有种生命被带着走到尽头的感觉。后来，向北将眼睛落在了药房窗口处，并暗自斟酌要不要去跟小杨道声谢——昨晚好在有她啊……事情的原委是小杨昨夜正好也在那家面店里用餐，当听到“有人晕在洗手间”的喊声，她立即冲了进去，焦急地掐人中呼喊着叫醒了向北。向北却忘记了跟她说声谢谢……此时，小杨就在药房的窗口里，向北很想走过去补上一句谢谢，再跟她约下做手术的时间。但向北只向前跨出了一小步，就变得迟疑起来。那一刻，她忽然想起这个药房里的小杨曾因坐台被抓过。向北正欲转身，不料小杨已看见了她，并将漂亮脑袋伸出窗口，热情地问她要不要吃口香糖。向北对她说了声谢谢，随后又补充道“今晚我代人值班两小时”，便回楼上的办公室了。向北知道，自己那后半句话，对小杨来说一定是十分重要的。她相信，到时候，小杨一定会准时过来的，因为就在昨天，她说过这样的话，“向大姐，你能帮我一个忙么，我大概怀孕了。”

这个城市又不止一家医院，小杨偏要找身边的向北做手术，显然是颇费了一番心思。一个没有结婚又没有正式男朋友的女孩子做流产，说起来总归是不好听的。而人与人之间最怕的是认识，认识了就不具备保密性和安全感，就会一传十十传百地张扬出去。向北当时分析不出小杨的心思，不禁问道：“你怎么会叫我做呢?”小杨将头一偏，几乎不假思索地说：“你人好啊!”接着，她将目光停留在向北不知几时拿出来不断端详的手上，又补充道：“向医生，你的手长得真漂亮!”向北这才明白，小杨原来看中的是她的技术。向北知足了，心里不禁一热。向北当然十分满意自己的这双手，这双充满荣誉的手，曾经是多么风光啊，当主任、副院长的头衔成片成朵地涌来时，她却一一拒绝了——我只想做一个接生婆！向北确实喜欢迎接新生命诞生的感觉，它是那么伟大和神圣。记忆中，由向北接生的小孩中还出了个天才呢，他十二岁就上了北大……但是，就在那刻，向北却发现手变了，它不再漂亮，而是显得干枯、苍黄，老年斑如河底的青苔清晰可见，还起满了瘦弱的褶皱。褶皱凝结成一个个冷漠的笑纹，嘲笑这将是一文不值的手。因为有了这样的感觉，当小杨昨天和她说做流产的事时，她竟没有顾上回答。

4

下班时，向北微笑着与同事道别后，就开始着手准备手术器材等待着小杨到来。这样的等待不亚于昨夜对刘成栋的等待。也许，前者的感觉会更加奇特，而她之所以需要立即给小杨做手术的原因也正是在此，向北需要小杨的故事来丰富自己，以增加一丝爱的勇气和信心，帮助她完成在刘成栋怀里的鲜活……至少，让刘成栋觉得她还是年轻和丰盈的，没有瘦弱和干枯。既然失去了昨天，那么就补在今天吧。

是的，没有故事的日子是枯燥的，没有故事的手术台是无情的，没有故事的身体更是空洞的，向北迫切需要从小杨的故事中得到慰藉。她收拾好手术台，铺好皮毯子，又拿出放满器皿的托盘放在桌上，便坐在椅子上开始构思该如何引出小杨的故事。它可比做手术重要多了，得隆重对待。向北为小杨做手术，又何尝不是小杨在为向北"手术"呢？小杨身上有好多的故事都是向北迫不及待想要倾听的。向北刚想抬起手，放到胸口去感知身体的变化，手却被一阵手机的铃声带走了，电话是刘成栋打来的。刘成栋刚开口，向北的身子就萎缩了一截，脸上布满失望。原来，刘成栋仍旧要去应酬，他这次搞大了，在电话里乐陶陶地说他要做校长了，学校来了一批考察他的上级领导，他今晚需要好好去招待他们。

向北没有让刘成栋做过多的渲染，她用强颜欢笑的开心祝福阻止了对方的滔滔不绝。其实，她早就看出刘成栋是很想做校长的，他是一个与时俱进的有事业心的男人。这样的男人好啊，说来说去，是上进，是责任。然而，向北现在不留恋这些，她在电话中温柔地对刘成栋说："成栋，早点回家啊！"刘成栋的心情显然很不错，十分快乐地应允了，传到向北耳朵里的声音，也变得温柔了许多。最后，刘成栋照旧安排他的瘦高个男同事给她送饭菜。向北说要送就七点钟再送吧，我还有一个手术。

这次的手术突然让向北觉得很不一般，让她有了第一次上手术台的紧张，不得不默默跟自己鼓劲："向北啊，你一定要做好它哦！"挂掉电话，向北搓着手，焦急地踱着步继续等待小杨的到来。只要有一点响动，她都会去看门口。眼神里的热望，似乎等待的是一场激情场面。但这次，小杨的手术失败了。失败的原因主要在于向北引诱小杨讲故事没有成功。尽管向北拿出了各种循循善诱的话题，语气温柔得如同春风化雨，可结果，小杨竟装作什么都没听见，只一脸冷漠地躺在手术台上，瞅着天花顶不喊疼也不埋怨，活像一尊木偶。向北于是做不下手术了，打算以失败而收场。但她似乎又不大甘心，因为她太想小杨能够说点精彩的故事，哪怕是杜撰的，胡乱编造的，都没关系。如同周曾经所感叹的，那可是人间天堂啊！向北多么需要依靠这样的人间天堂去完成她与刘成栋的人间天堂。可惜的是，小杨对她的心思丝毫也不了解，只是咬住嘴唇一个字都不肯吐露。这突如其来的打击令希望完全落空的向北接连喊了几声"好了，好了"，便草草收场。

小杨这个聪明的、见过世面的姑娘，像是早已看穿了她的用心，向北的手术一停，她便赶紧跳下手术台，边提裤子边朝向北的背影吐了一口痰："变态的，看你哪天不得宫颈癌！"

向北站在门口，冷笑了一下，好像在说：不用你诅咒了，不用你诅咒了……接着，加快步伐一口气跑出了医院大楼。

向北没有立即回家，而是久久凝视着广场大楼上的钟。刘成栋的瘦高个男同事的面包车这时已悄悄停在了边上，她竟没有觉察到，直到对方摇下的车窗飘出一声，向医生，我正好给你买了酸菜鱼，咱们一起走吧！向北这才回过神来，有点习惯地拂了一下头发，然后欣然上车。这回，她发现瘦高个男同事不仅喜欢笑，话还比较多，向北一上车，他就说道："刘老师让我来买酸菜鱼给你，他说向医生最喜欢吃酸菜鱼了，吃酸菜鱼好啊，减肥……"向北已经闻到了酸菜鱼的麻辣香，可没有接话，依旧淡着脸。瘦高个男同事又问："向医生，你累了吗？有心事吗？"向北像是没有听见，眼睛看着窗外。瘦高个男同事又说了几句后，才变得沉默起来，十分安静地转着方向盘朝前开去。到家了，向北没有去管那盆酸菜鱼，只是直接下车上了楼。站在门里，她才想起什么似的回了头，看到瘦高个男同事端着一盆酸菜鱼站在门口进退两难，这才道："端进来吧！"

向北坐在餐桌前，让瘦高个男同事将鱼放在餐桌上。瘦高个男同事乖乖地照着她的话做，待他帮着将封住鱼盆的保鲜膜撕掉，热气腾腾中，向北继续命令道："坐会吧！陪我吃好饭再走！"向北边说边伸出手掌，瘦高个男同事愣了愣，赶紧递上筷子……最后，他又乖乖地听向北的吩咐，灭了灯火，点燃了蜡烛。

烛光摇曳中，向北举着筷子去夹鱼，一不小心，她的大袖管碰掉了早晨放在餐桌上的头花，当她弯腰捡头花时，忽然发现了瘦高个男同事那裸露在袜子破洞里的脚趾十分狡猾地朝里面缩了缩。向北一时忘记了捡头花，她将脑袋慢慢抬起，心里在想：刘成栋以后会不会也变得这样狼狈呢？这么一想，向北看瘦高个男同事的眼光里便多出了几分可怜。接着，眼前这位瘦高个男同事在幽暗的烛光里，一下子变成了刘成栋的模样。向北知道自己分明已经走神了。瘦高个男同事被看得手足无措，最后眼睛闪烁不停地说："你怎么老看着我呀，向医生！"

"哦！我看你了吗？"向北有点不大自然地收回目光，然后盯住手掌幽幽地说："知道吗，我从小就看过《周易》，还收藏了很多老皇历。那上面说，人的一生都写在手掌的三条线上，它们分别是爱情、生命、事业。可他们不知道，有人会道破这个玄机，那就是病魔，你知道病魔有多可怕吗？"

说到这里，向北停了一下，然后接着说："我还是给你讲个故事吧！"

向北的眼睛湿润了，自眼角滑下一串清泪，泪水如蛇冰凉而缓慢地朝下滑落。后来，她用舌头咬住唇角，再次重复道：我给你讲个故事吧！

要讲怎样一个故事，像周那样的吗？还是该找个人说说自己的病情？向北绞尽脑汁地梳理着，开了好多个头都不知如何来讲述，如置身沼泽一般往下陷落。死亡、渴望、重生像乱麻混杂在一起，最后拧成一股粗壮的麻绳，将她拽了下去，又提了上来。旷野地，杂草丛生，万物在生长，赤裸裸纠缠在一起的男人和女人，到处是狂妄的生命气息在弥漫，弥漫进向北的身体里。向北重生了，容光焕发。向北与刘成栋赤身裸体地在旷野上散步。起初，向北还很羞耻身体的裸露，试图夹住大腿遮掩。后来，当一支狗尾巴草从腿边抚过，开满花朵的映山红枝头从头顶掠过，向北终于看到自己丰腴婀娜的身体，她大胆地放开脚步行走了，原始，自由地走……向北正打算将这样的故事讲出来时，发现刘成栋回来了，他欢快转动锁孔的声音，带来一股酒味，将得志的心气飘了进来。瘦高个男同事如梦初醒，赶紧挪动着僵硬了半天的身体，紧张地对向北说："校长回来了。"那口吻像是刚才和向北做了对不起刘成栋的龌龊事。还没正式宣布呢，就叫校长了？向北挂下刚刚变得红晕的小脸，懒得理他，一把将头撇开，一眼圈泪花正好迎接着刘成栋志在必得、春风拂面的神态。刘成栋似乎没有去看她，只是将春意盎然的眼神直接飞到了瘦高个男同事的身上，随后喷着满嘴的酒气挥手道："嗨，我正要找你呢，你去……联系一下志华，明天我请客。"

瘦高个男同事紧张地看了一眼向北，便朝门口走去。而这时，刘成栋已经倒进沙发，欢快地奏响了呼噜的凯歌。